MINECRAFT

我的世界：沉船

[美] C.B.李 著 陈新瑜 陈广琪 译

MOJANG STUDIOS

官方授权

童趣出版有限公司编译　人民邮电出版社出版
北　京

图书在版编目（CIP）数据

我的世界. 沉船 / （美）C.B.李著 ； 童趣出版有限公司编译 ； 陈新瑜，陈广琪译. -- 北京 ： 人民邮电出版社，2022.3
ISBN 978-7-115-58195-2

Ⅰ. ①我… Ⅱ. ①C… ②童… ③陈… ④陈… Ⅲ. ①儿童小说－长篇小说－美国－现代 Ⅳ. ①I712.84

中国版本图书馆CIP数据核字(2021)第269560号

著作权合同登记号　图字：01-2021-4510

Minecraft: The Shipwreck is a work of fiction. Names, places, characters, and incidents either are the product of the author's imagination or are used fictitiously. Any resemblance to actual persons, living or dead, events, or locales is entirely coincidental.

文字翻译：陈新瑜 陈广琪
责任编辑：刘佳娣
执行编辑：段亚珍
责任印制：李晓敏
封面设计：林昕瑶
排版制作：李凤敏

编　译：童趣出版有限公司
出　版：人民邮电出版社
地　址：北京市丰台区成寿寺路11号邮电出版大厦（100164）
网　址：www.childrenfun.com.cn

读者热线：010 — 81054177
经销电话：010 — 81054120

印　刷：北京华联印刷有限公司
开　本：889 × 1194　1/32
印　张：11.5
字　数：340千字
版　次：2022年3月第1版　2023年4月第3次印刷
书　号：ISBN 978-7-115-58195-2
定　价：59.00元

献给

那些在心灵世界与真实世界中开创新天地的人们

第一章

“温暖的家，我们可到啦！”

杰克跳下卡车顺手带上车门。他刚一踩到地上就觉得脚下一软，日头暴晒下新铺的沥青好像变成了一摊麦芽糖，马路上新画上去的白线倒是清晰又利落。

爸爸吹着口哨，任由阳光在他谢顶的脑门儿上发威。他一下车就叉起腰，自夸自赞地点着头。

顺着爸爸无比自豪的目光，杰克瞥见马路对面绿树成荫的拐角处，若隐若现中有一幢灰色建筑物，与人行道中间隔着一片宽阔的草地。和这条街上其他房子一样，公寓大楼的外观单调又沉闷。这可跟在跨越三个州的旅途中，爸爸一路上都在吹嘘的境况有天壤之别。看样子社区环境挺不错：一排排奇形怪状的公寓楼，外墙的颜色斑驳陆离，早就撂荒了

的草坪，还有垃圾成堆的街道。爸爸转过头朝他嘿嘿一笑时，杰克禁不住摇了摇头。

“这就是你们要拆掉的地方？”杰克盯着那些老旧的公寓楼问道。

“没错。已经翻修好一幢楼，我们要搬进去了。哎呀，你绝对会喜欢的。所有东西都是新的，包你满意，我敢打赌！”

那幢灰蒙蒙的建筑物后面有三幢挨在一起的公寓楼，其中一幢一看就是新的，闪闪发光的玻璃上倒映出湛蓝的天空，让人觉得这座高塔型建筑物恨不得让自己融入蓝天似的。另外两幢裹着同样灰乎乎的混凝土，外墙上稀稀拉拉地点缀着一些彩砖，大概是想让它们挂上点儿艺术气息吧。杰克忍不住笑了，想起《我的世界》里的矿脉，脑海中幻想着一次挖掉一列方块，最终夷平整座建筑物，然后就能收集到宝石、煤炭和各种岩石。虽然外墙玻璃很漂亮，杰克仍然觉得挖下去至少能找出两三种不同的建筑材料，肯定比盖新楼房的材料坚固得多。在这样的建筑物下挖矿很有趣，而且他轻车熟路，只需要合成几架梯子即可，然后一直向下挖——

正当杰克沉浸在天马行空的想象中时，爸爸开始诉说他那充满了理想主义的规划。

“这可是个长期项目啊——我的公司业务除了这幢大楼外，顺着这条街往下，还有为一家新设计公司做的另外两个项目。在洛杉矶有数不清的活儿要干，很激动人心吧？加利福尼亚唯一不缺的就是明媚的阳光，我们可以随时去沙滩晒

太阳！”

“说得对，爸爸。”说实话，这里的阳光跟杰克在其他地方感受到的没啥两样，再说了，不就是同一个太阳嘛，不过他真的期待生活有些新变化。

爸爸微微一笑，意思是“这就说定了”，杰克也愿意相信他能带自己去沙滩的承诺。过去三年来每到一个新州，每到一个新城市，爸爸都信誓旦旦地保证：带他去逛乡村集市；带他去看球赛；一起去露营……但爸爸也就说说而已，因为他的公司总是处在起步阶段。

每次到了新城市，杰克都会相信爸爸的话。芝加哥、圣安东尼奥和西雅图——在每个地方爸爸都说会长住，然而每个地方对他们而言都只不过是个临时落脚点。

“美不美？跟你说吧，那个建筑设计师总是有不落俗套的想法，她简直是个天才。”说着爸爸从卡车后备厢拿出一个盒子，边开心地啧啧赞叹，边欣赏着风景。

杰克含糊地咕哝了一声应付着爸爸，他认定这只是另外一幢典型的公寓，还是摆着那种千篇一律的家具，挂着不伦不类的风景画。外面停着一辆搬家卡车，但不是他们叫的。有那么一瞬间，杰克很想知道，到底是什么样的舒适家具值得拖着它们穿越整个美洲大陆。

杰克和爸爸早就没有属于自己的家具了——自从把马里兰的老房子收拾好，将所有东西封入仓库之后，他们身边就再没有属于自己的物件了。杰克不愿回忆妈妈精心保管着的

那一盒盒相册，从一年级到三年级已经泛黄却依然漂亮的全勤卡，还有他最爱的破沙发，所有一切都在这个国家的另一头慢慢积灰。

之后，他们每一个新入住的地方都附带家具，不出意外都是样板房淘汰下来的旧货，要么就是展示台上的残次品，这些七拼八凑的怪异家具很不协调，感觉不像是一个真正的家。杰克走到卡车后备厢抓起一个背包和一箱自己的东西，跟着爸爸穿过马路来到他们的新住处。

“订的东西昨天已经到了，一切都已安排妥当，你准备好了吗？”

杰克耸了耸肩。

他们遇见一对正往台阶上搬沙发的年轻夫妇，杰克忍不住多瞥了一眼那破旧得极为彻底的沙发，害得他差点儿撞上刚才完全没注意到的一个开着辆玩具卡车的小男孩。

“看，人们都已经搬进来了。我跟你说什么来着？这些新公寓太气派了，要照我说的话，咱们现在搬到这儿是最好的时机。到时候周围的房价肯定会像坐火箭似的往上蹿。”爸爸哼着欢快的曲调，骄傲地把箱子往身边拉近了些。

自从踏上加利福尼亚地界后，杰克什么都不记得了，因为他一路上大部分时间都在打瞌睡。清醒的时候没看见一棵棕榈树或者哪个明星，甚至连个游泳池也没瞧见。到现在为止，位于洛杉矶的这个社区看起来和其他城市的社区一样，有购物商场，有红绿灯和人行道，街景和其他城市也没什么不同。

这样的地方杰克见多了，一点儿意思都没有。

爸爸一边协助那对夫妇通过大楼底层的双重玻璃大门，一边和他们攀谈起来。杰克凑近一看，这地方更让人倒胃口：大厅里落着厚厚一层灰，另一头有几扇玻璃门，通向一个类似公园的地方。现在新大楼更加鹤立鸡群，像是由灰白色石板和锃亮玻璃组成的一个闪闪发光的大怪兽。与邻近的塔楼相比显得异常扎眼。

杰克合上双眼来了个深呼吸，幻想着再次睁开眼睛后整条街道变成一格一格的样子。整幢建筑物不过是另外一个原材料供应处，静静地等待他按照自己的规划重新设计，推翻重建。

“来吧，伙计，一起去开眼界！”爸爸的声音吓了他一大跳，无情地将他拽回到令人沮丧的现实中。

杰克跟着上了楼梯，爸爸用脚把沉重的大门顶开。

“其实呢，我知道你心情不好，但我打包票这是最后一次搬家了。以后我们就在这里住下来，这是一项长期翻新工程，而且我很快还能拿到更多生意。”

“这是你设计的吗？”

爸爸低头瞥了一眼自己的脚，紧接着目光又落到杰克身上，“只是项目管理而已。我们还有三幢建筑物要翻修，这项工程可能需要好几年才能完工。”说着他朝杰克微微一笑，“你快上高中了。我们也该安定下来啦。”

杰克点了点头没吱声，他早就习惯总是当个新生，费劲

巴拉地结识新朋友太难了，尤其是在根本不知道能在这个地方待多久的情况下。

大厅空旷昏暗，唯一的光源是从大厅两侧的双层玻璃门透进来的微光，这对于一幢公寓楼来说占地空间也太大了点儿。大厅通向一个宽阔的大房间，它的门看起来好像十年都没有打开过，里头的家具落满灰尘且极其肮脏。

太平洋波峰社区中心及公寓

这几个字镶嵌在一幅巨型壁画上方褪色的招牌里，招牌已经裂开并且摇摇欲坠，可这面墙本身却还很光鲜亮丽。壁画里的建筑物是蔚蓝色的，场景里人们有的笑容满面地在公园里溜达，有的在泳池里畅游，有的在电脑房里勤奋工作。壁画正中央有一个戴着墨镜咧嘴微笑的卡通太阳照耀大地，背景是闪闪发光的大海，一个巨浪卷起来划出一道弧线。墙上其余部分画的都是蓝色的波涛，色彩斑斓的壁画与单调的大厅形成鲜明对比。大房间里还有落满灰尘的假无花果树，就是那种办公室里为了营造出家的气氛而摆设的假无花果树。空旷的大房间摆满了光秃秃的桌椅板凳，角落里有一张破破烂烂的台球桌。还有一面空空如也的公告牌，上面钉了一张写着“活动签到”的纸，可惜下面一片空白。

“对，我知道这里很俗气。没关系，眼前的一切马上会来个翻天覆地的大改造。照我说把这里改成‘高科技活动室’

绝对比这个好。”爸爸说着摇了摇头，“连我这个老人家都觉得这里太破旧啦，这个活动中心早就被人给忘得一干二净。也难怪，根本就没什么好东西。”

一张海报挂在架子上，画面里的模型展现了整个建筑群的风格：镶满玻璃的斯拉夫式建筑。在海报中，三幢大楼压得一座循规蹈矩的公园喘不过气来，公园里坐落着各种奇形怪状的玻璃钢雕塑。社区中心向着人行道的一边变成一排时髦的咖啡店和精品屋，“瞧，我说的就是这个！多漂亮啊！”爸爸边说边冲海报点着头。

“确实如此，爸爸。”杰克说道，把背包带子攥得更紧了。

越过破旧的社区中心大厅和又一排玻璃门，映入眼帘的是杂草丛生的灌木丛和枯萎的花朵。公园里面和从外面看到的一样单调沉闷，一点儿也不像爸爸说的那个郁郁葱葱、能让他尽情运动并结交朋友的公园。看到这一切杰克不禁翻了个白眼，他转身想走出去，但又不知道该去哪里，只能叹了口气。第一幢大厦的一层有个公寓门上挂着一个脏兮兮的牌子写着“经理”。

杰克心里想：住在那里一定很要命，离马路太近，而且这道门是每个人进进出出的必经之处。幸好不是自己住的单元。

“我们动身吧！”爸爸说道，带头向那幢崭新的大厦走去。

一路上他们只看到写着“游泳池”的牌子，可除了远处杂草丛生的篱笆，杰克什么也没看见。有个破败的操场淹没在乱七八糟的灌木丛中。

“现在的时机是最棒的。还没开学你就能在这里结识新朋友了，对吧？”爸爸开心地说道。

杰克环顾着空荡荡的公园暗自叹了口气——没错，真是个结识新朋友的“好”地方。

幸好他们还有无线网络。

新大厦弥漫着新油漆和其他东西散发的刺鼻味道，比如楼里裸露着的金属支架。摸索着找到电梯后，他们带着箱子来到二楼。杰克从公寓楼道的窗户打量着这个公园，不知道以后那里会不会太吵。

“就是这儿！”爸爸想从口袋里掏出钥匙，但动作幅度大得差点儿把贴着“厨房”标签的箱子掉到地上。他一边用后腰稳住东西，一边打开门。

“咱们的新地盘！我的团队干得太漂亮了。”爸爸说道，“得把卡车上的其他东西拿上来。你要什么东西？”

“不用了，”杰克说着放下手里的箱子，“在哪儿上网呢？”

“好像明天有人过来装宽带。”爸爸说道。

没治了！

杰克的房间空空荡荡，跟以前住过的好多空房子没两样。里面已经立着一张崭新的床垫，外面还包着塑料膜。杰克放下箱子和背包走过去推了一下床垫，把它翻过来，后面露出一个没组装好的床架。杰克叹了口气，从箱子里拽出一个床单。虽然不配套但眼下顾不了太多。他把床单铺在床垫上，然后拿着笔记本电脑趴了上去，身子下面的塑料膜皱起一圈波纹。

他想，什么时候能睁开眼睛看见自己真的在洛杉矶的一个家里，而不是像在海边打地铺似的。

这里没法儿上网。

杰克叹了口气看了看表。马里兰的晚餐时间应该已经结束了，不知道丹尼有没有登录《我的世界》里他们最近一起玩的服务器。过去他俩住一个社区时是最好的朋友，杰克搬到芝加哥时他们还有联系。可后来又搬了三次家后双方几乎无法见面，连在《我的世界》里也碰不到了。丹尼也会做好玩的东西让杰克去找。看来，他们最后一次一起合作找要塞的时光已经是遥远的过去了。

杰克巴不得马上跟朋友重新联系上，虽然他也可以离线玩游戏，但有时他很想在两人的服务器上为最近新盖的大厦添砖加瓦。杰克煞费苦心地采挖了许多石英石建起一座罗马斗兽场，热切期待完工的那一天。

杰克趴着开始玩《我的世界》，熟悉的音乐响起，带着颤音的欢迎声，一下子点燃了他内心探索未知世界的冲动和激动心情。杰克选了单人模式，开始浏览以前构筑的世界。随便打开一个都让他满心欢喜——有个存档里的埃菲尔铁塔还没完工；有个存档里他附魔的运气特别好，得到了强力的武器和坚固的盔甲；还有个存档里他测绘了整个大陆的地形，还发现了海底神殿和要塞，每个世界都是那么独特。在真实世界里，无论他到了哪座城市，都要去了解新学校有什么规定，认识不同的人，搞清楚有什么小圈子存在。但是在《我的世界》

里就用不着这么麻烦了。

这里的规则永恒不变：一根木头能做四块木板，四块木板就可以合成一张精美的工作台，你能一下子就知道哪些建筑由哪些方块组成。在这个世界，一切尽在杰克的掌握中。他可以决定物体的去留，拍板要去哪儿旅行，以及在什么样的地方消磨时间。

杰克点击“创造新的世界”后不禁乐了，这才是他真正的家。

杰克出生在了森林群系中，到处都是像素化的花朵和树木。他手脚麻利地拿到了第一晚生存所需要的各项补给，一点儿时间都没浪费。他在收集资源方面经过多次练习已经轻车熟路，从没失手过。这次也不例外，随着游戏中的深夜降临，他早就盖好了一个庇护所，用以安全躲避周围出没的僵尸。现在只等旭日东升就可以出去活动了。

杰克恨不得到处探险，但他最终找了一个风景如画的地方建起据点。他一直认为，明智的做法是竭尽全力收集资源，而不是到处瞎溜达弄得一事无成。他在一座大山附近建了个临时藏身处，同时这里也是稳定的煤炭来源。每天晚上，他都携带着各种有用的补给回栖身之处。虽然游戏进展得很慢，可他稳扎稳打地建起了一座堡垒。尽管还不确定自己会不会在此地长久驻扎，但开垦一块能当作粮食来源的小麦田，还是很值得的。假如想合成更好的盔甲，必须有铁矿石和其他

矿石，然而在山里乱挖一气可不会有什么收获。

一个偶然的机会，杰克发现了矿洞。

杰克在躲避一个苦力怕的时候，这家伙爆炸了。而他正好处在爆炸中心，不禁惨叫连连。但刚刚这趟挖矿之旅让他赚翻了，他获得了数量可观的煤炭。接着他在自己的据点重生了。再次动身前，他合成了好几把镐子和几条路上吃的面包。

在《我的世界》里卷土重来对杰克来说一点儿都不难，他知晓每一步该做的程序，深谙成功之道。他绞尽脑汁想起在哪里遭到苦力怕的袭击后，径直向东而去，他相信自己的直觉。周围的景物很眼熟，那座山顶像栩栩如生的狼头，还有一条熔岩河流向湖中，旁边的树渐渐地蹿起了火苗，杰克小心翼翼地避开这地狱般的烈焰。绕过熔岩河，他看到一片悬空的树叶才安下心来，那是他寻找木材后留下的痕迹。

炸出的大坑在第二天的晨光照耀下很醒目。爆炸后，洞口显露出一大片岩石，杰克在收集装备时一眼就瞧见了那个洞口。

“哇，太棒了。”杰克说道，他抡起镐子凿进黑乎乎的洞口，把洞口扩张到几格那么大。接着，放下火把，既可以标明位置也能照亮前路。杰克在地下发现一个深邃的矿洞入口，里面蜿蜒曲折，甚至远处还有水。他做了一口箱子把大部分煤炭藏在里边，以防自己在冒险中一命呜呼，紧接着一头扎进了洞里。

洞底漆黑一片，看不到日夜更替的杰克忘记了时间的流

逝。不知什么时候，爸爸说他要上班去了，杰克只是含糊地回应了一声，继续沉浸在游戏中。他发现了不少煤矿团和丰富的铁矿石资源，并与遇到的骷髅进行了一场恶战，可最终还是失败了。接着他在庇护所重生，并花费大量时间合成了更多武器和火把，还有许多遭到攻击后用来恢复生命的面包，然后又回到了洞里。他在离开庇护所的短暂冒险中得到了足量的铁矿石，没几天这个庇护所就变成了真正的基地，食物储备丰盛，还有用来制造高级盔甲和武器的铁矿石。就在杰克加固一道新围墙时，肚子发出了咕咕声。

愣了一会儿，杰克才意识到现实世界的处境有点儿不妙——光秃秃的白墙，空空如也的地板，孤零零的箱子，被他拖进来的背包可怜巴巴地独坐在角落。天已经黑了，一切都笼罩在孤寂的阴影中。唯一的色彩是远处田野和树林郁郁葱葱的绿色，还有他电脑屏幕里怒放在原野上鲜红色、湛蓝色、亮黄色的花朵，它们倒是挺精神的。

杰克打算先填饱肚子然后接着玩。他确认自己安全地躲在基地围墙后面，才进行了保存和退出操作，如此一来等重新登录时就会处于安全地点。杰克伸了个懒腰，瞥见了玻璃窗上自己的身影——这是个灰褐色头发的男孩，脸色苍白，蔫头耷脑。杰克皱起眉摇了摇头，他更喜欢游戏中代表自己的那位披盔戴甲的英雄。探着身子，杰克费力地打开窗户——有人刷油漆的时候把油漆刷到了窗户缝里。

新鲜清凉的晚风从窗户扑进来，使得屋里闷热的空气为

之一缓，杰克不由得来了一个深呼吸。本来他希望能住在高楼层，那里视野更开阔，但这样也挺好。他猜这里是市中心，外面大厦的霓虹灯变幻多姿，滚滚车流中红白色灯光忽隐忽现，川流不息。

从这里望去，公园好像一个茂盛的森林，从这个角度看它顺眼多了。正中央是一个带着秋千的游乐设施，远远的西边角落有个混凝土砌的空池子，池子里满是落叶、树枝和垃圾，杰克不禁摇了摇头。

客厅里堆满了贴着标签的箱子，标签上面的字写得很工整，例如"电子产品""杰克的学具""办公室"之类。其中有个旧箱子，标签上是打印出来的规规整整的大写圆角字体"棒球"。杰克的手指在箱子上摩挲着，却没有打开它。

公寓就像一幅空白的画布，灰色的现代家具置身于燥热难耐的酷暑之中。爸爸的绘图桌被拆得七零八落靠在通往办公室的过道里，房间快布置好了，简单的桌子上堆放着设计蓝图和文件夹，还有半杯喝剩的咖啡。

爸爸的卧室还没收拾好，床垫靠墙立着，旁边是空床架和空行李箱。衣服散落一地，好像爸爸刚刚是匆匆忙忙穿上衣服出门的。肯定是个临时商务会议之类的。杰克经常告诉爸爸要把自己的西服和运动服分开打包，免得找不着，但他总是忘得一干二净。杰克哼了一声，把衣服收起来塞进一个空着的衣柜里。

深灰色沙发还裹着塑料膜，餐桌上放着一张二十美元钞

票和一张便条。

买比萨饼。晚点儿回家。祝你度过美好的第一夜！

爱你

爸爸

杰克把钞票放进口袋，打开了冰箱，里面空空如也。他叹了口气，不知道该不该出门去寻找一家快餐店。

这时，从厨房窗户飘进来了喊叫声和笑声。杰克用尽全力把这扇窗打开了几厘米（真想告诉爸爸这个油漆工有多么不靠谱儿），清冽的空气霎时间涌了进来。

通过这扇窗户，他能更清楚地俯瞰公园，饱览傍晚时分的一片繁忙景象。汽车喇叭轰鸣，人们谈天说地，还能听到有人正播放电视连续剧。两个男孩正在荡秋千，看上去八九岁的样子，还是小屁孩。杰克十四岁，都快上高中了，对他这个年纪来说荡秋千有些幼稚，但又看起来很好玩儿的样子。他继续观察在社区中心附近有什么好玩儿的。两个男孩跳下秋千互相笑着，然后他们跑向单杠，一边哈哈大笑一边互相鼓励着越爬越高。有个这样的好朋友一定很棒，两人志同道合，什么时候都是那么开心。

“汤克来了，快跑！”突如其来的尖叫声把他吸引到窗边，杰克看到两个男孩飞快地跑了，一个身影渐渐逼近。这个刚到的男孩可能年纪比杰克大些，看起来既凶狠又难对付。他

的黑发梳成了大背头，虽然天气很热但穿着件厚厚的粗布夹克。他边走边左顾右盼，吓得操场上的孩子跑了个精光，接着男孩在秋千上坐了下来，慢慢地荡着。“这就对了，赶快跑。”他说道，一边嘲笑着一边耸起肩膀。

这时男孩身后响起了脚步声，一个扎着辫子的小女孩走了过来，她跟汤克长着一模一样的额头和大眼睛，“哥，推我一下。”她说道。杰克发现男孩的神色马上变得温柔起来，冲秋千上的小女孩神秘地微微一笑，轻轻地推着她。两人有说有笑，秋千在空中越荡越高。

第二章

汤克咣的一声把几个箱子放在地上，伸个懒腰舒了口气。他甩着两条胳膊，擦了擦额头上的汗，然后嘿嘿笑着说：“米沙拉先生，就这些了吗？”

米沙拉先生正在给一位顾客找零钱。一位穿西装的高个儿女士正在选口香糖，一抬头看见了汤克，顿时双眼圆睁，满怀戒心地猛地往后退了一步。

汤克赶忙弓下腰，尽量让自己看起来不那么吓人。可他无意间瞥见放牛奶和汽水的冰箱玻璃门上的倒影，明白了对方的感受：自己高大威猛的身材对她来说就是个威胁，宽阔的肩膀都能顶到放午餐肉的那个柜门了。

他想起每个七年级学生都要参加的聚会，那时候他从头睡到尾，也不妨会听到关于身体变化的各种玩笑。虽然模模

糊糊地知道小孩子会越来越高大，越来越强壮，但没人告诉他另外的一些变化——突然间所有的衣服都窄巴巴的，喉咙总有一种发紧的感觉，更要命的是人们看他的目光变了，他们跟眼前这位女士一样满含恐惧。

沙克说让别人知道他厉害是件好事——意味着没人敢惹自己了，汤克觉得有道理。沙克在这方面很聪明，认识他以前，汤克总是一个人吃午饭，从不跟别人说话。后来认识了沙克，两人常常互相关照，一起到处溜达。

去年汤克已经度过了七年级，现在八年级也快过完了。春假（译者注：除正常的寒暑假外，美国的中学会在3月左右安排春假，时间为7~10天）后的一天，有人在他身边的位置上咣的一声放下了午餐盘。他抬头一看，正碰上沙克朝他咧嘴笑着。

“你应该和我们一起玩。”沙克说道，可他俩以前从没说过话。

“行吗？”那天他很紧张，因为穿的是从父亲柜子里拿的T恤衫和牛仔裤，非常不合身，自己的衣服已经穿不下了。

“你去过城堡公园没有？”

汤克没去过，不过学校里的孩子们经常在那儿逛荡，在超市买汽水、椒盐卷饼和热狗，玩迷你高尔夫球或者比赛开卡丁车。汤克只是在放学路上远远地看过，只看见高速公路旁边的购物中心竖立着一堵长长的石墙和彩绘塔楼。那种地方跟朋友去才有意思，可是没人邀请他同行。汤克觉得也没

啥可惜的，那里只不过有一些无聊的游戏，还有那些因自己太内向而不怎么来往的同学而已。

那天应沙克的邀请，放学后两人去了城堡公园。结伴同行的还有 AJ 和格斯，到后来伙伴们已经拍着肩膀喊他汤克了。

事情就是这样的。

在走廊上其他孩子一看到沙克就会自动让出通道不说，还会送给他从售货机买的薯片、汽水或者多余的城堡公园门票。沙克总能收到很多别人送的东西，汤克变成他的朋友后也有了相同待遇。他的名字大家朗朗上口，而且每个人都毕恭毕敬地打招呼。

以前汤克因为自己的模样吓坏别人心里会很难受。可当每天这种事情都要重复几百遍之后，汤克也接受了这个事实。社区里没人敢欺负他和妹妹薇薇安，就是因为他是大块头。

但别人凭外表就判断他是个坏孩子，这让汤克很伤心。

不过汤克很快抛开了这种不快的情绪，女士早就走了，只剩下高跟鞋的嗒嗒声消失在远处。

“汤克，谢谢你，”米沙拉先生说道，“你干得很棒，十分感激。”

“还有什么我能帮上忙的吗？”

米沙拉先生摇了摇头，“谢谢你，很抱歉今天不需要了。”

“我明天来可以吗？”

“周四怎样？那天汽水要来货，我的老胳膊老腿搬不动。”

“没问题，米沙拉先生。”

米沙拉先生冲他微微一笑，温柔又亲切。汤克猜他就是这么冲自己的孩子笑的，并且笑容可能更加温暖。汤克觉得他肯定是个好爸爸。有时能在小公园里撞见米沙拉一家人，夫妻俩面带笑容，女儿们玩捉迷藏游戏你追我赶。汤克偶尔希望薇薇安还处在那样的年龄，能很容易被逗乐。现在她总是沉浸在自己的世界里，很难跟她交心。米沙拉家的双胞胎女儿年纪太小，薇薇安对她们不感兴趣，但她们不像其他孩子，看见汤克拔腿就跑，这点让他颇为欣慰。

“汤克，周四见啦。”米沙拉先生从收银台点出钞票交给汤克。

汤克接过钞票，数也没数一把装进了口袋，点了点头后便离开了便利店，但心情有点儿沉重。米沙拉先生主动提出雇他帮忙，可是只有超过十六岁才能拿到工作许可证，成为合法雇佣工。汤克没法儿开口跟他明说其实自己只有十四岁。

回太平洋波峰公寓的路很近，汤克暗自庆幸没跟沙克或者其他认识的熟人撞见。他从垃圾箱旁边的大铁门门缝里溜进去，快手快脚地跨过一排灌木丛进了公园。

穿过公园前他掸掉了身上的树叶，来到那座若隐若现的灰色公寓大楼，他心里越来越紧张，感觉口袋里的钱也越来越重。走过崭新的公寓大厦时，汤克不禁摇了摇头——大厦真丑。在大厦装修时，许多老楼的住户因为不堪其扰都搬走了。米沙拉先生一直讨厌它，因为装修公司进驻大厦开工的三个月期间全家人只能住酒店。

汤克也不知道自己住的大厦翻修时全家人会不会留下来，估计装修公司会给他们一个酒店折扣价，可汤克内心深处是不愿意搬走的。

他拉开西塔楼大门，没有理会那座笨重的旧电梯，径直走向拐角的楼梯间，两步并作一步爬上自己家那一层。汤克放慢脚步，蹑手蹑脚地靠近公寓门，确保脚下不会发出声音。开门溜进去后，把门轻轻带上，没有一点儿动静，这是他每天必经的程序。

他数了数钞票，舒了口气。虽然不多但毕竟是一笔钱。妈妈正在卧室里睡觉，很快就要起床上夜班，现在是她的休息时间。他踮起脚尖走到她放钱包的床头柜，没弄出一点儿声响，拉开她瘪瘪的钱包放了一半的钞票进去，然后又轻轻地溜出卧室。汤克到厨房找到第二个餐具抽屉后面贴着的信封，从手中抽出一张二十美元的钞票，把剩下的全都塞了进去，然后妥妥地藏了起来。他想，回头可以问问妈妈这星期能不能打开新空调，天气热得受不了。

汤克瘫倒在沙发里合上双眼。然而外面却很嘈杂，他听见了汽车喇叭声、脚步声和人们的说话声，大门砰地撞上的声音，有人穿过大楼的声音。

他家的公寓门开了又关，声音很熟悉，伴随着钥匙的叮当声和鞋子踢掉的声音。

“嘿，汤克，下班回家了吗？便利店老板给你钱了吧。”

汤克睁开眼睛。爸爸站在面前看着他，但其实目光并没有注视儿子，而是看着地板。他那皱皱巴巴的衬衫挂在肩膀上，上面还有一块油渍。

汤克叹了口气，想起口袋里的二十美元。这个夏天他一直想攒钱买一双崭新的运动鞋，沙克说他可以用便宜的价格买一双最酷的，可即使商场打半价他也买不起。沙克说一双闪闪发亮的白色运动鞋肯定能让他特别酷，气场超群。汤克想要一双，发自内心的，这是他努力奋斗的目标。

“今天没什么顾客，所以我提早下班了。”爸爸说道，不自然地从一只脚换到另一只脚站着。

拉倒吧，与其守在汽车修理店可能碰上“真正的付费金主”，他宁愿回家“做一个有用的人”。妈妈最恨他这一点，每次他都做一些无用的事，只是为了省下可有可无的钱，但偏偏事与愿违。譬如詹金斯太太就怒气冲冲地告诉他们，擅自从邻居的无线网电缆上分线是非法行为，必须付费赔偿损坏的电线。

“芳姨昨天做了一大桌子菜，我觉得今天还够吃。”汤克说道。

爸爸嘿嘿乐了起来，眼里闪出熟悉的光芒，好像想出了好点子似的：“也行，但我们再做点儿好菜。这样吧，我来做晚饭，妈妈回家的时候一起吃，其乐融融，怎么样？”

“妈妈今天夜班，明天早晨六点回家。”汤克叹了口气。

“那我们就享受一顿幸福家庭的美好早餐。”

“早晨六点？爸爸，我们现在不用上学，六点起不来。”

“好吧，咱们晚上一起吃，给妈妈留点儿菜当早餐。”爸爸说着皱起了眉头，“薇薇安呢？”

“在房间里学习，别打扰她。”

“可你怎么说不用上学。”

“她很聪明，努力学习为开学做准备。”

爸爸步履沉重地走开了，好像要去薇薇安房间跟她说话。这时汤克才发现自己的手伸到了口袋里，他知道自己很快就会后悔，但薇薇安应该有自己的时间，不应该在爸爸修新电路的时候帮忙拿工具，或者学习怎么换机油。

“拿着，买东西去吧。”汤克说道，把二十美元给了爸爸，把厨房弄得一团糟总比把电线弄成乱麻好得多，“别祸害电线了，上个月你修空调惹的麻烦现在还没解决。”

爸爸耸了耸肩，他就是这样对什么都满不在乎，根本不考虑汤克为了支付额外的修理费用只好赶快找个工作。妈妈和芳姨从不早退是因为她们觉得本该如此，而薇薇安只是个小孩轮不到她来为这些事情烦恼。爸爸手里拿着汤克给的钱晃晃悠悠地开门出去了。

汤克倒了杯水一饮而尽，然后用冰凉的玻璃杯抵住额头，在房间里焦躁不安地踱步。薇薇安在另外一间卧室，戴着耳机随音乐摇头晃脑，完全沉浸在《我的世界》里。她背对房门，没注意哥哥回来了。看着她玩着游戏乐在其中，汤克不禁暗自发笑。妹妹回到基地，在一间精心搭建的房子里用红

石制造某种复杂的东西，汤克也不太懂。薇薇安靠在椅背上，专注地欣赏着自己刚刚完成的杰作。尽管这台电脑主机和显示器外观笨重的设计有些过时，但干干净净，维护良好而且功能正常。锃亮的液晶屏是汤克上星期才为薇薇安安装的，所以游戏效果特别棒。

汤克想起了在电视上看到的儿童房，里面满是软软的毛绒玩具、可爱的小摆设，房间里五颜六色。而放电脑的这间卧室跟五年前甚至十年前都没什么两样，薇薇安出生前汤克和他舅舅住这儿，后来舅舅结婚搬出去了。现在住的是芳姨，她的双人床上铺着褪色的棉被，和薇薇安的风格很相配。一扇薄薄的屏风把空间分隔开，每一寸地方都被最大化利用起来，储物柜、衣柜，还有那些以为日后用得上所以一直不想扔掉的东西。

“你要进来还是想贴门上？”

汤克哈哈大笑，从芳姨的梳妆台和妹妹的床中间那条狭窄过道挤进去，走到她桌前。这是他在马路上捡来的一张折叠桌，很结实。汤克注视着电脑屏幕，薇薇安的化身站在石头隧道里，有一段已经掘开，露出几口箱子和一条红石电路，中继器什么的是汤克觉得特别神奇的东西。

“地铁站看着真棒，你说呢？我还以为你早就完工了。”

“想得美，”薇薇安咕哝着，“其实开凿隧道花了很长时间，我昨天才完成。一整天我都在专攻摆放矿车的发射器，但它总是坏。可能是因为售票系统的问题。现在只能在不售

票的情况下运作了。”

薇薇安打碎了其中一排红石和中继器，捡起所有掉落的东西后把石头安回去。“来吧，好好瞧瞧。”

薇薇安的化身经过一番腾挪跳跃，来到矿车轨道。汤克不由得俯在她肩膀上观看起来，她踏上一个压力板，头顶的漏斗便在轨道上放下一辆矿车。薇薇安那闪闪发光的化身一跃而入，这段精美石头隧道里的旅程使汤克瞩目。让他大为惊叹的是其中一段隧道的顶部是一堵玻璃墙，玻璃墙一直延伸到熔岩河奔流的洞穴里。

“薇薇安，隧道太棒了！”

“挖隧道时我发现了很酷的东西，于是在上头加了一些观光窗。”薇薇安自豪地说道。

矿车突然间停下了，接着薇薇安的化身一跃上了石台子。

“矿车怎么办？”汤克问道。

“仙人掌会自动破坏它，你就自动下车了，很厉害吧？”

“真厉害。绝对是上周的升级版。”

“对的，我们可是经过一番深思熟虑后，才决定在这里建造一条连接主基地与新基地的高效地铁的。”薇薇安走进一个水电梯，电梯带着她上行。随后她现身在一个石头广场上，中央有个欢快的喷泉。“唉，我也不知道错在哪儿，研究了整整一天也没个头绪。米娜和洛基也想不出来。洛基说我们可以自己带矿车，可这样一来就不算是自动系统了呀！”

“你们肯定能想出来。不仅没有售票系统的情况下能运

行，而且矿车还能自动掉落，实在太酷了。”

“跟我们一起玩吧？”

“这个嘛……”汤克耸了耸肩。他和妹妹一起玩《我的世界》很开心，但登上妹妹和她朋友的服务器后却不太能跟上他们的步伐。第一次玩，是为了确保其他玩家能对妹妹友好些，但之后就远远落在后面了。他在共享家园基地里自建的朴素农舍和花圃，像是一年前刚建立服务器时的建筑。薇薇安和其他玩家已迅速建造起精致的房子、温室和装饰繁复的豪宅，里面有很多层，还有密室和走廊。他们探索宇宙的外围世界，建立了不可思议的东西，还有不同主题的新基地，现在基地间还有了自动交通系统。

汤克一直不太理解他们这帮人：米娜在东海岸的某个地方，洛基住在日本，其他新玩家的确切位置他们都不知道。一旦服务器对更多人开放，财富系统和商店会变得更加复杂，玩法也会不断变化。他们与薇薇安相处得很轻松，尽管汤克成了吊车尾，但只要薇薇安玩得开心他就高兴。

汤克非常疲倦但外边天色还很亮，他想打个盹儿，但芳姨回家时他就得起来，接着妈妈出门上班，当然爸爸随时会回来。他那张吱嘎作响的小双人床就搭在大门口，妈妈为了保护他的隐私挂起一张床单，但仍然挡不住开关大门的声响。汤克想就算睡上几小时，然后昏昏沉沉醒来，也比一点儿不睡要强。这时薇薇安用胳膊肘捅了几下他的肚子。

“怎么了？”汤克打着哈欠问道。

“照我说呢，可以断开网络，玩上个星期开始建造的我们自己的世界。”薇薇安说道。

“不用啦，你还是跟朋友们玩吧，我有其他事情——”

“没关系的，我们只是在重新设计一些东西。洛基找到一个办法可以自动开关下界传送门，他们想在城外也建一个，但柯格斯不赞同这个主意。而且大家都在喋喋不休地争论如何为开关设计最佳水流，我可不想每天都这么刺激。”说着薇薇安断了网络，她坐在椅子上打转，快乐地一圈又一圈。每当这时汤克总觉得妹妹仍然是个小屁孩，即使她说自己已经能看完整整一本编程书，可在他眼里也还是个小宝宝。

“准备好了吗？”

汤克揉了揉她的头发，接着从柜子里取出笔记本电脑——一台型号老掉牙的电脑，他的电脑和薇薇安簇新的电脑没法儿比。只有薇薇安才是新电脑的主宰者。

薇薇安把他们的世界下载到自己的电脑，汤克园子里那些灿烂的花儿立刻从屏幕上跳出来迎接他们。薇薇安一边绕着主屋溜达，一边喃喃自语。这是一座精美的建筑物，从地板到天花板都是玻璃墙，有竹林遮阴。种竹子是汤克的主意，看到他们共同创造的这个安稳的小世界里一片欣欣向荣而且绿树成荫，还有色彩斑斓的鲜花，他心里既幸福又满足。

“我要造一个自动化小麦农场。”

“这个——”

“别担心，我会在远离主屋的地方开工，不破坏你的花

园和田地的美感。”说着她朝哥哥吐了下舌头。

汤克哼了一声，摇了摇头说：“万分感激。”

还没等哥哥启动笔记本电脑，她就走开了，等汤克连上他们的世界，薇薇安的化身已经跑远了。泥土堆砌的台子上是刚抽穗的嫩绿色小麦苗，在它们旁边一个玻璃造的庞然“巨兽”冉冉升起。

汤克不由得驻足观望妹妹的建筑物，胸中不断涌起自豪之感。薇薇安对红石的了解无人能敌，从学习怎样设置自动化农场到有自助售票系统的地铁线路、自动控制报警系统及各种秘密通道等真正有创意的想法。她绝对是个电脑高手，只听哥哥话的电脑高手。即使嘴上不承认，但在心里他觉得妹妹实在太酷了。

汤克进了他开辟的农场。田间种着小麦、南瓜、甜菜根与胡萝卜，错落有致又井井有条。他可以穿行在田间收割农作物。尽管知道开辟一个自动化农场速度可以更快些，但他宁愿慢工出细活儿。汤克喜欢这样的重复劳动，五颜六色的田地边上小溪淙淙，看着赏心悦目。高处应该种点儿不一样的东西，那就种甘蔗吧，反正他喜欢。汤克把桶里的水倒进甘蔗田旁边刚挖的沟渠里，看着水流奔向四面八方。现在整个农场的设计已优化升级，每棵农作物都能汲取所需水分。

汤克把成熟的农作物收割下来，并且在他盖的农舍里细心地保存好。看着农舍里的场景他无比骄傲，明媚的红色挂毯、宽大的窗户、熔炉、工作台、一张床，每样东西都是必

需的。对面那堵墙边立着他精心准备的柜子，柜子里的箱子，整理得井井有条，每个都贴着标签。汤克把所有的家当都记录了下来。当看到贴着“种子”和“花朵”的两个箱子中出现了花岗岩和羽毛，他不禁摇了摇头。他知道薇薇安一定路过了这里，然后把背包里的所有东西一股脑儿扔进了离她最近的两个箱子。她总干这事，完全不看汤克贴的标签。

于是他又把东西分门别类地放好，接着在农场里到处溜达。汤克靠在椅背上欣赏着眼前争奇斗艳的花丛，不禁感叹道，这幅画面真美。

种植农场使人心绪平和，他计划修建一个新的树篱迷宫基地，接着整理布置收集来的花朵。汤克时不时抬头看看薇薇安的电脑屏幕，她正在挖矿。这种合作很轻松，汤克安顿停当后，打算查看一下围栏里的牲畜。

“你太没意思了。”薇薇安抱怨道，“只是种了种田，美化了一下基地，照搬上一个农场的老样子。为什么不造点儿新奇的东西？”

汤克耸了耸肩，依旧精心侍弄农田，他就喜欢规规整整的一排排谷物和花朵。

“你知道有多少东西可以去探索吗？”

“你去就是了，我真的不喜欢那些怪兽。”汤克说道。

“要不下载一个新世界跟我一起探险？瞧瞧这些我们用得上的超酷的模组。前几天我发现有一个地方，所有的鱿鱼都转化成了巨型大鱿鱼，你想想——”

“当然啦，你想做什么都行。”

“可是你想做什么？”

汤克朝农舍墙根的那些柜子指了指。花朵全都按照颜色排列整齐，这样一来设计新花园就容易多了。可是新迷宫所需的色彩还不够丰富，“我觉得咱俩可以再多找一些植物，昨天我看到沼泽地那边的森林里有些牡丹。”

“又是花儿？”薇薇安叹了口气，无奈地看着哥哥。

汤克哼了一声：“这样吧，你去做自己喜欢的事情，尽情地建各种创意十足的东西。”

“好吧，”薇薇安说道，“我才不想整个夏天都摘花呢。”

“烦人，”汤克说道，但语气平淡，“没人叫你摘花，我自己也能找到。”

“不，我有一段时间没在那个地段探险了。哎呀，慢着，我现在站着的地方有些蓝色兰花，在这儿碰头好吗？”

“当然可以。”

“稍等，我再帮你多合成些盔甲，仓库里还有没有羽毛可以做点儿箭？”

他们即将出发去和怪兽搏斗。汤克摇摇头：“告诉我你在哪个位置，我跟你一起对付怪兽。”

她总是想到一出是一出，真是个小屁孩。薇薇安嘻嘻笑着把坐标发给他，汤克紧随其后。

第三章

杰克的新世界进展顺利，目前有一个固若金汤的根据地和铁制盔甲。他清除了山洞里的障碍后开辟了一座崭新的矿井，然后拼尽全力往下一直挖到基岩去寻找钻石。他现在打算扩张领地，说不定还能造点儿什么新奇玩意儿。虽然他在新世界白手起家也很有意思，但手头必须有合适的工具和资源才更容易设计出翻天覆地的大工程。

丹尼 上午 8:32

你好！很抱歉回复晚了。足球赛太占用时间了，哈哈！我在服务器里建了一座巨型绵羊雕像，赶快去看看吧！

杰克看到留言后，敲打键盘输入了一段长长的回复，从

新公寓特别没意思开始说起，问了问丹尼的夏天过得如何，他非常想看雕塑等。但杰克叹了口气删除了这段话。这不仅显得啰唆，还听起来很沮丧，唉。

杰克 上午 8:39

哈哈，谢谢你！一旦宽带安装好，我马上就去看。夏天过得好吗？

杰克把手机塞进口袋里免得自己总记挂这件事。

“爸爸！宽带安好了吗？”

爸爸正要出门，他停下了脚步，咬了一大口手中的百吉饼，然后把它包在他的那卷蓝图和公文包里。“我还以为昨天有人来安装了呢！”

“一整天连个人影都没有。”杰克十分肯定地说道。现在是夏天，他以为会有孩子们在周围玩耍，但这座大厦安静至极。有时听到外面有人说话，但都是匆忙的身影、脚步声和渐远的谈话声。杰克猜大家要么急匆匆地去上班，要么待在自己家里。也不能怪别人，杂草丛生的公园里只有让人厌恶的空泳池和破烂的游乐设施，连自己都提不起兴趣来。

“我会再给电信公司打个电话，让他们一定过来看看。你的电源、路由器和其他设备都接好了吧？”

杰克不满地瞪了爸爸一眼：“要是没有把电源接好，有再多的工具和设备都是白搭。”

爸爸笑了起来："知道了，伙计。今晚见，我回来做晚饭，冰箱里就有食材。"

杰克打开冰箱，看到里面的东西点了点头，心想还不错。冰箱里有马苏里拉奶酪条、酸奶、几片干酪和熟肉。桌上甚至还有面包和几盒杰克最喜欢的麦片。他取出一瓶没过期的牛奶打开喝，心中油然升起新的希望。"谢谢爸爸。"他说道。每次都是这样开始的——新地方、新态度，有可能爸爸这次会一直保持下去吧。他在桌上半开的箱子里窸窸窣窣地翻了一遍，找出自己吃麦片的碗。

"你应该结交一些朋友！大厦里许多家庭都有孩子。"爸爸乐呵呵地看着杰克，他那阳光灿烂的微笑跟大厅里褪色的假植物一样能激发人的自信心。

杰克嗯了一声，打开麦片盒子，给自己倒了一大碗脆燕麦水果混合麦片。

"你可以去社区中心看看，好像那儿有游乐设施？当然，翻修的时候那些设施都要被拆除，你现在正好可以去玩。我得去会会工程师了，她对那地方有个雄伟计划！"

"好的。"杰克咕哝着，往麦片里倒着牛奶。

"你今天应该出去走走。"爸爸说道。他换了一下手里的东西，"咖啡拿给我，帮我把门打开，好吗？"

杰克快速搅拌了一下麦片，然后抓起爸爸的咖啡杯，盖严实了交给他，接着打开房门。明媚的阳光射进昏暗的公寓，顿时照亮了房间，杰克不由得被逼退了一步。

“哎呀，瞧瞧这迷人的加州阳光！要是我们还在西雅图，你肯定会求着我去外面玩。伙计，别浪费大好时光！”爸爸乐呵呵地说道。

刺眼的阳光从白墙上和闪耀的玻璃柜上反射过来晃得杰克睁不开眼，他只好眯起眼睛不理睬爸爸的调侃。

“你不用上班吗？”

“对，对，我该走了。哦，还有，公园里有几个年龄跟你相仿的孩子，会不会跟你同校呢？为啥不过去打个招呼？”

杰克耸耸肩，挥手让爸爸赶快出发。终于，公寓里又恢复到以前那种光线昏暗的状态。他吃完麦片后考虑要不要再开辟一个新世界；也可以继续建设，在技术提高上迈出更高一步。可他真正想要看的是丹尼给他留下的东西，还有他俩服务器上的搭建工作。已经取得那么大进展后再从头开始是很烦人的，没有钻石工具，挖矿的效率大不一样。

公园里传来阵阵欢笑声。

透过百叶窗，杰克看见前几天和另外一群孩子玩捉迷藏的男孩们，他们在游乐设施旁边追逐，大笑，扯着嗓子乱吼。

杰克洗好碗伸了个懒腰，仿佛听见爸爸的声音说他拥有这个“灿烂阳光的机会”有多幸运。这是爸爸的口头禅，好像这些东西有多么重要似的，他总认为一个孩子每天都应该经历一些神奇的大冒险。

爸爸常说：“外面的世界很广阔，你可以在那里大展拳脚。”而不管事实是这样的：杰克跟那些有趣的事情不沾边，

手里没钱就没法儿找到有趣的东西在哪儿。“大展拳脚”是个非常抽象的东西，简直让人心生畏惧。

杰克一直在竭尽全力——所以当了三次新生还能活得好好的。要是不迈出这第一步，永远都交不到朋友，可除了眼前这些小屁孩，周围并没有其他人。

杰克愣愣地看着窗外。忽然间操场上玩捉迷藏的孩子们一哄而散。因为三个男孩靠在公园灰蒙蒙的内墙上互相聊着天。他们看起来年纪大些，更壮实，更厉害。他内心有个声音告诫自己不能出去，否则惹了他们必定没有好果子吃。

最高的男孩笑着从口袋里掏出一个金色瓶子倒在破布上。另外两个男孩窃笑着用破布去擦操场上的游乐设施。突然，杰克惊恐地意识到，那是食用油。

就在这时，杰克放在餐桌上的手机响了，肯定是爸爸发来的信息。他的手机通讯录里，除了丹尼和以前住过的城市的比萨外卖员，没有其他人。

爸爸 上午 9:23

祝你有美好的一天！

爸爸 上午 9:24

记得留意电信公司的人。他们可能进不来大厦，对讲机铃坏了。

杰克叹了口气把笔记本电脑拿到客厅，登上昨天的游戏，

重新加固基地周围的城墙，并计划继续开展其他项目。丹尼没有回信息，杰克也没指望他回，可能他正忙着和朋友一起踢足球呢。

眼角余光瞥见的景象让他一激灵：有个穿T恤、戴一顶鸭舌帽的家伙从大厦后门往里张望着。

是电信公司！无线网络来了！

杰克从椅子上蹦起来冲出公寓，一次跨过两级台阶，飞快地穿过公园，一边回想电信公司的那个人在哪里——左边？不，是右边。于是他掉头向拐弯处飞奔过去，转过街角时差点儿被自己松开的鞋带绊倒。

扑通！

杰克好像撞到了什么东西或是什么人，非常结实，冲击力使他一下子朝后摔倒了，又有什么软软的东西把他弹开了。他一时间蒙了，晕头晕脑地眨巴着眼睛，第一个念头竟然是绵羊？

“哎呀！”

是那个昨天看到的男孩汤克。从近距离看，他的块头更大更吓人，肩膀宽宽的，头发向后梳着。汤克那高大的身形像个橄榄球后卫，把两座塔楼中间狭窄的走道堵得严严实实。

汤克皱着眉头捡起掉落的东西：好几卷卫生纸。现在杰克终于看清楚了。

“对不起，十分抱歉。”杰克喃喃地说着。他松了口气，发现电信公司那家伙仍然向着对讲机抓耳挠腮。他急忙拾起

一卷纸递给汤克，汤克把它放在怀里满满一大摞东西的最顶端，嘴巴紧紧抿成一条线。

由于太尴尬，杰克往后门去的时候故意不跑，但他看到电信公司那人即将转身离开，于是他忍不住喊了一句——

是我！

他打开大门，“你好，”杰克上气不接下气地说道，“安装宽带的是吗？”男人眨了眨眼看着他：“哦，不是的，我给B-30送货。是你吗？”他举起一个大纸箱。

杰克摇了摇头。

“你知道B座是哪幢塔楼吗？这些大厦我总是分不清哪个是哪个。里面有三个不同的地址，乱成一团，对讲机从没好过。”

杰克眯眼看了看箱子上的地址：“嗯，闪亮的这幢新楼是A座，B座和C座是老楼，应该是另外两边的其中一幢吧？”他耸了耸肩说道。

“孩子，谢谢你为我开门。”快递员摇了摇头往公园里走去，那是西塔楼的方向。

杰克关门并插上门闩，慢腾腾地回到公园里。现在烈日当头，他都快被晒蔫了，幸好公寓里开着空调。他往自己家那座塔楼走去，失望的心情让他心不在焉，等有所察觉却为时已晚了。

突然，阵阵低沉的笑声让他后脑勺儿的汗毛竖了起来，杰克惊恐地发现自己刚好走进自动售货机旁边那群大孩子的

包围圈里。他们靠在墙上盯着他看，最高的那个戴着无檐便帽，幸灾乐祸地笑着。他们肯定看到自己像个傻瓜似的穿过公园了。

糟了，既然已经被他们盯上，杰克只好假装自己是专门过来的。他心里盘算着，要想回自家塔楼只能从这三个人旁边过，能多快就多快，即使被他们的目光恶狠狠盯着。远远地，他看见汤克在操场旁边，往灌木丛里藏卫生纸。嗯，一定是某种奇怪的游戏。目光与杰克相接后，汤克瞪大双眼，一溜烟跑不见了。

“你瞅啥？”又高又瘦的男孩冲杰克嘿嘿笑着问道，他的牙歪歪扭扭，其中一颗尖利的门牙伸出来就像一颗毒牙，脸上露出十分恐怖的笑容。这让杰克联想起另外一个相似的男孩，他总是把快乐建立在别人的痛苦之上。“你装什么装？”

“嗯……我叫杰克。”

“你自己过来买汽水？”

杰克耸了耸肩，意思好像是那不明摆着嘛。

显然这一举动有点儿不合时宜。

对方的嘴咧得更大了：“我叫沙克，这是格斯和 AJ。”

“你们住这儿？”杰克歪着脑袋，回想搬进来时厨房餐桌上放的那张冗长的社区管理规定，他很笃定只有住户和访客才能进来。

“这个……我们是汤克的朋友，”沙克说着给格斯使了个眼色，“他回信儿了没有？说好了中午在这儿碰头的。”

格斯耸了耸肩。

AJ 往前一迈，向杰克逼近了些。“聪明的话就请我们几个喝汽水。沙克喜欢这儿的根汁汽水。”他说道。

杰克没带钱，身上连钥匙都没有，想都不用想应该拔腿就跑。他往后退了一步，脑子里一片混乱，生怕这些男孩跟他上同一所学校。要是爸爸得知自己每个星期都被一个头发乱糟糟的男孩威胁恐吓交出午餐钱，他肯定会失望地摇头。况且学校辅导员说过要及时止损，可现在他——他却——

“沙克，你好。”汤克不知道从什么地方跳了出来，双手插在口袋里。

三个人开始转圈圈，汤克奇怪地摇头晃脑。杰克知道这是一种男孩之间的暗号，外人不明就里。

杰克在想，他现在该怎么办？微笑？招手？还是点头回礼？不，与其点头，不如握手——

“还以为我们要去城堡公园呢。”汤克若无其事地说道，“你不是要再赛一场卡丁车吗，不记得了？”

且慢，不对，这是在帮他打掩护——

没等站稳，杰克踉踉跄跄地往后倒退了几步，然后转身飞快地溜过开阔的公园，看见一扇门马上冲了进去。

“有人吗？”

眼睛渐渐适应了黑暗，这个地方跟他们那儿一样，下午的阳光很难穿过脏兮兮的玻璃门透进来。他现在在一个空荡荡的大厅里，双手在牛仔裤上擦了擦，四下打量着。哦，对了，

这是爸爸曾经提过的社区中心，他们公司即将要翻新的地方。

既然来了不妨到处看看。沙克和他那些同伙还在外面，想回自己家那幢楼没有别的路，除非再次经过他们身边。杰克向里走进一个光线昏暗的房间，松了口气。他想到不仅能远离那些恶棍，还能顺便探个险，脸上不由得浮起微笑，好像自己找到一个洞穴，能躲开外面那群怪物。

杰克穿过空旷的大厅来到一排木门前，门缝被破牛奶箱撑开了。这里曾经应该风光过，木门上雕刻着用精细的树叶与字母组成的“太平洋波峰社区中心”。和这行字相比，现实中却弥漫着一股浓浓的凄凉感。杰克的手指摩挲着雕刻线条，猜想这个颇费心思的作品需要用多长时间才能做好。

杰克跨过门槛，来到他们第一次搬来时匆匆一瞥的地方，上上下下看了个遍。有一张台球桌但没有球杆，三个孤零零的球放在褪色的绿羊毛毡上。远处的墙上挂着一台曾经非常耀眼的电视机，型号老旧得看起来不像电视机，更像是一台电冰箱。杰克试着摁了几个按钮，但没有任何反应。下面的架子上散放着几张视频光盘，也没什么好看的，只是为低年龄幼儿制作的动画片和一些无聊的纪录片。电视机旁边的书架上是一堆泛黄的爱情片和西部片，几个褪色的桌游和几张破烂的扑克牌。杰克心不在焉地查看着箱子，里边所有的东西都破烂不堪。

他叹了口气，这里倒是设施齐全，什么都有。等爸爸的公司完成这个项目，这里会变得更好吧。父子俩应该没办法

留下来享受成果，要是爸爸接到另外一项工程，肯定又要搬家。

杰克看见一张脏兮兮的沙发，一点儿都没有坐上去的愿望。

大厅里最少还有三道门可以试试。

第一道门上了锁，杰克还以为这道小小的门是个壁橱。第二道门也锁着，但从上面的窗户能瞧见里边什么样子。看起来也没什么大不了的：只有一些桌子、椅子和其他破家具，它们乱七八糟地堆在一起，上面落着厚厚的灰尘。杰克试着推了推第三道门，它并没上锁。没想到门非常重，杰克只好用肩膀把门彻底顶开。随着一阵吱吱嘎嘎声门开了。

这个房间里，同样到处是厚厚的灰尘，一片昏暗。他想象自己到了深不可测的洞穴里，一边摸索一边前行，寻找财富，与怪物搏斗。墙面冷飕飕，剥落的油漆唰啦唰啦地落到手指上，终于他找到了电灯开关。

咔嗒！

房间霎时被一种颜色特别难看的荧光灯照亮，闪烁的灯光下是一排排笨重的老电脑，简直就是一堆电子垃圾，不论桌面还是主机都盖着厚厚的尘土。就像十年前什么人本想在这里建个电脑房，可后来半途而废了。房间最前排的电脑是安装好的，其他地方乱七八糟地堆着旧电脑、键盘、电路板和电线什么的。这些电脑的型号杰克听都没听说过，小里小气的显示器外形怪异，还带着硕大塑料壳。杰克旁边的那台电脑看起来比爸爸的年纪还大，天啊，怎么会有人在上头打字呢？

“唉。”杰克叹了口气，从第一排拽过张椅子。这张桌子上倒是没什么灰尘，也就是说近期有人用过这些电脑。裂开的桌子上有三台主机、三台显示器，靠门口的那个键盘已经非常破旧。A 键已经完全褪色，主机上满是闪闪发光的贝壳贴纸。

杰克试着敲击了一下键盘，猜想是哪个玩家如此珍爱这台电脑。他摸索了好一会儿才找到主机上的开关按钮，熟悉的开机声让他欣喜若狂。

墙上贴着注意事项：电脑房开放时间内，电脑使用时间只限两小时。一块褪色的板子上标注着上网时间。

对呀，互联网?

杰克凑近仔细查看桌子下面，他一下子找到了一根眼熟的亮黄色网线。顺着这根网线发现它已经插在墙上的电话插孔里。

“互联网！”杰克脱口而出，电脑还在启动中，他迫不及待地钻到桌子底下。如果能把网线拽出来，他就能上网了——

所有电线捆成一扎，固定在桌子下面的线路框架后头。空间太窄杰克进不去，要是有一个螺丝刀之类的工具就能把网线拽出来连接到自己的笔记本电脑上。

杰克坐回椅子里，初始屏幕里出现了“太平洋波峰”的标志。里面只安装了几个基本程序：浏览器、文字处理软件、纸牌游戏等，映入眼帘的还有《我的世界》。

“不是吧。”杰克自言自语道。

这座大厦里有其他人在电脑里安装了《我的世界》！

他登上自己的账号，由于太过于激动，两次都把名字和密码打错了。他太想知道这座大厦里还有谁在玩《我的世界》，如果他们……

不行，这个愿望有点儿奢侈，这个孩子必须得愿意结交一个像杰克这样的朋友。

“如果……”

杰克首先查看单人游戏的存档。里面有好多个世界，这个人看起来一直都很忙。有些存档的名字起得特别傻，似乎是照着自己的名字起的；有些存档的名字盗用了电影名字。杰克一边滚动鼠标浏览那些盗用自己看过或者没看过的电影名字，一边哈哈大笑。在这些名字里，有一个名字不断重复地跳出来：贝拉。

存档的命名和编号方式不断变化，例如：贝拉的最终世界，贝拉最终的最终，贝拉真正的最终，贝拉测试。后面跟着的日期是杰克很小的时候，几乎能追溯到《我的世界》刚刚发布的时间。

到底是谁创造了这些世界，而且一直不断地完善着什么？

杰克又切换到多人游戏，几秒钟后搜索本地游戏时弹出一个服务器：贝拉 7。缩略图是一个简简单单的贝壳图案，它看起来很有型。然而杰克特别想知道这个人到底在努力制造什么，而且为什么不断地在单机游戏中测试。

他在一条无边无际的海岸线中生成，这里布满岩石。岸

边延伸着绵绵不绝的沙滩和甘蔗丛，身后是茂盛的森林，远远的天际矗立着奇形怪状的建筑物。他全身的血液流窜着一股控制不住的兴奋，一个崭新的世界在他面前徐徐展开。

一想到就要开始探险，杰克不由得把指关节掰得咔咔响。

他打算轻装上阵，只收集了一些基本用品，目的是对这个世界有个初步认识。杰克遇到的第一处建筑物是个村庄，看一眼就知道之前的玩家把这里保护得非常好。外面一道围墙边上几个傀儡来回逡巡。镇子核心地带是一座精致的凉亭，一行行蓝色的花朵围绕其中。凉亭中央有几行字。

第十七个谜题

向天空西边眺望，别犹豫不决，

再加上冰洞里剩余的贝壳个数。

也许上次来的玩家正在进行某个游戏，留下了一个又一个不解之谜。杰克把谜题截屏后在村子里到处溜达。听到村民们用人工智能单音节声音向他咕哝，杰克的汗毛都竖起来了。他回头又读了一遍谜题，村子外边有一道围墙，还有一所房子，里面放满了物资，有煤炭和铁盔甲，还有制箭用的羽毛。

〈探险家杰克〉有人吗？

没人回复。

感觉有点儿不对劲，像是有个幽灵在附近徘徊。杰克觉得这里不只是个村庄，而是被人努力改造过的落脚点。杰克决定在开始下一段任务前小憩一下，休整休整补充能量，或者就地跟村民做点儿交易。

整个村子看起来就像某人的海滨度假圣地。房子都被做成了船舶的样子，房子里的墙壁被装饰过，而且不同的房子还有相似的主题。围墙上点缀着连绵不断的蓝色瓷砖，瓷砖上画着贝壳与海藻图案。

杰克搜遍了每一座房子，发现了许多让他疑惑不解的地方。在最豪华的房子里，一幅画后面隐藏着活板门，里面竟然有个精美的图书馆。“真可爱。”杰克低声自言自语道，他依次查看了墙上的书架、楼梯、台阶和设置成椅子、桌子样的活塞。房子中央有张附魔台，看见这个杰克很开心。角落里还有一口箱子，里面只有一瓶跳跃药水。杰克把它装进口袋后四处打量，总感觉房子里会凭空出现另外一个玩家。

这个村子绝不是随随便便出现的，它有丰富的物资和装备，一定有人在细心照看。一般来说，村民的箱子里不过是些食物、书籍或随机出现的矿石之类的东西，但杰克还从来没见过箱子里有药水。

他对自己在村子里得到的这一切很满意，接着开始在附近茂盛的橡树林和其他树林里砍伐树木。当夜幕来临时，他看到僵尸和骷髅从一间偏僻的房子里溜出来，在果实累累的田野里游荡。他对这个村子很好奇，到底是谁建造了它，为

什么建造？第十七个谜题是什么意思？前面还有十六个吗？

杰克在睡觉前合成了一些工具，耳边是屋外僵尸的呻吟声。白天转瞬即至，原本他想把床带走，可当发现蓝色的床和墙上的挂画及瓷砖简直是天作之合后，便放弃了这个打算。

于是杰克拿了点儿羊毛走。

走了几百格后，连一个村庄和标志都没看见，他心里也不清楚自己到底在寻找什么。以前登录时，会上公共服务器去碰碰运气，和丹尼一起去另外一个世界到处游走，去参观其他人建造的城市。可他向来对此并不热衷，别人设计的各式各样的模组和规则，看着确实不错，但他宁愿驰骋在自己的世界里。要设计新的规则、新的建筑，需要增设，需要变动，怎么说呢……他不喜欢总是面对那些层出不穷的复杂新事物。他就喜欢自己的世界，因为熟知这里的一切规则，所以手到擒来。这里由他建立，他了解各个细节，所以一切尽在掌握中。然而这个服务器大不一样，控制者另有他人，他们留下一个错综复杂的村庄，其中还有深奥的谜题。

眼前的世界肯定只是大局中的一小部分。

杰克跨越数百格，横穿整个世界，接着打算回头再去看看那个谜题。说不定有什么新发现。他照着原来的方向往回走，却在森林里迷了路。他在心中不断地埋怨自己没有给坐标或者其他东西做记号，这下可能永远也找不到回去的路了。

失望之余，他打算继续向前走，看看能不能找到别的新奇东西。他坐船日行千里，顺着一条河流飞快地穿过丛林与

平原，一直走到无路可走，然后深陷一片黄沙漫天的沙漠地带。

慢着，那是什么？

地平线上出现了一个奇怪的东西。

杰克奔跑起来，随着距离越来越近，树林和山脉轮廓越来越清晰，他又看见一个村庄，结构、房子和标志越来越多。

说不定还有越来越多的谜题。

杰克朝村庄走去，天黑之前还有点儿时间，身上装备尚足，足够打退几个僵尸。

这时，他看见远处有蓝色的光。

难道是大海吗？

于是杰克向那片广阔的蓝色区域大踏步走去，果然是大海，而不是笼罩在天际的浅蓝色薄雾。当他走近时，水面上的海市蜃楼逐渐消失，真实的景观则出现在眼前。虽然走了点儿弯路，杰克还是很快来到岸边，天黑前他还能赶回村庄。

海上没有潮汐，水面光滑如镜，太阳是个规规整整的正方形。鱼儿成群游弋，海龟缓缓地爬过沙滩。轻柔低沉的音乐响起，伴随平和的钟声与舒缓的旋律，它好像在说："你好，既然到了，就在这里尽情享受美景吧。"

杰克从未见过太平洋，他摇了摇头，想起爸爸说过要一起去海滩的，等爸爸兑现承诺不知道要到啥时候，而现在他可以来到这么美的地方独自享受这一切。

说不定哪天能横渡真正的太平洋，于是他跳进水里，欣赏着海藻丛林的宁静，成群的鱼儿在身边欢快地游过。杰克留

意着自己的生命值，定时浮上水面呼吸空气。沿着海岸线前进，偶尔会碰上悬崖和岩石陡坡，于是他顺着它们一路游去，这样心里有数。眼看着岸边从高大的树木变成铺满岩石的平原，还有一个稀稀拉拉地长着甘蔗的内海海湾，看起来美不胜收。太阳正在落山，天际呈现出一片橘黄色、黄色和金黄色相间的晚霞。他不应该浪费时间，但落日真美，让杰克禁不住停下脚步眺望。他已经远离村落，天黑前赶到那里绝对不可能了。现在还有宝贵的几分钟上岸并且建个过夜的营地，可是杰克仍然停在老地方，边踩水边静静地欣赏着正方形的太阳缓缓沉入地平线。

借着最后的余晖，杰克看到水下有东西，于是赶紧转身朝陆地游去。一个巨大丑陋的影子，在海藻丛林里若隐若现。

杰克必须得走了。夜幕中他在水里游不了多远准丧命。

然而好奇心驱使他再一次潜入水底。

大海里昏暗浑浊，散发着一股阴森森的感觉，但杰克的视线仍然清晰。他不断下潜，下潜，同时小心翼翼地留意着自己的氧气存量。接着他穿过海藻丛林，身边游过海豚和鱼儿。水下的东西轮廓渐渐显现出来：是一根长长的桅杆。他清清楚楚地看到了一艘船的船头。它从中间断成了两截，躺在一块突出的岩石上。他猜这艘船肯定在暴风雨中挣扎过，但最后因失败丢了性命。这时杰克氧气耗尽，只好径直向上游，浮出水面深深地换了口气。

天色已经完全黑了下来，可杰克看到沉船上发出一道诡

异的绿光。

于是杰克转身再一次跳入水中。

沉船在他正下方的位置，所以他游回去非常容易。杰克停在船只的甲板上，四下里寻找光源。原来光线是从船只内部发出的。他砸碎几个空箱子，不断地清理甲板上的杂物，终于看见了它，一扇活板门。

刚一进入室内，他立刻就发现了光源：这是一支安在墙上的水下火把，室内一切都笼罩在它蓝绿色的光芒中。难道是有人在不辞辛劳地照亮这个地方，就像灯塔一样？

也可能是个陷阱。

房间中央有个箱子，还有一扇活板门通向地下。

杰克小心翼翼地打开活板门。

箱子里放着一些珠宝——金锭、绿宝石和一张纸。

他带着箱子里的所有东西，掉头浮上水面。一弯新月高挂半空，星辰在头顶闪烁。杰克一边踩水一边把拿到的东西仔细查看了一遍。

刹那间杰克的心脏激动得怦怦直跳，难道这张纸是一幅藏宝图吗？

且慢，还有另外一扇门。

杰克转身潜到沉船，游过第一个房间，朝第二扇门游去。突然间他看见外面有什么东西倏地掠过——比鱼大很多，看样子不像海豚，而且这么深的地方也没有鱿鱼。

他迅速从门口撤离，回头紧紧盯着沉船那似血盆大口般

的破洞。气泡和海藻有规律地摇摇摆摆，突然间什么东西又动了一下。

慢着，难道那个是——

美人鱼吗？

杰克赶紧游了出去，猛然间瞥见一条尾巴的影子。

“快回去！”

他跟着美人鱼拼命游，完全忘了留意自己的生命值，突然屏幕上跳出一个提示——

探险家杰克　淹死了。

真是的。

杰克在黑暗中重生。花了几秒钟才反应过来自己身处的地方：这里是他最后一个扎营的地方。他随便找了个地方，手忙脚乱地搭起来一个火柴盒（即一个简单的庇护所）。

咔嗒，咔嗒，咔嗒。

真要命，附近有骷髅。

又传来一阵呻吟声。

还有僵尸。

杰克用尽全身力气往地上猛捶，只有拿到足量的泥土才能封上火柴盒。但墙是他用石头砌的，如果没有镐子想要凿塌需要很长时间。刚才淹死前拿到的一切都灰飞烟灭了，现在杰克没有工具，没有火把照亮道路，也没有工作台可以充

分利用晚上的时间合成所需工具，连张能睡觉并消磨时间的床也没有。

最糟糕的是他还把藏宝图弄丢了。

他离海岸不远，只能按照白天的来路再折回去，必须在五分钟之内赶到才能抢在所有的一切消失前抵达。这就是《我的世界》里的铁则。杰克有时候喜欢这种规定，有时打心眼儿里讨厌，现在就是如此。他不能坐等晚上的时间就这样溜走，并在心里一遍遍地后悔没有保存沉船坐标。但杰克坚信自己肯定能再次找到沉船，只要沿着河流一直向西，再顺着海岸北上，就能到达那个海湾，对吧？于是他又一次冲出藏身之处，按照这个方向头也不回地往前走。

星星在夜空中眨巴着眼睛，突然一个僵尸慢慢逼近了他。天啊！杰克拔腿就跑，说不定跑得够快就能及时赶到。

又有一个僵尸的呻吟声响起，杰克被巨大的恐慌笼罩着。他飞快地跑回藏身处，用砖块堵住门，但视线不好什么都看不清，脚下趔趔趄趄跌倒了好几次，而且身边没有足够的——

嘎吱一声。

电脑房的门开了又关上，杰克抬头一看惊呆了。

一个女孩闪了进来，紧咬着嘴唇，聚精会神地摁着手机按键。她没注意到杰克，径直走到自己那排最后一台电脑那儿，边上下滑动着手机屏幕，边启动了电脑。她长得真漂亮——她的肤色很深，柔软的棕色长发微卷，随意地披散在肩膀上，还有一张桃心形的脸庞。在杰克以前的学校这么漂亮的女孩

可是不屑于搭理他的。

杰克忘了扬声器还开着，僵尸的呻吟声把他从幻想中拉回现实，打破了电脑房里的安静。此时，女孩目不转睛地看着他，表情非常吃惊。

杰克赶紧从僵尸身边逃开，挥起拳头给了它一下子，但没啥用。真不敢相信自己这么无能，但又不想不战而逃，倒不是为了给女孩留下什么印象，只是他有自己的原则。杰克内心很矛盾，不知道该直接下线还是把屏幕最小化，可他又不想冒丢了藏宝图的风险。

女孩扫了一眼他的屏幕，看到他在僵尸的进攻下阵亡，脸上的表情瞬间闪过一丝惊讶，接着变成了轻蔑。她瞥了下手机，皱起了眉头。

“真能耐啊。”她开口说道，气呼呼地站了起来。

“你好，我是杰克……刚搬来的。”他回头看了看电脑屏幕上的时间，心里咯噔一下，明白自己那些装备已经彻底玩完了，只好断开游戏，叹了口气。他往后一靠瘫在椅子上，又扬起一阵尘土。杰克边打量着女孩，边害羞地微微一笑。他想试试看说不定能交个朋友，对不对？

女孩不经意地扫了杰克一眼，突然间他为自己褪色T恤上那摊意大利面的污渍感到无地自容。俩人年纪相仿，女孩比他矮一些，但身上散发着杰克不具备的自信。不知为什么，她那一瞥带着洞察一切后的轻视。

“都是你自己瞎猜的，”杰克心里对自己说道，“你以

为每个人都想干掉你吗？”

他紧张极了，心脏快要跳出喉咙，开始语无伦次：“我是从马里兰搬来的，去年我四处搬家。可我从没来过加利福尼亚，爸爸一直说我们现在可以随时去海滩，因为很近。”

“很近，哼，没错。”女孩拖长了尾音说道。

“那么这里有什么好玩儿的吗？”

“这里？你都看到了，最棒的太平洋波峰已经提供了丰富的活动。”她朝着电脑房和走廊里敞开着门的娱乐室大手一挥。

“那倒是，”杰克顺着她的话说道，“这个电脑房还不错。”说完耸了耸肩，“我公寓里还没通无线网络呢。”

“没礼貌。”女孩站起身，甩了甩头发。

杰克真不是故意盯着她看，但他好像被施了定身术，愣愣地站在原地手足无措，眼里只有她的卷发轻快地跳跃着，这个满是灰尘的房间霎时间变成世界上最美的地方。

“你说什么？”

“按规矩别人做完自我介绍后，是不是应该也要给对方介绍自己呢，举个例子，我叫杰克，你叫？”

“告辞。”她说着翻了个白眼。女孩走出门外，正眼都没看他一下，下午的阳光透过窗子落在她远去的背影和卷发上，转瞬即逝。

又一次重蹈覆辙。

杰克本不该白费力气去做无谓的尝试。

第四章

短信上说“我们四点来接你”，可她们却迟到了！这里是离家两个街区远的高档小区——格伦橡树公寓，艾米莉觉得自己像个傻子一样站在路边。以前经常和帕蒂约在这里，没想到今天帕蒂迟到了这么久。艾米莉叹了口气只好假装忙着打电话，这样路过的人就不会用奇怪的眼神看她。她很恼火，自己三点前就出发了，因为帕蒂说三点半过来，但她四点才收到帕蒂说她出门的消息，往回走已经不可能，只好跟父母说晚点儿到家。这才来到老旧的电脑房，打算消磨一会儿时间后再去格伦橡树公寓。不巧的是那儿已经有人捷足先登，别无选择的艾米莉只好先行离开。

艾米莉转过身心烦意乱地把一绺卷发抿在耳后，仿佛这样就能把恼人的情绪摆脱掉。她正在《我的世界》里建造一

座宏伟的建筑，原本一切都很顺利。要不是出来赴约，在自己的村庄瞭望塔上再加盖一层的工程就完成了。艾米莉摇摇头，气愤难平地哼了一声。

艾米莉内心有个声音说道：如果和她们约定在自己住的公寓楼下碰头的话，就可以多玩半个小时。只能这么想想而已，实际上可不是自己说了算的，所以这个念头也就一闪而过。

她指甲的颜色别出心裁地把金绿两色融合在一起，再搭配身上的混搭装，准能引起一阵赞叹。一小时前她还在卧室里沾沾自喜，觉得自己光彩照人，想象着帕蒂和妮塔对这身引人注目的打扮作何反应。但现在她心里越来越没底——混搭装才是最大的亮点，假如她们压根儿不欣赏怎么办？

艾米莉手机震动了一下收到条新信息，同时看见帕蒂妈妈那辆锃亮的雷克萨斯从拐角处转过来。帕蒂一向都是车还在街区那头，就已经告诉她到了。因为帕蒂最讨厌等人了，但她却根本不在乎艾米莉已经在人行道边站了多久。

光可鉴人的黑色汽车缓缓在艾米莉面前停了下来。妮塔兴奋地朝窗外挥手，帕蒂在前排座位打电话连头都没抬。艾米莉把已经到嘴边的刻薄话咽了回去，换了一种轻松的口吻：“咱们去促销店购物还是去玩别的？”

妮塔笑嘻嘻地帮艾米莉打开后车门，并说道：“当然玩别的！”艾米莉说着跳上车，热情地跟妮塔互相拥抱。

“我们要不去购物中心吧，然后去饮品店，因为我有他们的优惠券，买一送一。我只喝一杯，分艾米莉一杯，因为

妮塔不喜欢巧克力麦芽。”帕蒂滔滔不绝地说着。接着她一回头，看见了后排的艾米莉，嘴角上扬，脸上浮起一个微笑，“你的指甲颜色太漂亮了，真棒！”她说道，目光顺着往下看到艾米莉的衣服，“跟你的鞋子很搭配，现在最时兴混搭的对比色。”

“嘻嘻，我也觉得很好看。”艾米莉说道，她被夸赞得飘飘然起来。

“我太喜欢了！”妮塔说着抓过艾米莉的手轻轻抚摸着指甲，“你还有这种颜色吗？下次帮我涂！”

“艾米莉，系好安全带。”帕蒂的妈妈坐在前排，语气里带着责备。她天生丽质，魅力无穷，是一位电视台制片人。

“安德森夫人，真对不起。”艾米莉惭愧地说道，不由得把身子蜷缩了起来。

“亲爱的，叫我萝丝吧。”安德森太太语气平和地说道。

艾米莉摇了摇头笑了。她们的车驶出社区开上高速公路，离开了她们那个灰暗乏味得不怎么像社区的地方。

她们在购物中心逛了两个多小时。艾米莉说自己忘了带钱包，一分钱没花，她觉得出来这趟很值。妮塔还欠自己一个冰激凌的钱，这样一来加上帕蒂的优惠券，她还能在饮品店里喝杯巧克力麦芽，然后跟着朋友到处溜达。艾米莉的零用钱少得可怜，因为上星期买东西花超了，她需要节省好一阵子，但她有信心自己能做到。现在帕蒂要在喷泉前面拍照，

她们要把水中变幻莫测的波光当作背景。为了抓拍到完美的照片，她们磨蹭好长时间后，帕蒂终于满意了。而且不管艾米莉心里如何不情愿，帕蒂还是帮她拍了好几张。帕蒂的照片拍得非常棒，但是艾米莉整整一个夏天都在纠结：只有帕蒂把她们的合照发到博客上，才能证明她愿意把自己当成一个朋友而不是一个路人。

艾米莉把头发从眼睛上撩开，微微噘嘴，望向帕蒂。

咔嚓。

“好了。”帕蒂一边说道，一边低头看着手机。

艾米莉从帕蒂身后看着屏幕上的自己，这可是足足蹲守两小时才等到的完美光线。亮闪闪的发型，精致的妆容，长长的睫毛，虽休闲但颇有艺术风的服装，都在屏幕上展现了出来。可她一眼就发现了自己的缺点：轮廓不够精致，眉毛参差不齐，更糟糕的是表情。她这是在想什么呢？帕蒂说她看起来内心有个美好的秘密，肯定是为了引起托比或其他男孩子的注意。然而艾米莉心里的秘密只有一个，就是担心帕蒂不是打心底里喜欢自己。真是那样的话就彻底完了，她花了整整一年费尽心机建立起来的友谊也就烟消云散了。

“真漂亮。”妮塔一边低声说道，一边在她身边手舞足蹈。

可是帕蒂什么都没说，只是把手机屏幕朝向艾米莉让她自己看。

“你觉得怎么样？”艾米莉问道，她想知道对方的意见。

“补妆。”帕蒂说道，并向妮塔挥了挥手。

妮塔赶紧掏出唇彩，艾米莉假装生气地从妮塔指甲修剪整齐的手中夺过唇彩，用来掩饰自己的害怕。她们向来如此。太阳眼看就要落山，但帕蒂一定要她们抓住这个“黄金时间”拍照，然后把照片上传照片墙。随着太阳渐渐西斜，艾米莉的心跳越来越快，她就像折了翼的天使一般——掉进这个位于东洛杉矶的公寓大厦和购物中心上。随着心里的焦虑不断疯长，艾米莉几乎要跳起来。在《我的世界》里，夜晚意味着危险来临，也意味着僵尸、骷髅和更可怕的东西。艾米莉的手指开始抽搐，如同倦鸟回巢的本能似的——我离中心基地还有多远？附近有安全的房子吗？我是不是还流落在外？赶快，在怪物摸上来之前建个庇护所——

“动作快点儿，我们时间不多了。”帕蒂语气严厉。

艾米莉累了，跟她们在一起消磨时间确实很好玩儿。她很喜欢跟朋友出来闲逛，一起挑选衣服、看电影，或者在商场里共享椒盐卷饼。但有时也很无聊，例如为了上传照片墙而拍照片，帮帕蒂拍视频，通过各种渠道吸引更多追随者和点赞等。

她忽然间想起电脑房里的那个男孩，跟僵尸搏斗时身体前倾的有趣样子，做自我介绍时脸上露出傻乎乎的笑容。艾米莉真想问问他玩了多久《我的世界》，想去瞧瞧他盖的房子。两人看上去年龄相仿，而且很可能是同一个学校的。但艾米莉正在努力融入更高阶层的圈子，最好还是别去冒险结交拖后腿的朋友吧。

她重新涂上唇彩，用的力气特别大，妮塔见了咯咯笑起来。

帕蒂和妮塔是她最好的两个朋友。帕蒂是她们中学里最受瞩目的女生，艾米莉从被忽视的小透明渐渐地走进同学们的视野，是因为只要跟帕蒂和妮塔在一起，别人就会注意到她。

她耗费大量的时间和精力，绞尽脑汁地为发在照片墙的图片配文，小心翼翼地回复评论，终于打出了知名度。艾米莉用了一个月随叫随到地陪着帕蒂在商场逛荡，皇天不负有心人，终于收到去她家做客的邀请，这也证明自己成功地打进了帕蒂身边的核心小圈子。七年级和八年级的整整两年时间里，她都在为融入更高阶层的圈子而不懈努力着，尤其是上高中前的这个夏天，几乎天天跟帕蒂和妮塔她们混在一起。这个关键时刻万万不能让同伴们觉得她是个土老帽，太危险了。

镜头前艾米莉又嘟起嘴唇，让帕蒂拍更多的照片然后找出一张满意的，接着用帕蒂的配文发了出去。跟朋友拥抱告别后，她让帕蒂妈妈在离家两个街区远的地方放下她。

艾米莉挥了挥手，闪进高档的格伦橡树大厦，等安德森家的雷克萨斯轿车绝尘而去，外面风平浪静后她才离开，顺着马路走去。她脚步轻快地穿过几个街区，街道中央的干草沙沙作响，垃圾从路面滚过。很有意思，不管社区的面貌如何飞速改变，而东洛杉矶还是老样子。她穿过一座人行天桥，这座桥横跨一条名为“风暴海峡”的人工河。当街边修剪整齐的草坪与养护良好的大厦变成了老旧公寓大厦那锈迹斑斑、破破烂烂的铁链围栏时，艾米莉终于看见那块熟悉的暗灰色

招牌“太平洋波峰社区中心及公寓”，心中觉得这种字体根本算不上复古，只能说是老旧过时。

跟往常一样，艾米莉把厚重的方形钥匙插进锁眼。她推开门一眼就瞧见了一辆搬家卡车堵在停车场入口处——可能又有人搬进了这座崭新的大厦。

艾米莉深一脚浅一脚地登上楼梯，边走边把假睫毛扯了下来。

还有几个月就要上高中了，可艾米莉……她还没做好思想准备——这才刚适应了初中生活：怎么穿得体的衣服，没什么有趣的事也能露出妩媚动人的笑靥，怎么做头发涂指甲，不经意间称呼帕蒂为最好的朋友。她才不想成为那种胆小如鼠、被人忽略的小人物。现在人们渐渐注意到了艾米莉，她走过大厅时人们不自觉地停下脚步行注目礼，朝她绽放笑容，并啧啧赞叹，可这些转瞬即逝。每天都是一轮新的挣扎：如果她的钱包不够鼓，如果形象不完美，如果照片墙某个讨厌鬼的评论不友好……她必须变得更苗条、更美、更光彩夺目……

艾米莉卸了妆，一屁股坐在舒适的电脑椅上。没有新评论，她刚发上去的视频下只有两个赞。可是帕蒂刚发的视频已经有好几百次点击了。艾米莉看着帕蒂在镜头前微笑着，心里不禁想起拍这些视频花的那些时间，耗费的那些心血。她叹了口气，点开了她的通知信息。

她发现这两个赞是帕蒂和妮塔点的。

想通过视频网站出名太难了。帕蒂六年级的时候已经摸

出门道，加上妈妈在电视台工作，所以她有最专业的相机和灯光设备，反正什么都是最好的。她总说当网络红人很有意思，但对艾米莉来说却是负担。说实在的，艾米莉并不喜欢把时间都花在拍摄化妆教程上。帕蒂痴迷于一切剪辑和制作视频的技巧，可是艾米莉就喜欢看视频而已。

她切换了账号，推荐内容从化妆教程变成了《我的世界》。她的脸上不禁浮起微笑：这些视频才是她的心头好。她开始快速浏览，然后被自己喜欢的网络红人深深吸引住了，尤其是他们搭建的新建筑和新模组。她看了一个关于寻找藏宝图的视频，认真地把最佳路线记了下来。现在艾米莉在游戏里已经有了个新目标——今天说不定能去找找宝藏。

收件箱响起信息提示音，艾米莉一下坐直了。她的视频很少有人浏览和点赞，任何互动都令她感到意外。一开始艾米莉想炫耀自己很酷的红石建筑，所以去年夏天就拍了个视频。可如果自己不出名的话压根儿没人理睬，她还想过是不是应该换个用户名呢。

不行！之所以选这个名字是因为自己的理想是当个摇滚明星。没实现自己的理想前，先自我催眠，想象自己已经成了明星。也许某一天，她就会真的成为明星，现在需要不断学习，不断尝试。

天啊，她竟然收到一个评论！

太平洋薇薇安：感谢你的关注！我喜欢你在这里对压

力板的改装，这设计太酷了！

啊，太好了，这就是艾米莉要找的人。跟自己一样，也是个业余创作者，账号里只发了一些简单的游戏录屏。太平洋薇薇安从没在屏幕上出现过，不像其他玩家喜欢说说笑笑或者跟其他人搞个恶作剧什么的。起个网名就够挠头的了，加上不是人人都能负担得起那些拍视频用的高档设备，例如用绿幕抠出人像再放进游戏画面里。这一点艾米莉还做不到，不，她也能做出帕蒂那样的视频，可爱的服装和有趣的化妆技巧，可是她没办法同时又拍美妆视频又盖红石大厦。

艾米莉马上回复了信息，然后又看了太平洋薇薇安的几个视频，点了好几个赞，给每一条视频都留了评论。回复提示音又响了起来。太平洋薇薇安肯定在线，所以能够实时回复她的消息。

摇滚巨星红石：视频真棒！以前总觉得这东西很复杂，但一看你的讲解，仿佛简单多了。

太平洋薇薇安：谢谢！虽然花了点儿时间才弄明白，但我很喜欢。它就像另外一种语言，熟能生巧罢了。

摇滚巨星红石：哈哈，真开心！这是我喜欢你的地方。我建红石大厦时，还没想好怎么建造，就先打了地基。

太平洋薇薇安：才不是呢！我觉得你改装的活板门太厉害了！你明明就是个红石摇滚巨星！

艾米莉犹豫了一下，把自己的服务器名称发给了太平洋薇薇安，问要不要一起组队玩。她紧张地等待着，过了一会儿，对方发来一个“好的”，双方激动的情绪横贯了整个屏幕。

应该先把哪个世界展现给太平洋薇薇安呢？有迷宫的那个，还是那个蜜蜂形状的自动养蜂场呢？好，就是它了，她一定会觉得很酷而且印象深刻。艾米莉把椅子上的靠枕拍松，戴上耳机，让轻柔的开场音乐流遍全身。她浏览自己建造的每一个世界，想起建造它们的情景时不禁微微一笑。她喜欢把时间花在欣赏建筑、设计新结构、制造活板门上。她可以接连好几个小时去探索和冒险，并学习更多的建筑知识，了解红石更多的用处。在《我的世界》里有数不清的事情要完成、要探索、要学习制作。

太平洋薇薇安　加入了游戏。

太平洋薇薇安的化身是一个穿皮盔甲的小女孩，粉红色的头发梳成小辫子，她兴奋地朝艾米莉挥了挥手。

〈太平洋薇薇安〉你想先做什么？

〈太平洋薇薇安〉这里太酷了！带我到处转转？

〈太平洋薇薇安〉你喜欢探险吗？去一些很有意思的地方瞧瞧？

〈摇滚巨星红石〉我喜欢探险。

〈太平洋薇薇安〉太好了！有时候我跟哥哥一起玩，但他总喜欢待在老地方，太无聊了。

艾米莉咯咯地笑起来，两人的对话好像哗啦啦的小河不断地流淌。不用在开口前反复考虑，不需要揣测对方是不是喜欢听，不用想谁懂不懂，或者谁上星期穿了什么。这是一种全新的乐趣，不就是跟朋友分享你最真实的样子吗？艾米莉可没法儿想象跟帕蒂和妮塔一起玩《我的世界》。

〈摇滚巨星红石〉从我基地出来的路上有个洞穴 ，里面有熔岩暗流，每次我想去采矿都会栽在这儿。

〈太平洋薇薇安〉有没有想过改变它的流向？

〈摇滚巨星红石〉跟你说过啦，我就没一次能逃生的。

〈太平洋薇薇安〉好吧，我们看看想个办法怎么能顺利通过这里！

艾米莉怀着刺激又兴奋的心情给新结识的朋友带路。

她们一起建了个基地，艾米莉发现太平洋薇薇安探险的方式特别有趣，跟自己一样都是不管不顾地一个猛子扎进去。她发现自己此时身心放松，笑声连连。屏幕上闪过一条信息，她惊讶地停了手。

〈太平洋薇薇安〉叫我薇薇安吧。

〈太平洋薇薇安〉你叫什么名字？在战斗的时候，我们语音聊天好吗？比打字容易多了。

一股暖流涌上艾米莉的心头，她有些害羞地打出自己的名字，下载了薇薇安说的那个应用程序。她从没在《我的世界》里开过语音聊天，只有一次冒险进入了多人游戏，但被其他玩家吓了一跳。但这次却好像在操场上跟老朋友打声招呼，然后一起玩捉迷藏那么轻松。没有粉丝，不用点赞，也不用在乎谁的长相如何，相处起来轻松自如。

薇薇安的声音听起来跟自己相仿，但艾米莉拿不准——薇薇安有时候说话很成熟，听起来年纪大点儿，但她说得对，这种交往轻松多了。

“左边，左边！”薇薇安大喊着。

“啊呀！”艾米莉慌不择路地拼命往后退，想争取射出更有效的一箭。箭镞像雨点似的嗖嗖地飞向骷髅。

“还有一个！”

“拿下了！”艾米莉得意地笑着，喘了口气。她俩探险途中在山洞里稍作休息。艾米莉的心脏兴奋得怦怦乱跳，刚刚薇薇安潜水的时候迎头撞上一群骷髅了，她那激动的尖叫声仍然在耳边回响。

跟新朋友一起玩《我的世界》实在太有意思了！

“我马上就得走啦，今天真开心！”

“就是！明天还一起玩吗？”

“整个夏天都一起玩吧！”薇薇安兴高采烈地说道。

薇薇安退出语音聊天，但还留在游戏中，她带着艾米莉回到新基地。

〈太平洋薇薇安〉真棒！全是铁造的，好喜欢！

〈摇滚巨星红石〉我们干得太漂亮了！

〈太平洋薇薇安〉我说，

〈太平洋薇薇安〉你想不想加入我跟朋友的服务器？那儿有许多有趣的内容，你肯定喜欢！

〈摇滚巨星红石〉你们的服务器有几个人？

〈太平洋薇薇安〉哈哈，很多。

〈太平洋薇薇安〉现在有 17 个活跃玩家，我在的片区有 5 个。

〈太平洋薇薇安〉我们是创始人，哈哈！接下来我们可以邀请更多人。

〈太平洋薇薇安〉这个片区没多少地方能建小镇了，但如果你喜欢的话，水域片区里有个绝好的地点！

〈太平洋薇薇安〉我们也可以另外找地方建个全新的片区！

〈太平洋薇薇安〉我知道米娜很想建一个新区……

〈太平洋薇薇安〉天啊，这个主意太了不起了！肯定

很有意思，一起来吧。

两个人一起收拾战利品的时候，艾米莉一直在犹豫。薇薇安很容易相处，但这是一对一的时候。随着人数的增加，她心底的担忧也就越来越重，那种社交方式她还没做好思想准备。在小团体中必须摸清规则才能立住脚，自己能不能得心应手，她心里没底。

手机响了，是帕蒂，问她关于服装的意见。

“艾米莉，你能去取一下快递吗？”妈妈在楼下喊着。

“好的！马上！”艾米莉答应着，叹了口气。

〈摇滚巨星红石〉可以考虑。

〈摇滚巨星红石〉一会儿再聊。

艾米莉保存并退出了游戏，接着，她登上了照片墙，就势往床上一倒。给帕蒂帮忙和在《我的世界》里去山洞探险、与骷髅搏斗没什么两样，都需要费一番脑筋。她必须得记得上次帕蒂穿的衣服、戴的配饰，然后及时给出建议。当然，这是艾米莉的拿手好戏，她认为受人喜爱是一种义务。艾米莉一边滑动手机浏览信息，一边给朋友点赞，以便了解每个人最新的动态。然后，她开始自拍起来。换了三次滤镜后，她终于发了一段自拍视频，配上完美无瑕的标题，吸引人们观看自己最新的视频。帕蒂立即点赞，在评论区里发了一大

堆红心表情，还有留言“哇！视频真棒！”

帕蒂曾鼓励她开通自己的视频账号：“你有天分，只要再多点儿自信就行。赶快开始，我相信你。”她说道。艾米莉没告诉帕蒂自己已经开通了，为的是发布《我的世界》里搭的建筑物。她喜欢搭配衣服，也喜欢跟帕蒂分享心得。但是，有时免不了要怀疑，如果没有这些共同爱好，她俩还能不能当朋友？如果艾米莉对时尚没有那么高的敏感度，对清仓特价反应不够快，帕蒂还愿不愿意跟她一起出去玩呢？

艾米莉在她两样热衷的爱好中间筑起一道高高的壁垒，她把每件事都分得清清楚楚。她认为，薇薇安可能会认为她对衣服的狂热很傻，帕蒂觉得《我的世界》无聊又厌烦。就好比“摇滚巨星红石”这个账号和社交平台账号表达的是两段截然不同的人生，有大相径庭的爱好。漂亮的衣服和电子游戏完全不是一路的，对吧？

更重要的是，别人看到你和谁在一起，就会对你有什么样的印象。那个新来的孩子杰克必须赶紧领悟个中奥妙。艾米莉想到这里叹了口气，多希望杰克别在电脑房一待一整天。电脑房是她的地盘。在那里没人看见她，她无须伪装自己的想法，更不用戴着面具与人相处。现在可好，那里成了与另外一个人分享的公共场所，她还需忍受被审视和对她评头品足。

然而他也玩《我的世界》。临走前，艾米莉匆匆一瞥，已经把对方的游戏名字记在了心里。

她心里为自己的矛盾感到一丝内疚，但又理所当然。如

果他也住这儿，很可能会上同一所高中，但他俩不是一类人，不可能当朋友。否则帕蒂和妮塔肯定和自己翻脸，还有那些她想接近的高阶层孩子也会把她归入天生的低等人群。艾米莉眼前已经浮现出同学们取笑那个男孩的情景，还有他脸上抹不去的尴尬笑容。

如果情况不是这样，她会停下脚步和杰克说话的。如果她有薇薇安那种自信、随和与热情该多好，就可以和他交个朋友，说不定还能玩到一起呢。

艾米莉在网站上搜索“如何结交新朋友”，但毫无用处。没了学校那些潜在规则，她根本不知如何是好。与薇薇安的认识纯粹是个偶然，她主动向艾米莉示好，凑巧就成功了。

第一步，要真诚。

“不可能的。”艾米莉关掉这篇鸡汤文，叹了口气。

大厦的走廊里与开着空调的公寓室内的气温天差地别，酷热在这里积累滞留，渗进了混凝土里。艾米莉出了西塔楼顺着楼梯一直往下走，虽然室外好不到哪儿去，但起码有些许微风。

她步履匆匆，穿过杂草丛生的小公园。有时候几个大块头男孩会在这里出没，最好避开他们。几个家伙喜欢恐吓大厦里年纪小的孩子。艾米莉打心眼儿里厌恶那个最高的男孩，瘦得像排骨，名字像某种鱼。他经常在艾米莉背后弄出咔嗒咔嗒的声音，还以为她听不见。

在自动售货机和平常出没的地方，没看见学校那些坏家伙的影子，于是她抄近路穿过空旷的操场往邮箱走去。

不好，其中一个家伙出现了。是那个肩膀宽阔长得像高中生的人，艾米莉在学校里见过他。他跟自己一样也是八年级学生，经常在学校的走廊里游荡，还常常在老师背后发出怪叫声。艾米莉想起来了，那人是汤克，记得七年级时有个人因为他走路摇摇晃晃的，给他起了个外号叫“弗兰肯斯坦怪物”。汤克在开学第一个星期穿了一件劣质毛衣，之后一整年都没换过。艾米莉一度很可怜他。可是汤克从八年级开始就跟那帮人厮混在一起，所以他们肯定是一伙的。

汤克从灌木丛里拖出一大堆卫生纸，鬼鬼祟祟地来到操场。

艾米莉躲在灌木丛的阴影里，大气都不敢出。

汤克轻叹一声，从地上捡起什么东西扔进了垃圾桶。四下里打量一番后，他撕下一段长长的卫生纸，动手仔细擦那些秋千铁链。

他把所有秋千都擦了一遍，抹干净单杠后，扔掉用过的卫生纸，无精打采地往北塔楼而去。

艾米莉走出灌木丛来到垃圾桶前，往里一看，垃圾的最上面除了汤克用过的卫生纸，还有一个塑料的菜籽油空瓶。

奇怪。

第五章

一开始杰克还以为她是谁家的奶奶。老太太穿着一件褪色的毛衣，可能是那种很久以前流行的碎花款式。她坐在操场外围的长凳上，双眼紧闭，头向后仰着，长长的脸上带着悲伤，手里攥着一顶五颜六色的破旧的圆帽。圆帽看起来很朴素，没什么装饰，顶上带着个小绒球，只有一根线连着。

老太太看起来很慈祥，杰克在犹豫要不要过去逗她笑一笑。他记得自己的奶奶后来很健忘，稍一分神就忘了自己手头的事，也忘了为什么做这件事。她是杰克最爱的奶奶，杰克对她的记忆已经十分模糊。依稀只记得一个场景：爸爸妈妈互相微笑着，圣诞烛光映照在爸爸的眼镜片里，自己身后是皱巴巴的包装彩纸；妈妈和爸爸牵着他的手，奶奶拍了拍他的后脑勺儿。但自从奶奶去世后一切都变了，一时间已物

是人非。接着妈妈得病也去世了，他跟着爸爸没完没了地工作，不停地搬家——

他爱自己的爷爷奶奶，不论眼前这位是谁的奶奶，家里人肯定很担心她吧。

“你还好吗？”杰克轻声问道。

老太太猛地睁开眼睛瞪着杰克：“你在这儿干什么？”她几乎咆哮起来，“操场五点就关门了！”

这暴躁的语调吓了杰克一跳。她两条锐利的眉毛画得几乎连在了一起，整张脸绷得紧紧的，就像一位要罚他关禁闭的老师。双方的情绪有点儿剑拔弩张的感觉。

杰克不自觉地把她当成严厉的老师，满不在乎地耸耸肩并且嗤之以鼻。“好像才关了不到十分钟而已，天还亮着。我觉得没什么问题，况且爸爸也知道我在这儿。”

她瞪着杰克，把身上的外套裹得更紧：“那他知道你违反规定了吗？”

“天啊，有什么大不了的！”

老太太挺直了身子，“当然很严重，”她气呼呼地说道，“你住哪个单元？”

“A-204。”

她啧了一声道：“明白了，你是奈杰尔·托马斯的孩子。”她又瞪了杰克一眼，“告诉你爸爸，他得来签社区规则同意书。在规定时间外，孩子还在操场玩会被罚款。”

“明白了。”杰克说道，挖苦般地学着她的口气。老太

太站了起来，没理会杰克伸过来的手，嘴里还嘀嘀咕咕个不停，蹒跚着脚步离开了。

唉，杰克猜她不想跟自己做朋友。

社区中心又恢复了平静，杰克大大地松了口气。就这样过了几天后，他已经掌握了大厦中人们的生活规律。一大早出来几拨人赶着去上班，他们匆忙奔向街区尽头的车站，有的一边跑一边打领带，有的步履匆匆地下楼往停车场走去，有的身后跟着参加暑期学校或者夏令营的孩子，孩子们的肩上是沉重的背包或橄榄球装备。等到下午凉快点儿了，年纪比较小的孩子们会在操场上玩，秋千上和攀登架上都是他们奶声奶气的大笑声。

对于无线网络，杰克几乎不指望了。虽然自己也可以打电话给电信公司，可他才懒得在爸爸堆积如山的办公桌上翻找账单和电话簿。最近爸爸心情好得有点儿莫名其妙，每天必定回家做饭，还询问杰克今天都干了什么。他不想在爸爸心情特别好的时候弄乱他的东西，那样的话非惹麻烦不可。

杰克不知道该怎么跟爸爸提起他了不起的新发现，那是自己的秘密。在电脑房里，他眼看就要揭开一个惊天谜团的面纱。他只是跟爸爸说每天步行去社区图书馆看漫画书，书籍很精彩，所以孤身一人也挺好的。

然而，第二天杰克眼巴巴地等着时钟指针慢吞吞地靠近十一点。

这时，公园里嗡嗡的说话声渐渐停息了。杰克先从窗户上看看，沙克和他的同伙有没有在自动售卖机旁边闲逛。有时他们等汤克来了就一起走出双层门，可能是去其他地方惹是生非了吧。杰克动身从内侧走廊的边上溜过去，下了楼刚好就到了社区中心。

这里是电脑房，他的秘密花园。

杰克又找到海边那座村庄，他截了很多屏，记录了各种异常和问题。仗着高级盔甲护身，他能够上村子里的酿造台和附魔台，合成各种工具。出发去沉船前，他必须拿到许多水下呼吸药水，但自己的装备不全没法儿硬闯下界去找配置药水所需的下界疣。杰克徘徊着，等待时机。他渴望深入了解这个世界。

他开始查看日志，看看自从上次登录后有没有人来过。杰克在村子里留下标识，写着例如“你是谁？为什么建这个？”可是杳无音信。他站在凉亭里，继续钻研那个谜题。

“仰头望天，”他自言自语道，“冰洞。”

村子东边是一片雨林，全都是密密匝匝的竹子和参天大树。北边是平原，西面是高耸入云的山峰，南边就是杰克发现沉船的大海。

“等着瞧。”杰克冲着闪耀着万丈光芒的太阳喃喃自语。

杰克爬上山坡，想弄明白自己到底漏掉了什么东西。昨天爬上去过，可山顶上除了覆盖着皑皑白雪外，他没有任何

发现。可为什么谜题要把他往这个方向指引呢？

杰克来到第一段冰面，停下脚步，等了一会儿。他发现冰下有许许多多洞穴通到地底，深不可测。这点儿困难根本阻挡不了他往冰下挖。

凿开第一块冰，下面只有石头。凿开第二块冰，下面是一片漆黑。

“哇！接招，第十七个谜题！”杰克将火把插在洞口，小心翼翼地往里走。

每走几格插一支火把，照亮道路。他准备向黑不见底的深处探险，却在仅仅几分钟后就触到了洞底。本想凿穿墙壁看看后头藏着什么，然而镐子突然断了。

杰克转身回到洞口，接着他不停地徘徊着。冰墙并不厚重，地上好像也没有贝壳。

慢着。

如果向西看，然后仰望天空呢？

杰克猛一抬头。

天花板上镶嵌着贝壳与各种标志组成的画，画下面是一串数字。“把数字加起来，”杰克喃喃说着，“就这样。”

得数是 1085 和 1072。

难道是坐标？

杰克喘着粗气，一定是这样，谜底揭开了。

嗡嗡……

爸爸 下午 6:02

你在哪儿?

晚饭做好了。

“这是什么？”

“帕尔玛干酪加鸡肉。”爸爸笑嘻嘻地说道。他把盘子递给杰克，盘子里面是一块裹着面包屑的炸鸡排，融化的奶酪慢慢地流到底下的面条里。盘子中间是一堆西蓝花，为整盘菜增添了许多色彩。“我烤了西蓝花，可以拍着胸脯说特别好吃！”

杰克叉起一小朵西蓝花心事重重地嚼着，确实很好吃，可是一旦夸了爸爸，估计下顿饭整桌都是西蓝花做的菜。接着他切了一块鸡肉，看起来鲜嫩多汁。杰克把它拌进面条和酱汁里，吃起来味道更浓了，“你这是跟谁学的？”

“看了一些视频。你知道吗？你可以在线学习任何事。”爸爸摇了摇头，自顾自地埋头吃饭。

周二吃的是墨西哥玉米卷……这个星期已经有三顿家宴了，爸爸还想做顿西蓝花米饭。做这么多顿饭可真不寻常，一般来说爸爸有时间的话都是一次性做出整星期的菜，然后放在冰箱的盒子里，上面贴着爸爸手写的看起来有点儿傻的标签（有时候还贴错）。菜式从来都是那几样：土豆泥、米饭、水煮蔬菜和从超市熟食店买的烤鸡。有时每天都做奶酪砂锅菜，直到杰克吃腻了为止。可爸爸经常加班，杰克一个人在

家时，冰箱里有什么就吃什么，有时只好吃点儿麦片了事。

所以他不清楚爸爸为什么突然喜欢上了做新菜。还有，他晚上总是待在家里，而不是去跟当地设计同行联络感情。

爸爸把一些户外用品的销售目录递给他，内页中全都是温馨和谐又有爱的一家人在玩接抛球游戏。“促销力度不错！看看吧，想不想要一只新手套？我觉得那只旧球棒好像还行。棒球用具放哪儿了？咱们可以出去玩接抛球什么的，看道奇队比赛怎么样？”

爸爸每提一个问题，杰克的心就咯噔一下。本来应该习惯了爸爸的那些宏伟计划，每次搬家爸爸都兴致勃勃地说要出去玩或者一起活动。但是他理智地告诉自己不能再抱任何希望了，因为每次都以落空后的失望告终。可是他内心深处又存着一丝希望：爸爸对他承诺的事能够实现，比如抽出空余时间一起玩和看棒球比赛。“听起来不错，什么时候？”杰克忍不住用挖苦的口气问道，可爸爸一点儿都听不出来。

“这个嘛，周六我没空，不过我会留意工作计划和球票之类的东西。”

杰克的心往下一沉，我说什么来着，早应该知道。“好吧，无所谓。你有空的时候告诉我。你知道，我手头也有事。”杰克恨不得马上回电脑房，看看坐标能把他带到哪里去。还有多少个谜题？他要走向何方？

“你有什么可忙的？还没开学呢！”爸爸大笑着摸了摸杰克的头发，“你认识了新朋友？要在大楼里碰头吗？”

“我见过一些人啦。”杰克翻了个白眼说道。真要说起来也没错，那些人不喜欢他，但又有什么关系呢，反正过不了几个月又要搬家。这些小冲突不值一提，谁会记得那么清楚。

“你还玩《我的世界》吗？”

“嗯，是啊，它是我最喜欢的游戏。”

“你想开通无线网络就是为了玩这个游戏吧？”

杰克耸了耸肩：“我能一个人离线玩，只不过连不上我和丹尼共享的服务器做项目。”他没提另外一个服务器，那是他自己的秘密，怕爸爸不同意或者理解不了。“当然要是能接上无线网络就更好啦，能不能赶紧接通呢？”

爸爸点了点头：“好，我再给电信公司打电话。对了，你还在建造高楼大厦吗？”他乐呵呵地开着玩笑，“照顾好我这个搞设计和建筑的老家伙，知道吗？如果需要指点的话，我倒是很乐意帮你看看。”

“好……有机会吧。”一想到要给爸爸看他的大厦，杰克脸都变白了。就算爸爸想看也很怪异，尤其是经过上次的事以后。

杰克记得清清楚楚，那时候他十一岁，记忆中还是在芝加哥的公寓里，那儿是妈妈去世以后搬的第一个住处。当时都在那儿住几个星期了，家里还没安顿好，但爸爸已经一头扎到项目里了。那时杰克刚开始接触《我的世界》，一格格的方块和层出不穷的惊喜给了他极大安慰。放学后，他常常连着好几个小时玩游戏，不停地探险，花大量时间建造结构

复杂的大厦，再现历史上的著名建筑和自己热爱的地方。他用了一星期重建了马里兰的老房子，连楼梯和爬满常春藤的砖砌烟囱也没落下。

不知道爸爸想不想看这些东西，毕竟他已经把所有家庭相册和妈妈的遗物都装进箱子里，塞进了奶奶老房子里的某个角落。搬家的时候只带了一点儿东西。杰克也不知道该怎么跟爸爸交流，他们相处的时间很少。自从爸爸升职后，他肩上的担子更重了，杰克觉得自己渺小、单薄又微不足道。在妈妈去世前，爸爸有时候会带着他去建筑工地，给他看设计蓝图，讲解每样东西是怎么组装起来的。然后他们还一起去吃冰激凌，爸爸一般只要一勺香草味的，但会偷偷咬一大口杰克的薄荷朱古力。他们走遍了城市的每一个角落，爸爸告诉他那些杰出的建筑设计是怎么改变了一切：人与人通过一小点就能激发联系，展开对话，让陌生人变成朋友。

自从妈妈去世后，爸爸变了，跟他分享自己在《我的世界》中盖的大厦很傻，那些渴望的旧时光再也不会重现了。一切都不一样了，那时他太天真了不明白这一点。虽然芝加哥天寒地冻，他还是想吃冰激凌，哪怕去一次到过的地方，哪怕只是跟爸爸聊聊天。后来，杰克连爸爸的项目地址在哪儿都不知道。他总是把全身裹得严严实实，然后哆哆嗦嗦地出门，嘴里咒骂着鬼天气。芝加哥的雪和马里兰的截然不同，暴风雪就没个停下来的时候。即使有漂亮的新暖气和柔软的地毯，公寓里也是冷冰冰的，可能是因为空旷的房间、硬邦

邦的家具和裸露的墙皮吧。

十一岁那年，杰克找到了爸爸正在做的那个项目设计蓝图和模型图片，上面是一座公寓大厦。跟爸爸以前设计的大广场、艺术博物馆和花园风格迥异：开阔的空间里穿插着蜿蜒小径。

杰克建造了一座别出心裁的大厦，面积更大，还加上了小公园和玫瑰迷宫，就像爸爸以前设计的那样。他不断地添砖加瓦，小心翼翼地建造每个细节：柔和的色调，阳台上的孔洞，庭院里围绕喷泉的小树。他最自豪的就是那个喷泉，水流大小恰到好处，连中间的雕像都原样复制了下来。他花了好长时间才做出现代化的曲线。虽然弧形在《我的世界》里不是什么了不起的东西，但杰克依然为自己的成果感到无比骄傲。

杰克还记得自己小心翼翼地把笔记本电脑带进爸爸办公室，然后把屏幕转过去面朝着他。“看，爸爸，我把你手头的项目复制在《我的世界》里了。”说着将电脑推到桌子对面，心里万分紧张又充满了希望。外面又下雪了，永不停歇的暴风雪让天空飘满灰白色雪花。爸爸盯着自己的电脑屏幕，戴着耳机点着头，好像在听音乐，杰克不知道自己来得是不是时候。

“爸爸，想看吗？我还加上了个玫瑰花园呢。”

“杰克，现在不行，我打电话呢。”爸爸对他说道，挥挥手让他走。

杰克露出灿烂的笑容：“好的，没问题，等下你再看！

我快完成了，它好像3D模型，说不定你还能用来给顾客做演示！他们如果可以像这样从内部穿过，岂不是很精彩？”

杰克激动得手舞足蹈，在办公室里一边等爸爸，一边将雕像改得更完美。

“杰克，对不起，有点儿吵，”爸爸说着瞪了他一眼，“把那个玩意儿关了，要不然出去玩。”

“对不起。”杰克羞愧地说道，他把游戏的声音关闭，耐心地等着，时不时在某处添点儿花朵，并换上匹配的大门。

他正琢磨着怎么造一台工作电梯时，爸爸挂断了电话。

“杰克，听着，我工作的时候不许闯进来。”爸爸说道。

“我就是想让你看看——”

“我现在可没时间看你那些弱智游戏，手头这个项目等着做呢，你明白不明白？”

杰克惊呆了，只好点点头，拿着笔记本电脑回到了他自己的房间。从此以后，他再也没有拿这些创意打扰过爸爸。

第六章

“我说汤克，你要去哪儿？”

“家里有事。”汤克说道，他目光冷峻地看着沙克身后的灌木丛。他记得有部关于野生动物的纪录片里说，直视对有些生物来说意味着侵犯和挑战。沙克喜欢惹是生非，坏主意都是他出的。今天汤克要去米沙拉先生店里帮忙，沙克在店里的所作所为让他很不舒服。上次在城堡公园时，汤克亲眼见到他偷偷地把几包薯片和口香糖塞进夹克衫里。AJ 和格斯也有样学样，他们几个都盯着汤克，让他手足无措。他们是朋友，没错，那边的薯片价格是有点儿高，可偷偷塞进口袋的那条口香糖让他整个下午都如坐针毡。

“听起来真无聊。想去玩卡丁车吗？跟你打包票我哥做的假赛车票还能用。”沙克朝他挤眉弄眼地说道。

“不行，”汤克说道，“再见。要不明天去？”

AJ 拍了拍他的后背。格斯盯着手机头也没抬，脑袋往他这边偏了一下，点点头。沙克眯着眼睛但没说话。

“这么着吧，”沙克吊儿郎当的语气让汤克的神经一下子绷紧了，“我觉得必须教训一下你们楼里的那个呆瓜。”

“谁？新大楼里的那个孩子吗？”汤克觉得自己太笨了，光愣头愣脑地看着他们，一点儿没想到应该溜走。

“就是他，有一天我看见他和你说话来着，是不是找你麻烦了？”

天啊，原来沙克看见了。

那天，汤克下班回家，正要开门上楼梯，门却突然开了，杰克站在门外。他们盯着对方好一会儿，汤克眯着眼睛，习惯性地皱了皱眉。沙克总是说必须让其他孩子知道他们几个人是学校里最难对付的人，因为威望胜过一切。

“哎呀，你好，汤克，是吗？”杰克说道。

汤克压根儿没理他，挤过去上了楼梯。他累了没时间瞎扯，但杰克说个不停。糟糕的是汤克竟然记住了他的名字。

“那天谢谢你，记得吧？”杰克耸耸肩笑了，像只可怜的小狗似的。

“没关系。”汤克说道。

汤克早已把这件事抛在了脑后，可明摆着沙克现在不想善罢甘休。

难道沙克在考验他？

汤克不喜欢这种做法。

“哪儿敢，他一看见我就跑了。”汤克抱起胳膊说道。

沙克哈哈大笑起来，嘴里有个尖尖的东西发出金属般的光泽。

AJ 也看见了，问道：“哇，老大这是什么？”

沙克的样子有点儿窘，瞪了他们一眼，好像怕同伙说出什么话似的。“是牙套，我爸妈，那俩老家伙要矫正我这口歪七扭八的烂牙，你们信吗？”

AJ 和格斯同情地哼了几声，汤克也点点头，三人表示友谊第一。但汤克忍不住想起牙医说给薇薇安补蛀牙的价格时，妈妈吃惊的尖叫声。打那以后他俩刷牙时格外注意。至于牙套嘛，想都不敢想。

“伙计，真惨。”汤克说道，“我得走了，回见。”

“别走啊！”沙克说道，“我看见那个小子偷偷溜进了堆满破玩意儿没人去的那间房。要是把他堵在屋里多好玩儿呀！要不我们在门后面堵把椅子？”

汤克蒙了，问道：“那有什么好玩儿的？”

沙克狂笑起来，说道：“汤克你这个挨千刀的货，回见。”

汤克打了个哈欠，心里盘算着还要攒多少钱才能买得起那双运动鞋。刚刚去米沙拉先生那儿前，汤克先回了一趟家。到家后，他发现爸爸想把他们老旧的扬声器接上线，于是只好使尽浑身解数劝爸爸不要这样做，所以上班迟到了一小时。

他得整整一夏天打工才能买到那双鞋，但他觉得很值得，尤其现在他给妈妈的钱已经够修电器了。汤克伸了个懒腰回到大厦，像往常一样抄近路走侧门，此时他看见前面大楼里亮起了一盏灯。

汤克从来没走过正门口，因为大家都不这么干，明明能直接到马路，谁还愿意多走两道门呢？再加上那儿堵着一堆詹金斯太太的旧家具和杂物，她老早就说要挪走，但它们一直在原地积灰。每次一靠近，汤克都快过敏了，真难受。他忙得连打喷嚏的时间都没有。

突然，汤克的脑海中浮现出沙克的话，他不由得停下脚步，推开沉重的玻璃门，空荡荡的大厅里吱吱嘎嘎的声音显得特别刺耳。昏黄的街灯从窗口透进来，在满是灰尘的油毡毯上落下长长的灯影。一道刺眼的白光从电脑房门下射出来，果不其然，门把手下顶着一把椅子。汤克将椅子毫不费力地推到一边，拉开了门。

屋子里，杰克坐在第一排电脑前抬起了头，眼睛瞪得老大。他一动不动，像受到惊吓打算逃跑的兔子。

汤克不知道该说“你好”，还是“你还好吧”之类的话。杰克突然动了一下，猛地从椅子上跳起来。汤克下意识地往后一退，撞倒了身后的椅子，发出的巨响吓了自己一跳。还没等他反应过来，杰克就从他眼前跑过去了。

第二道门哐当一声关上了，汤克的脸抽搐了一下，想起男孩恐惧的眼神，他一定以为是汤克要把他锁在屋里。

汤克告诉自己，这也是件好事。每个人都要拎得清，块头大证明难对付。难对付的话，每个孩子都怕他。世界的规则就是这样。

杰克走的时候没关电脑，突然间汤克听到里面传来熟悉的音乐声。《我的世界》？

他不由自主地走了进去。

这里一片狼藉而且满地垃圾，至少有 10 年历史了吧。汤克差点儿忘了这里还有个电脑房，好像只有几台电脑能用。去年夏天他家无线网络断了时，他曾经来过这里浏览网页。

一个单独亮着的显示器正在加载的图像突然停住了，背景里的时钟旋转着缓缓上升。哦，原来是杰克登录的那台电脑。

汤克不知道有多少人用这个社区中心的电脑房，但如果外人偷偷闯进游戏里，就会把主人的农场和大厦破坏得一团糟，那种心情他能感同身受。于是，汤克小心翼翼地退出杰克的账号并关了电脑，拖着沉重的步伐回家了。

第七章

“艾米莉，晚饭好了！”

“马上来！”艾米莉答应着，但眼睛还是眨也不眨地盯着电脑屏幕，手指疯狂地点击着鼠标。她深陷在骷髅们的重重包围中，远处还有一只蜘蛛向她慢慢爬来。与敌人殊死搏斗的同时，她的生命值不断下降。

咔嚓。

可恶，今天损失第三把剑了，艾米莉赶紧从背包中抓起另外一把，并做个笔记提醒自己稍后多合成一些，然后继续跟骷髅们厮杀。艾米莉突出重围，正在一瘸一拐地离开，嘴里塞满了面包。还有一些零零星星的骷髅紧追不舍，艾米莉只好藏身在一棵树后躲开它们放的冷箭。

“艾米莉·罗萨里奥·可萨达，你竟敢让全家人等你

吃饭！”

不妙，妈妈吼她全名了。她赶紧捋了捋头发，抻平了裙子，重新涂上唇彩。

淘气的双胞胎妹妹不仅把厨房折腾得一团糟，还糊了一脸酱汁。艾米莉温柔地拍拍瑞奇的头，然后拍了拍米妮，亲了亲奶奶的脸颊后坐下来。姐姐卡门正在玩手机，一勺汤举在半空中想灌进嘴里，却撒到了桌上。

“妈妈，明天我能跟帕蒂和妮塔一起去商场吗？”

“商场？你昨天才去过！”妈妈皱起了眉头，前额挤出一道又一道的沟壑，看起来很不高兴。

“我在那儿什么都不买，就是去逛逛。”

妈妈咂了咂嘴：“我说过别把钱浪费在用不着的东西上。”

“我可不想穿着初中的衣服去上高中！”

“为什么不行？卡门就可以。”

艾米莉瞪了一眼姐姐，她的衣服八百年都不变：黑色T恤上带着难看的乐队标志，过时的黑色破洞牛仔裤。另外，眼线画得太浓了。“我不想穿得像刚从床上爬起来的样子，太不讲究了！”

“起码我不会让别人的眼光左右自己。”卡门翻了个白眼说道，然后继续看手机。

“你知道什么——”

“一人少说一句吧，以后别再吵架啦。你们每个人都有自己的特色美。”妈妈说道，在卡门脸上印了个响亮的湿吻，

接着又亲了一下艾米莉。

“妈妈！”艾米莉习惯性地蹙起眉头，虽然生气但脸上还是挂着微笑。

妈妈咂了咂嘴：“你们要明白，父母给孩子零花钱是希望你们建立起责任心。我和你爸爸辛辛苦苦不就是为了给你们创造好的条件，有房子住，有食物吃。有了钱你们应该感恩。”妈妈摇了摇头，一脸的失望，“你应该跟姐姐学学，她可不会在上学前大肆购物。”

卡门得意地瞟了她一眼。

“她就是个邋遢鬼！”艾米莉说着咬紧了嘴唇，“可是，我需要新衣服啊！”

“想要什么跟我说，我给你买。”妈妈慈爱地说道，拍了拍她的胳膊。

“妈妈！你挑的衣服款式太土了！”

“真想不通，上星期已经给你买衣服钱了。要是只想跟朋友们消磨时间的话，还不如把她们请到家里玩？”

艾米莉不喜欢“玩”这个字，好像她们还是小屁孩似的，“妈——”

“楼下不是有间游戏室，还有各种设施吗？你们连门都不用出，免得花冤枉钱买椒盐卷饼什么的，我给你们做好吃的，多省钱呀。”

艾米莉可不敢请帕蒂和妮塔来家里。由于隐瞒得很好，她们连自己住哪儿都不知道。艾米莉总是让她们在几个街区

外的高档公寓大厦楼下接她。想想看，怎么能让学校里这两位千金大小姐知道自己住在垃圾堆里？艾米莉仿佛看见帕蒂和妮塔战战兢兢地跨过破家具，被灰尘呛得直咳嗽，然后嘲笑游戏室里乏善可陈的设施，什么好玩儿的都没有。

爸爸铁青着脸进了房间，手里拿着一个购物袋，那是昨天艾米莉和帕蒂、妮塔一起逛街买的衣服。“艾米莉！”

她的心咯噔一下，暗想坏了！上星期在那家店花的钱是有点儿多，但夏季折扣力度很大，买一送一还打五折，这个机会不能错过。帕蒂发现那件特别漂亮的上衣搭配牛仔裤简直绝了，她俩说开学前可以去那儿把新衣服都买齐。

爸爸把购物小票交给妈妈，艾米莉周身的血液仿佛都凝固了。妈妈什么也没说，把购物小票从头看到尾，脸色越来越阴沉。

“啊，啊，啊。”米妮含糊不清地叫着，想去抓购物小票。

妈妈一把将她拽开，桌子上放着艾米莉购物的证据，沉默压得每一个人都喘不过气来。

卡门走近瞥了一眼购物小票，轻轻吹了一声口哨。

爸爸嘘了一声让她闭嘴，然后把犀利的目光投向艾米莉。她在椅子上坐立不安，恨自己无所遁形。刚才强词夺理的话全都咽了下去。她知道自己错了，但帕蒂花了两倍的钱，自己不能在朋友面前显出一副买不起的穷酸相来。眼下面对紧张的气氛，她只能保持沉默。

艾米莉低头窘迫地看着眼前的盘子。她已经把衣服的包

装袋扔到了垃圾桶，不过衣服的标签还保留着——到时候能退掉一半，其他人根本就不知道。

“我对你很失望，”爸爸说道，“我们那么相信你，把信用卡交给你保管，因为你说上学时有用，原来是在说谎。”

妈妈抱着双臂摇了摇头：“打死都不敢相信，你们瞧瞧，买了三件衬衫和一条裤子。”

艾米莉真希望地板裂个洞把她吞进去，要么在地上凿个大口子好跳进去完全消失。

“我们绝不原谅这件事，”爸爸说道，“你被禁足了。把这些东西全退回去，妈妈帮你代办上学需要买的东西。”

艾米莉倒抽了一口冷气：“不干，这太不公平了！起码我要挑——”

“不行，你辜负了我们对你的信任，没权利挑挑拣拣了。没收笔记本电脑、手机，而且不能上网。”

“可是——可是——”这意味着没了照片墙，也不能玩《我的世界》了。

“就这么定了。”爸爸说道，语气非常严厉。

艾米莉惊呆了，一下子瘫倒在椅子上。脱离社交媒体平台在某种程度上真是一种解脱，补上一星期的帖子和八卦新闻虽然很难，但也没什么大不了。之前妮塔就被彻底禁足过，帕蒂与父母曾外出度假收不到信息，一小段时间不更新状态也是可以理解的。

但整整一个星期不玩《我的世界》简直就是灭顶之灾。

第八章

客厅传来阵阵尖声大笑，接着爸爸尴尬地哼了一声。卧室里杰克仔细聆听，看自己能不能辨认出来是谁。有时候他自己会玩一个这样的游戏：因为他记不全爸爸合作伙伴的名字，所以会给他们起外号，比如声音很尖的房产经纪人、爱迟到的承包商、拿瓷砖的家伙，还有那位他最喜欢的洁具大王。不论到了哪个城市，爸爸总能联系上那些消息灵通的家伙，所以杰克猜这就是爸爸成功的原因吧。

这个陌生的声音让人印象深刻，杰克听不出来是谁。可能是为了这个项目从洛杉矶那边来的。

“奈杰尔，这项建筑计划太棒了，没想到你们团队这么快就把一切安排得井井有条。”

“我是这个行业最好的项目经理。”爸爸的声音里透着

一股滑稽的自豪。

“长滩当地还有另外一个项目，你感兴趣吗？”

“呃，可以考虑，哪儿有最好的工作，我就去哪儿。”

杰克嗤之以鼻，应该是哪儿有最高的报酬就去哪儿吧。

“这些设计方案太棒了。你做城市规划设计很长时间了吗？”杰克马上就听出来爸爸是在吹捧对方。

杰克悄悄进了厨房，暗自希望能神不知鬼不觉地溜出去，千万别碰上爸爸新的工作伙伴。他特别讨厌大人们经常提一些稀奇古怪的问题，像是他长大了想干什么、喜欢不喜欢学校等。杰克瞥见客厅里有位女士，她怀里捧着一大沓五颜六色的纸。

“杰克！来瞧瞧太平洋波峰的未来。”爸爸在客厅里兴奋地朝他挥手，笑眯眯地看着儿子。

怕什么来什么。

杰克喃喃地说了一声“你好”，手足无措地朝他们挥挥手走进了客厅。

“这位是伊莎贝拉·雷耶斯。就是她请我和公司来这儿修缮大楼的。”爸爸乐呵呵地说道。

“你好。”伊莎贝拉冲他点点头。这位女士身材高大，肤色很深，后脑梳着一个发髻，穿着三件套正装，戴着又大又沉的珠宝。“很了不起吧？我们要把这个荒凉的地方变成最新潮的现代建筑，人们可以在这里工作、娱乐、生活。想想看吧，人们半步也不用离开这个美丽的中心地带，就能很方便地逛商店、购物和进行其他活动。”伊莎贝拉说道。

“嗯，我从来也不干那些事。”杰克说道。他不明白伊莎贝拉为什么热情洋溢地向自己“推销”她的设计方案，推销这个词是跟爸爸学的。反正杰克已经几天都没有离开“这个美丽的中心地带”。

伊莎贝拉大笑起来：“你真幽默。”

没错，大人如果不明白孩子的话是什么意思，就会说你真幽默。

“这座大厦正在进行重大升级。以后这里会有郁郁葱葱的花园和步行街，还有专为业主开设的健身中心。瞧好吧，这座面向大马路的主楼要来个翻天覆地的大改变，小型商业中心、餐厅什么的，应有尽有！”伊莎贝拉指向计划书，然后双手兴奋地拍了一下。

杰克一看模型就知道工程浩大。说不定爸爸为了整个项目要在这儿逗留很长时间，谁知道呢？

“确实很棒。”杰克喃喃地说道。他的手指滑过计划书上的新电脑房和社区中心，它们看起来干净整洁，“你们打算什么时候动工？明年吗？”

也许是在经历一连串的搬家后，杰克才明白过来，爸爸公司一直都是这么干的。首先一头扎进来，爸爸笼络一帮人设立整个建筑项目，签订所有该签的合同。当杰克以为爸爸会留下来跟完整个工程的时候，爸爸却雇了一个人帮他善后。在马里兰时，爸爸总能找到许多建筑项目。然而他们在那里搬了三次家，好像爸爸就是没法儿在一个地方安定地待着。

在一个地方住了还不到一年，他就带着杰克逃往另一个城市、另一个州。一段时间后，杰克刚以为能在一个地方安顿下来，他却又连根拔起继续流浪。

“我们下星期就动工，”爸爸自豪地说道，“接着我的任务就是监督后面两座大厦的翻修工程。”

“慢着，我们这次真的——”父子俩可以安定下来了吗？爸爸终于兑现诺言了吗？

“我说什么来着？”爸爸揉着杰克的脑袋，“夏末你就要上高中了，你总是埋怨没法儿交到朋友，我想为了儿子也应该把时间和精力投到一个安稳的地方了。”

“你是认真的吗？”

“很认真。”爸爸看起来有些紧张，好像在等杰克的首肯。

杰克以为自己的愿望就是在一个地方安顿下来，可一旦即将实现却又害怕起来，他完全没有思想准备。尤其是想到，自己在可爱的女孩子面前表现得像个蠢货，一个可怕的家伙也许很讨厌他，这二位可能跟他上同一所学校。难道他们要在这里待一辈子？还是好几年？但他却毁了美好的第一印象，怎么办？

杰克的大脑飞速地思考着，大厦一星期后动工？嗯，自己还有时间揭开服务器的秘密，还有美人鱼，还有——

千万别现在动工！

“我——我要走了。”

爸爸惊奇地张大嘴：“我晚饭做了肉饼——”

“挺好，挺好，我刚想起来，我有，一件事，我嘛，呃，我要跟，呃，跟汤克碰头……”这个名字是杰克脑海里最先跳出来的，话一出口他就后悔了，因为看到爸爸的眼睛一亮。

“啊，太好了，伙计，你交新朋友了！我知道你行的。好吧，别在外头待太晚，也非常欢迎你的朋友来家里做客，我可是做了好多菜！”

杰克松了口气，转身向后一路小跑地出了门。

他把电脑房的门关上，深深地舒了口气。他们要把这个地方全面翻修？社区中心也一样？他们要把这儿拆光吗？

杰克屏住呼吸，竭力稳定住自己的思绪。不行，不行，他深藏的秘密就是要完成游戏通关，现在已经解开了一个谜题，还有多少待解谜题？最终的结局是什么呢？

他渴望知道。

杰克启动了他一直用的那台电脑。嗯，感觉这台电脑已经是自己的了。从开机到登录贝拉的世界，每过一秒心脏就重重地跳一下。虽说进展很大，但毕竟几天前才发现这个服务器，时间非常紧。他在最后一个坐标处找到的第十八个谜题，暗示玩家必须潜入水下迷宫，可他还远远没有准备好。首先杰克必须做大量准备工作，然后潜入下界，收割所有制造药水所需的下界疣，前提是必须活着回来！

他叹了口气继续忙碌。

第九章

夏季的内陆暑气上升，然后沉淀在大厦里，楼道里成了热气聚集地，公寓里老旧的空调几乎罢工。艾米莉躺在凉爽的厨房瓷砖上，听见妈妈偶尔离开客厅去接个电话。电视里播放着幼儿节目，米妮咿咿呀呀地自言自语。

真是糟透了，艾米莉想跟卡门说句话都不行，她和那帮穿着一身黑的朋友出去玩了。没有手机，没有电脑，也没有互联网，艾米莉无聊至极不知道该做什么，整个夏天的计划全都泡汤了。

她被禁足了，不能离开大厦一步。如果她跟帕蒂或者妮塔出去的话，父母马上就能收到消息。最让人尴尬的是，妈妈还跟帕蒂的妈妈通了电话，帕蒂妈妈也同意应该让她学会承担责任，所以她们不会来接她的。

艾米莉跟妈妈吵着要跟朋友解释一下事情的原委，妈妈同意她给帕蒂打个电话。

“唉，爸妈是最坏的人了，”帕蒂说道，“那要多长时间？”

“呃，我也不知道，说不定整个夏天都出不了门。”艾米莉没想到帕蒂的语气这么平常，还以为帕蒂失去了她这个御用摄影师给她拍视频会很失落呢。

“完了！唉，你没机会穿漂亮的夏装了，开学以后我们就要预备秋装了。”帕蒂说着叹了口气，“也就是说不能打电话，不能上网，也不能外出吗？这样吧，我们去你家找你玩行吗？”

艾米莉脸上刚要露出笑容，突然意识到帕蒂以为她住在两个街区外的那座高档公寓里。“哎呀，不行，朋友们也不能来家里做客。”她赶紧撒谎道。

帕蒂咂咂嘴：“太惨了！好吧，你刚好可以用那台旧相机拍照了。现在特别流行复古怀旧的风格，将宝丽来相机拍的照片发上照片墙，一定特别棒。”

这个提议不错。妈妈倒是不反对，只是提醒她小心使用相机，于是艾米莉说干就干。她背起宝丽来相机，就往楼下走。今天她看起来特别漂亮，穿着连衫裤，梳着鱼尾辫。

艾米莉拍了几张自己倒映在窗户上的身影，突然想起社区中心双层门的大大的落地玻璃。

她两步并作一步跳下楼梯，感到越来越凉快。微风吹乱了她的发梢。艾米莉拍了一张又一张照片：光鲜亮丽的新塔楼与旧建筑形成强烈对比，云朵匆匆掠过天空，人行道裂缝

里一朵小花顽强地绽放着。

太平洋波峰有个泳池，浅水区里到处都是脏水和疯长的野草。艾米莉坐在混凝土砌的泳池边上，双脚在空中荡来荡去，拍下了落日隐藏在高草后面的照片。今天小公园里空无一人，艾米莉穿过枝杈疯长的灌木丛看到一棵橡树树桩，还捕捉到一个阳光透过树叶的镜头。

朋友们肯定会对这些照片大加赞赏。艾米莉不知道帕蒂会花多少时间给照片配上完美无瑕的题目，还有她会不会偶尔停下脚步欣赏温暖的微风轻拂头发，欣赏阳光在树枝上优美地跳动。她想起人们在《我的世界》里造的那些精美东西，猜想多久才能复制这棵树，该用什么样子的格子，有没有办法让树叶自动落下。帕蒂应该也会喜欢的，因为她喜欢一切美的东西——

可是艾米莉马上摇了摇头，站起身掸掉了头发上的树叶。不行，绝不能邀请朋友来这里，而且帕蒂也不喜欢玩《我的世界》。

薇薇安也许能够产生共鸣，可话又说回来，她最感兴趣的是有用的发明创造和上战场厮杀。艾米莉只好叹了口气，甩了甩刚拍的照片，然后塞进邮差背包里，穿过操场来到双层玻璃门前拍照。

哎哟，有新情况。

整个社区中心都被隔开了，簇新的铁链围栏把整幢大厦围了起来，一个硕大的拐弯标志指向其他出口。

艾米莉打算走上前去看个究竟。

她听说詹金斯太太把大厦卖了以后，这里一直计划着翻修。楼下大厅里一直摆放着翻新后大厦的3D模型和海报，项目说明里承诺要一幢接一幢对所有设施进行全面升级。要增加新泳池和一大堆东西，艾米莉记不清了。但她印象深刻的是，维修北塔楼需要一年时间。到时候这里乱糟糟的，人们可能要搬出去住临时房子，或者干脆不续租约，大家纷纷抱怨不休。不过给人的感觉是另外两幢大厦的翻新遥遥无期，或者最少要等个几年。艾米莉还以为到自己上大学时也未必翻修得了，没想到这么快就要动工了。这座低矮的灰色大楼现在围了一圈铁链围栏，牌子上写着“雷耶斯设计与施工，即将启动”。

“砰！”

艾米莉被突如其来的巨响吓得往后一跳。

照片从开着的背包里掉出来，掉到了水泥地上。糟糕，是那个自称沙克的人，那个自以为很厉害的家伙。

艾米莉拼命忍住想破口大骂的冲动，只是绷起了脸，一张一张地捡照片。它们散落一地，到处都是，有一些还被风刮到了铁链围栏那儿。

“这都是些什么玩意儿？”

艾米莉猛地一转身，看见沙克正在离她几步远的地方捡地上的照片。沙克朝她嘿嘿一笑，嘴里有某种金属光泽一闪一闪的。他用大量的发胶将头发往后脑梳得溜光水滑，跟在附近游荡的小混混一个样。

沙克在她面前把照片晃来晃去，艾米莉的心紧张得怦怦直跳，里面有一张是下午拍的照片里最好的一张。“还给我！”艾米莉直截了当地说道。

突然，沙克放声大笑，一抬手把照片扔向了铁链围栏。“玩得开心！”他说道，然后一溜烟跑了。艾米莉目瞪口呆地看着那些照片飞进工地。天啊，她恨死了那个混蛋和他捉弄别人的鬼把戏。

“快点儿，吃晚饭了！”

艾米莉抬起头看见西塔楼阳台上卡门斜倚着身子，气呼呼地朝她招手。

“来了！”艾米莉答应着，吃完晚饭再回来捡照片吧。

艾米莉紧紧攥着相机背带，头也不回地走了。

第十章

“汤克，把钳子递给我好吗？”

汤克看到厨房水槽下伸出一双大脚：“爸爸，你在干什么？”

“修理水槽啊，看不出来？”

“你不用上班吗？”汤克蹲下来看看到底怎么了。他打开手机手电筒照亮水槽底下，眼前是他最不愿意见到的一幕：爸爸一个劲地用大扳手拧着一根大管子，脸上的五官都扭曲了，管子下半部分缠着一大堆牛皮纸胶带。他连问都不想问到底怎么了。

“这个嘛，今天迟到了。这个螺栓拧不动，我想看看是什么地方堵住了。”

堵死的水槽里是满满的肥皂水和滑溜溜的盘子，爸爸猛

地拧了一下扳手，汤克不由得往后退了一步。

脏水瞬间从管子里喷射出来，滋了爸爸一脸。

“啊呀！汤克，扳手！”

“什么事？”芳姨走过来，双臂交叉抱在胸前。

“爸爸在修理水槽。”汤克说道。

芳姨摇了摇头叹口气：“又来了，不能老是这么干，我要打电话给水管工——汤克，你看着他，别让他——”

汤克不情不愿地收拾好扳手，将整个工具箱原样放在浴室水槽下面。

回到客厅的时候，芳姨还在教训爸爸。汤克一头栽倒在沙发上，闭上了眼睛。等会儿可能还得帮爸爸收拾烂摊子，他得安抚一下芳姨的情绪，再跟爸爸沟通一下，劝他找个正经工作。

汤克合上双眼靠在沙发背上。

“嘿，哥哥！”

汤克咕哝了一声。

“我又找了一些你要的紫丁香，想不想拿来装扮花园？”

汤克惊奇地挑起眉毛看着薇薇安：“你不会是让我跟你一块儿冒险吧？”

薇薇安哈哈大笑起来：“嗯，我上服务器装扮好你那块地后再叫你吧。要是你不想去可以不去——对了，我做了点儿你可能喜欢的东西，音乐风铃之类的！想不想放进你的世界里去？”

汤克不由得笑了，任由薇薇安拖着自己和笔记本电脑进了她的房间，两人肩并肩坐下来。

薇薇安没有打开自己和朋友的那个服务器，而是打开了汤克最喜欢的世界，他又惊讶又开心。这里充满创意，采用的全是薇薇安精心设计的发明。她特别喜欢生存模式，酷爱挑战制造各种具有先进技术的东西。

汤克全身心都沉浸在一股宁静平和的感觉中。厨房被弄得一塌糊涂的懊恼，爸爸惹的麻烦和一堆家庭琐事，照顾薇薇安的辛劳，沙克总是教唆他为了证明自己的能力去做坏事……这一切都在“他的世界”映入眼帘时彻底被抛在脑后了。

汤克面带微笑，飞翔在空中巡视着自己建造的花园迷宫。小径四通八达、错综复杂——没有比规划建造迷宫更开心的事情。中间有个螺旋形构造物，在几座风车的簇拥之下，流水咕嘟嘟冒着泡，许多有趣的雕像等待参观的人去发现。薇薇安的化身满脑袋长着泡泡糖一样的粉红头发，她在前面带路，只拐了几个弯就逛遍了整个地方。

在游戏中，玩家很容易忘了时间流逝，一不小心就会玩到深夜。薇薇安在中间短暂休息了一下，好让妈妈上班前吃点儿东西，然后又接着玩。薇薇安确信自己找到了一个要塞，但是他俩逛遍整个世界，游荡了几千格也没找到。最后汤克累了，说道：“薇薇安，快点儿吧，我们到底在找什么？”

“我知道肯定在这儿的！我都记下来了！”

汤克看见电脑旁边有个记事本，上面写满了坐标和笔记，

类似“安全屋 3”“奇异丛林”还有“很酷的岩层”，还有很多连薇薇安自己也辨认不出来的潦草字体，“你是在这儿写的，还是在其他地方写的？”

薇薇安羞愧地低下头：“这个嘛，可能我不是在家里写的。”

汤克的眼里马上闪过一阵担忧：“薇薇安！你必须记住，不能离开这座大厦！”

“我明白，我明白！我就在这儿！上星期玩《我的世界》时无线网络断了，我只好去楼下电脑房看看，你也知道有些旧电脑上安装了《我的世界》对吧？”

“薇薇安，这个游戏已经发行有段时间了，并不奇怪。”

“就是说呀，反正我在那些电脑上玩了一会儿收获很大，我打包票真的发现了那个要塞。我肯定是把记的笔记落在楼下的电脑房了。”

“薇薇安，别一个人单独出去。”汤克看着她皱起了眉头。汤克想让妹妹知道自己是认真的，但她却放声大笑起来。

“其他孩子整天往外跑，哎呀，人家已经十一岁了，早就不是小孩了。”

“话是这么说，那你也不能单独一个人出去。”汤克的心紧张得怦怦直跳，各种不妙的念头止不住地在脑海里浮现。要是出了什么事——妈妈和芳姨整天都要工作，爸爸连自己都管不过来，汤克是唯一照顾薇薇安的人。

“为什么我不能像正常孩子那样交朋友？你太无聊了。你就是想让我乖乖地待在家里，可在《我的世界》里冒险时

你又很没意思，还有啊——”

“住嘴！我去找你的坐标，你……你必须老实在这儿待着别动，我很快回来。”

“说话算话！”

汤克叹了口气，回想起放暑假前同学们兴奋地讨论的各种计划，去海边，去迪士尼，跟家里人一起烧烤等。他甚至有点期盼开学，那样薇薇安就有事做了，他不用总是担心薇薇安。虽然《我的世界》和视频网站挺好的，但这段时间她变得焦躁不安，像笼子里的困兽一样。她已经会用红石建造高楼大厦，还在不断学习编程知识，汤克已经跟不上她的步伐。妹妹还想要几本书，可是汤克需要些时间攒够钱才能买。多希望薇薇安拿到那些书后就变得忙起来，根本不记得已经困在这座大厦很长时间了，就像他一样。

第十一章

杰克把一段铁链围栏扯到一边，进去后又小心翼翼地把围栏拽回原位，接着穿过那些茂盛的灌木丛。经过上星期的忙碌后，现在拖拉机和装载机停在社区中心前门，一排排的建筑材料分门别类地堆放在这里，整个前门都关闭了，各种标志引导居民们走西门和南门。

雷耶斯建筑及设计

谢谢你的耐心等待

杰克匆匆绕过挂在两台拖拉机中间的黄色警戒线，向社区中心走去。到现在为止，社区中心一直都有电，但不知道还能持续多久。从堆在这儿的设备来看，很快就要断电了。

也太快了吧。

后来公寓里终于通了无线网络，但他以前的旧工程怎么能跟神秘贝拉的世界相比呢？而神秘贝拉的世界必须在电脑房的局域网络上运行。但凡能偷偷下楼溜出去的话，杰克就把所有时间都花在电脑房的服务器上。可最近有了个新情况：自从一袋袋的水泥运到后，工地来了个保安。

保安身上佩戴的名牌上写着格兰特，一个圆脸的家伙，腰带上的一串钥匙叮当作响。几天以后，杰克摸清了规律：格兰特一般在晚上十点出现，早上六点离开。

白天他们送来各种材料，爸爸也经常在现场，跟伊莎贝拉和戴安全帽的人聊天。杰克也形成了自己的作息规律：他先在家看漫画书或者上网冲浪；工程队一般下午四点下班，然后爸爸淹没在办公室的文件堆里，和爸爸一起吃晚饭前他能溜走一阵子；有时晚饭后格兰特还没到，他也能抽出点儿时间，但要把时机把握得刚刚好挺难的。上周的大部分时间里，杰克都是一个人，可是现在爸爸天天回家做晚饭，问他白天干了什么，缠着他不停地问啥时候去看道奇队的比赛。

一切有些怪异，但极其和谐。

可同时，杰克还有一个秘密要解开。

他必须知道答案。是谁在那儿设的谜题？到底是什么意思？到现在为止，他只是解开了其中的一条线索，但绞尽脑汁也解不开下一条。整个事件背后肯定隐藏着惊人的大秘密。他看见一条美人鱼，绝对没错。那次之后就再也没瞧见了，

会不会还有呢？

杰克偶然经过一个村庄，里面有幅巨大的壁画，很有趣。设计师煞费苦心地用不同颜色、不同纹路的方块砌起一堵宏伟的墙。上前近看，只是一堆色块。可是一旦当你徒步穿越村子旁边的峡谷并爬上山顶，就能看到壁画的全貌。远看起来，就像一幅图画。整个水下城市展现眼前，高塔、神殿和美人鱼，都藏在漂动的海藻丛林中，灿烂的阳光透过水面，箱子里满载着金银财宝，到处都是晶莹耀眼的宝石。

杰克还记得站在山顶俯瞰这座水下城市的感觉，不由得心中充满敬畏。只有杰克才知道真正的宝藏就是城市本身，他为自己像个浅薄的探险家而羞愧，满脑子只知道探险和金银财宝。一切刚刚拉开大幕，杰克简直对这个世界欲罢不能。但是，没了社区中心，没了电脑房，也就没了神秘的《我的世界》服务器。杰克已经离不开这个暗藏秘密的服务器，至少眼下还离不开。万一局域网断了，它也就没了，谁知道到哪儿才能失而复得？这个地方是心灵的庇护所，《我的世界》里无数谜题正等待着杰克揭开。

他看看表，已经九点半了，得赶紧溜走。可是爸爸做饭正在兴头上，俩人一起烤了个比萨，真的挺好吃。杰克高高兴兴地按自己的口味选原料，还嘲笑了爸爸的手艺和他最喜欢吃的橄榄。

后来，爸爸回了办公室，杰克才溜走。

虽然时间已经不多，但他的速度越来越快。

杰克蹑手蹑脚地穿过空地朝社区中心走去。突然间远远地看见一道灯光。

杰克不由得呆住了。

按理说，那里不应该有人的，格兰特还没上班。

另外一边开了一扇门，尘土飞扬的混凝土路面上全是杂乱的脚印。杰克想溜过去藏在拖拉机后面观察，但被轮胎绊了一下，滑倒了，手机从口袋里掉了出来，落到地面时发出砰的一声。

“沙克，是你吗？”

杰克眯起眼睛，在黑暗中依稀辨认出一张脸，还有往后梳的大背头。“汤克？”他问道，没想到在这儿碰上他。

杰克笨手笨脚地站起来松了口气，发现原来不是保安。

汤克看着他皱起眉头：“你在这儿干什么？”

“你又在这儿干什么？”

汤克无言以对，低头盯着脚面，接着又看着杰克一字一顿地说道：“不关你事！等着跟朋友碰头。”他瞥了一眼外面，“我嘛，呃，据说那边的山上闹鬼，我们想去看看。像你这样的胆小鬼肯定不敢去。”汤克双臂抱在胸前，黑暗中看起来很吓人。

“沙克这名字够老土吧？”

“杰克这名字也够老土吧？”汤克回敬他道，“那么你在这儿干什么呢？”

“没干什么。”杰克说道，心里对自己说：千万别往社

区中心看，千万别往社区中心看，糟糕——

汤克顺着他的视线瞄了一眼："谁会在这儿！"

"就——就当你没见过我，你今天没见过我，好吗？"

杰克沮丧得想大吼一声。汤克会不会整夜都守在这儿？现在别想玩《我的世界》了，说不定只能灰溜溜地回家去。要不先假装离开，然后等汤克走了再杀个回马枪？

汤克朝他龇牙一笑，黑暗中杰克只看见他的一口牙闪闪发光。

"你得出个价。"

"没门儿，我一分钱都没有。"

响起一阵脚步声。

杰克的心都跳到了嗓子眼儿，他赶紧躲在拖拉机后面，尽量把身子缩成一团，隐身在黑暗中，越不引人注目越好。

汤克回头看了一眼，咒骂着转过身去想方设法寻找脱身的地方，这时口袋里的东西掉在了地上，好像是个金属玩意儿，叮叮当当地弄出很大动静。

杰克吓坏了，因为汤克冲他的藏身地冲了过来，借着远处社区中心的街灯亮光，他看到地上躺着一把铁家伙。

"你为什么带扳手？"杰克压低声音颤抖着问道，"你打算用来干什么？"

脚步声越来越响。

"没什么，我就是随手带着，"汤克也低声咕哝着，"往那边挪挪。"

“没门儿，自己另外找地方去！”

汤克已经蹲下了，杰克只好往一边挪了挪。如果汤克被抓住，杰克也逃不了。

铁链围栏吱吱嘎嘎地响起，好像有人把它抬起后爬了过来。杰克以为警告标识和围栏是为了防止人们抄近道从里边的大厦穿过社区中心去马路边的，但现在知道不是这么回事。

从藏身地望去，杰克看见一双蓝绿色运动鞋经过拖拉机，停下后一双涂着蓝色指甲油的手在地上捡起个什么东西。

突然，那双手停了下来。

“谁？”

杰克从拖拉机座位的空隙望去，在微弱的灯光下他认出那个人是在电脑房碰到的女孩。她来这儿干什么？

汤克抓住他的胳膊捏了一下以示警告。

“是谁？不管你是谁，我可是会近身格斗术的！”她拉开架势扫视着周围，摆出一副敢打倒一切的样子来。然后女孩走过汤克与杰克藏身的地方，杰克及时躲过她的视线，心脏怦怦狂跳，生怕她听见。

社区中心面向马路的门开了又关上，接着一道冰冷的白光从漆黑的大厦内部射出来，光束透过他们对面的玻璃门和铁链围栏，一闪一闪的，女孩呆住了。

“天哪，千万不要——”

她也不应该到这里的。慢着，她要往哪儿来——

杰克和汤克躲在拖拉机的黑影下，这是他们唯一的藏身

地，可很快就要暴露了。灯光不断变换，这种晃眼的亮光只有强光手电筒才能发出来，杰克很熟悉，因为爸爸有好几个。一般只有建筑工人、保安或者警察才有，现在大家都有麻烦了。

随之而来的是钥匙的叮当声和沉重的脚步声。

她的脸因为恐惧抽搐着，呆呆地站在原地瞪大双眼看着杰克和汤克。

“我说，你在这儿干什么呢？这里不许进入！”格兰特推开围栏走进来，用手电筒照着她的脸说道，女孩仍然呆若木鸡地站着。

那一刻仿佛一切都静止了：杰克藏在那儿一动不动，汤克的眼神里满含恐惧，女孩像被施了定身术。好像他们正在玩战斗游戏时，一头凶猛的怪兽闯了进来，心里知道一切都完了。世界只是暂时停顿了一下，接着立即恢复运转。手电筒的光从她身上跳到拖拉机上，然后晃来晃去地落到杰克的脚上。

保安格兰特迈步走过来，手电筒的光一直晃动，几乎看不见他那张胡子拉碴的脸。强光照着他们仨的时候，格兰特身上的金属拉链和纽扣也闪闪发光。

“呃，你好。”杰克不自觉地用那种在公寓接电话的礼貌语气说道。每当有人打到家里那台座机上时，他总是这么说，“有什么可以为你效劳的吗？”

汤克用胳膊肘捅了捅杰克，瞪了他一眼。

格兰特震惊地打量着他们三个人，胡子一抽一抽地。“你们这些小鬼头麻烦大了。”

第十二章

汤克正在琢磨逃跑，这对他来说简直是小菜一碟，因为格兰特跑得不快——整整一星期，他天天靠墙站着，一点儿都没有履行看管工地的职责，而是无时无刻不盯着手机看。想逃脱只要趁对方不注意的时候撒腿跑就行。

可问题是格兰特刚好站在他们前方，已经在激动地打电话喊人。

“对，有三个孩子，好像是住这儿的，肯定见过其中一个，总是鬼鬼祟祟在这附近溜达。”格兰特瞪着汤克，汤克把肩膀一缩，尽量让自己显得矮一些。

对了，格兰特记得自己。

事情不太乐观，汤克本来不想惹麻烦，都怪周三晚上沙克的恶作剧。他们跟在格兰特身后，偷了他裤带上的钥匙。

那天格兰特气喘吁吁地追着他们绕着大厦跑，半路上他们跑进街区，四个人一边大笑一边把钥匙互相扔来扔去。最后，沙克玩腻了就把钥匙扔到了城堡公园前面的空停车场里。看着格兰特破口大骂，几个人哈哈大笑。

后来汤克找到钥匙并将其放在大厅柜台上，暗暗希望格兰特把这件事彻底忘了，也希望沙克他们转移注意力再寻其他开心。

然而格兰特可一点儿都没忘。

在格兰特犀利的目光下，汤克浑身不自在。他以为跟着那些像沙克一样的硬汉混能带来名声，这样就没人敢惹他和薇薇安了。但眼下格兰特看他的眼神让他很不舒服，好像自己是头怪兽或者是个恶棍。

汤克低下头看着自己的脚面。

要是格兰特憎恶他也没办法——有些大人就是这样。

“好的，嗯嗯，好的，其中一个就是那些男孩里的，那些个经常惹是生非的家伙。还有另外两个孩子。对的，好像也是大厦里的。”格兰特专心地听着电话另一端的声音。他整理了一下衣服，挺起胸膛。电话对面男人的声音汤克听不清，但能听得出来对方语气生硬、恼怒。“好，他们别想跑！”格兰特边说着边狠狠瞪了他们仨一眼。几个孩子现在直挺挺地站在拖拉机前面，等待着即将到来的惩罚。

这下可真没治啦。

汤克思考了一下，只要能跑回社区中心，过了连接西塔

楼的楼梯就万事大吉了。但同校的女孩和那个胆小鬼杰克正好挡住了去路。不过还可以绕过拖拉机跑到右边被围栏圈住的社区中心工地里，围栏只是链条，汤克要翻过去轻而易举。

就在格兰特严密监视他们三个的时候，他又接了个电话，那一头尖锐的声音太熟悉了——詹金斯太太，那位刻薄的女士是这幢大厦的主人。格兰特挂了电话后向汤克和其他两人往前逼近了一步。

汤克本能地挡在其他人前面。他俩比自己矮，而且手电筒照着女孩时，她不住哆嗦的嘴唇让他想起了薇薇安。

艾米莉，女孩叫这个名。她抬头看着汤克，瞪大的眼睛里满是恐惧，接着往左边扫了一眼——那里是汤克打算逃跑的路线——然后回头又看了一眼汤克。原来她也想逃跑，这就好办了。汤克依稀记得她是同校的，几个总是扎堆儿的最漂亮女孩之一。沙克经常冷嘲热讽，说她“因为人缘好所以端着自命不凡的臭架子”。汤克记得体育课体能测试时，她绕着跑道满场飞，速度很快，一定没问题。

女孩接触到汤克的眼神后，轻轻点了点头，汤克也咕哝了一声表示最诚恳的感谢。两人互不相识，汤克不认识除沙克那帮人之外的任何人。现在既然要一起逃走，也就必须互相熟悉一下了。

至于这个小屁孩杰克，汤克跟他也不熟。杰克吓得一动不敢动，像被定住了似的，抬头看着格兰特。不管怎样汤克没时间了，就让这小子留下来代为受过吧——

一扭头，汤克发现杰克挡住了逃跑的去路，他正好站在自己和艾米莉的中间堵住了通往“自由”的道路。当然可以把他挤开，但汤克不想这么卑鄙，那是沙克的风格，他可不想让大家都打心底里怕自己，也许他只能——

不行，他要走另一条道。

汤克给艾米莉使了个眼色瞄了一下自己左边，就好像说，我走那条路，如果愿意就跟着来，可要被抓了就是你自己的事啦。

然后他朝左边迈出一步。

“伙计，你别打歪主意。”格兰特把手电筒的光直接照在他脸上，并往前逼近了一步，挡住他的去路。“我已经打给詹金斯太太和项目经理，他们马上就来了。”

附近一扇门开了又关上——公寓楼刚好在社区中心旁边。詹金斯太太出现了，她穿着拖鞋和一件颜色斑驳的浴袍，脚步蹒跚，飘逸的花白头发上别着一堆发卷。

老太太犀利的眼神盯着三个孩子，那洞悉一切的冰冷目光简直能把他们吞进去——“格兰特，谢谢你通知我。”

“夫人，这是我的本分。要我报警吗？我已经打给托马斯先生了。”格兰特恶狠狠地盯着汤克嘿嘿笑了，“报应来啦！我就知道你是这号人。你总是违反规定，无视宵禁，践踏草地，在公园里游荡，现在恶有恶报了。”他的语调冰冷彻骨，汤克确实觉得周围的气温立刻下降了好几度。

“我觉得没必要，”詹金斯太太说道，“这大厦是我的——”

“托马斯先生是我的老板，他说一定要等他到了再采取行动，听起来他好像要起诉他们。”

“你先打给了托马斯先生？”詹金斯太太问道，两道眉毛几乎拧在了一起。

“是，是的。”格兰特低头看着自己的脚面。

“你好大的胆子，这座大厦现在还归我管，你的薪水是我发的！”

“严格来说是他雇我晚上看这片场子的，另外嘛，上个月你缩减我的工作时间，说不需要看门的了，所以现在是他付我薪水，工地是他的，我当然要先打给他啦。”

汤克猛地向左边冲去，想利用他们吵架的时候逃跑。脚下是冰冷的水泥地面，他猛一蹬地飞快地绕过拖拉机撒腿就跑，紧张得耳膜里全都是心跳声。看见围栏，仿佛看见另一边是可贵的自由，他一把抓住铁链。汤克想借力一跃跨出围栏外，但廉价劣质的铁链摇摇晃晃根本没法儿吃劲。这下好了，必须绕过去——刚好前面有个缺口。于是，汤克继续狂奔。

在他身后，能听见急促的喘息声和脚步声，艾米莉肯定紧随其后。

汤克回头一看，除了艾米莉，杰克也在奔跑。好吧，随他们便，反正汤克不用负责，尽管跑就是了。他不能被抓，沙克跟他讲了很多关于少管所的故事，他联想起自己犯的错，所以不能错过这个逃跑时机。他还要工作，还要帮妈妈，而且——

咚的一声。

汤克结结实实撞到个什么东西——不对，是个人。

他往后一仰倒在冰冷的水泥地上，身体抽搐了一下。地上到处都是锯末和石膏板，呛得他直咳嗽。

“站住，往哪儿跑？”

一个中年秃顶男人穿着一件挺括的蓝色衬衫，但扣错了纽扣，居高临下地瞪着他。虽然穿着正装衬衫和休闲裤，也能看出来他是个干惯了手工活儿的人，肩膀宽阔，眼神精明。他伸出一只长满老茧的手，这对汤克来说就像个陷阱，可别人都站着他才不愿意躺在地上。

汤克抓住那只手，那人一把把他拉起来，然后牢牢地控制住。

“好吧，我听说你们在工地破坏公物，怎么回事？”

“托马斯先生，就是他们三个！”格兰特一边怒气冲冲地嚷嚷着，一边赶上来。詹金斯太太落得不太远，一瘸一拐地跟在后面，浴袍像斗篷一样拖在身后。

那个男人——托马斯先生仔细审视着汤克，然后看到艾米莉跟在他身后，接着目光落到杰克身上。

“杰克？”

杰克尴尬地朝他挥挥手：“爸爸，你好。”

老天！

汤克惊呆了，这是好事还是坏事？真是出人意料，如果这是他爸爸——

詹金斯太太气喘吁吁地赶上他们。

“你总算看到这几个捣蛋鬼了吧？把他们当场抓起来，而且我们还有证据。”格兰特拿着扳手朝托马斯先生挥着。

“跟我一点儿关系都没有！”艾米莉跺着脚喊道，“我刚才就是站在这儿！”

“擅自闯入！”格兰特向她吼道，“整个工地都禁止进入！”他瞪着托马斯先生，“先生，我现在就可以打给警察，你就能起诉他们了。”

托马斯先生仍然张大嘴看着杰克。

“哼！”詹金斯太太用手杖敲打着地面，“不能这么鲁莽。”

“必须严惩！自作自受！”格兰特说道，凶狠的目光在托马斯先生和詹金斯太太中间溜来溜去。“少管所肯定能教会这些孩子以后再也不敢拿任何私人财物。”

詹金斯太太拧亮了身后一盏重型建筑工地探照灯，整个场地马上洒满耀眼的强光，把每个人都镀上一层明暗对比强烈的阴影。她直勾勾地盯着汤克，目光紧紧锁住他。汤克动弹不得，好像被她施了定身魔法一般。

“看看，这些就是你嘴里惹是生非的年轻人。”詹金斯太太说道，白了格兰特一眼。

“我在地上找到一把扳手。”格兰特不假思索地说道。

“你怎么知道扳手就是建筑队的？托马斯先生，我不相信他们如此不顾健康与安全。”詹金斯太太咂咂嘴说道。

“孩子们擅自进入是板上钉钉的事吧？”格兰特不服气地说道。

“我就是来找照片的。”艾米莉平静地说道，“我刚才把照片落到这儿了。”

“我是来帮她找的。”杰克紧接着说道。

“我也是。”汤克不甘示弱地附和道。

格兰特怀疑地看了他一眼：“托马斯先生，你可千万别信他们的鬼话。”

托马斯先生叹了口气：“其实，孩子们感到好奇是正常的。我像他们这么大的时候也经常溜到不应该去的地方。我知道违反规定要受到惩罚。杰克，你被禁足了。我会告诉你朋友的爸妈让他们也知道这件事的严重性。”

“我插一句。扳手不是建筑队的，没人会把工具乱扔。”格兰特嘟囔着说道。

“我有个提议，”詹金斯太太说道，“奈杰尔，你给我三个星期时间。在你的物资送到之前，我会把社区中心所有个人物品清理干净。后背的伤使得我要花时间清理每样东西很困难，所以能不能多给我点儿时间……”

“詹金斯太太，你的意思是？”托马斯先生偏过脑袋问道。

“社区服务。针对这种轻微恶作剧，法官一般都会做出类似判决。”詹金斯太太双臂抱在胸前，看了看他们身后那座破旧的大楼，“我们现在不用什么法庭起诉或者让他们接受惩罚，我觉得应该给孩子们一次补过的机会。”

“具体什么内容，是不是捡垃圾之类的？”汤克以前在学校也干过。他经常惹麻烦，一般在处罚期内会被要求在校

园里捡垃圾或者刮除口香糖。过去他视之为耻辱，在全校师生面前这么做很丢脸，但他从沙克那儿学到了把这个当作荣誉勋章。他的声誉已经被镌刻在石碑上，他不是个好惹的人。

詹金斯太太点点头："比那个范围更小一点儿，我更看重的是态度，汤克。好吧，三双手一起帮我，把这个地方清理得干干净净，准保让你在规定的日期前完工。"詹金斯太太冲托马斯先生微微一笑，汤克看见她的眼睛里闪着慈爱的光芒。

很不寻常，汤克从没见过詹金斯太太的这一面，她要么严肃要么悲伤，要么两者兼而有之。

"你姓翁，是吗？"她从口袋里抽出一叠纸，舔了一下手指往下翻开一页，"住在 B311。"她瞥了一眼艾米莉，"可萨达家的一个女儿，你是卡门？"

艾米莉一声不吭。

"不对，瞧你穿的花里胡哨的样子，你是另外一个，艾米莉吧。"詹金斯太太喋喋不休地自言自语着，"可萨达，C214。"她记在本子里，然后轮到杰克，"托马斯家。A204。"她飞快地写着，钢笔唰唰的声音在工地上回荡，一会儿本子上就密密麻麻一片。

"这是建议书。你们上边的信息齐全吧？我现在马上就能打给汤克和艾米莉的爸妈。"

托马斯先生接过手写的建议书，严肃地浏览了一遍。"完全同意。詹金斯太太，谢谢你的提议，让你费心了。"

詹金斯太太一边掏手机，一边朝格兰特探了探脑袋。格兰

特摸出钥匙，打开了外围铁链围栏的大锁头，推开了门。

艾米莉垂着脑袋跟在后面，杰克和托马斯先生鱼贯而出。詹金斯太太正给什么人打电话，急急忙忙地摁着按键，接着气呼呼地挂了。然后，拨打另外一个号码，对方很快接了。詹金斯太太用西班牙语叽里呱啦地说着，汤克听不懂，但看见艾米莉的眼睛在一个女人接电话后越瞪越大，听起来电话里的声音已经火冒三丈了。

詹金斯太太心满意足地朝艾米莉笑了笑："你爸妈下来了。"

詹金斯太太转脸面向自己时，汤克的汗毛都竖起来了。

"你家没人接电话。"

汤克紧攥的拳头松开了——妈妈在上夜班，芳姨应该在睡觉，薇薇安戴着耳机玩《我的世界》。他多希望电话一直铃铃地响着没人接啊，也就没人知道他惹的麻烦了。

西塔楼的门开了又关上，肯定是艾米莉的父母正在赶来。

艾米莉的嘴唇哆嗦着："可我已经被禁足了！"

杰克和爸爸一直沉默不语，让汤克没来由地感到很不舒服。杰克的爸爸没有怒吼，甚至连话都没说，只是望着杰克的时候满脸都是奇怪的伤心表情。

汤克跟着大家一起走出小公园，看着格兰特锁上大门。艾米莉的爸妈已经到了，夫妻俩手足无措，又疲惫又沮丧。艾米莉长得很像父母，她有和妈妈一样的棕色卷发，和爸爸一样的宽额头，还有表情丰富的眉毛。爸妈语气里是深深的

失望，艾米莉低垂着脑袋。跟詹金斯太太聊了几句后，妈妈抓着艾米莉的胳膊肘把她带走了。

詹金斯太太正在跟托马斯先生说话，汤克只听见“九点”和“一天大概四五个小时应该够了”，但他毫不在意。自己能走了吗？难道詹金斯太太还在等他父母到场吗？如果一直没人接电话，她会怎么办呢？

当爸爸的手搭在自己肩膀上的时候，杰克望着汤克，悄悄挥了挥手。

汤克摇了摇头，他不想跟这个孩子有任何瓜葛，只想帮薇薇安找回笔记。他不过是因为听到声响所以停下来跟杰克说话，没想到就惹上了麻烦。

托马斯父子俩消失在北塔楼门厅里，那幢新楼房租不菲。汤克这么猜测是有道理的，因为托马斯先生的公司承包了翻修工程。而且除了米沙拉先生，他没认识几个住在那儿的人——大部分都是新租客，很多老楼的住户负担不起新楼的房租。

“你爸妈都很晚才下班是吗？”詹金斯太太犀利的目光盯着汤克。

他点点头。

“明儿一大早九点在这儿见。”詹金斯太太说道。那倒没问题。她抬头看着汤克，眼睛里闪烁着钢铁一般坚定的光芒。虽然她只是个小老太太，汤克心里却很怵她。

“好的。”他点点头，老老实实地答应着。

詹金斯太太阔步穿过小公园，浴袍在她身后威严地飘

动着。

现在就剩下汤克与格兰特了。格兰特站在围栏前面瞅着自己的手机，玩着每天都在玩的无聊游戏。汤克不知道格兰特看场子薪水多少，是不是比他给米沙拉先生搬箱子赚得多。

汤克感觉格兰特的目光在他身上溜来溜去，于是本能地耸起肩膀，让自己看起来矮一点儿，威胁性更小些。他脚步踯躅着，想说什么却又不知如何开口。

“想干什么？还想嘲弄我吗？你跟你那些狐朋狗友还没够？”

“我——”汤克盯着自己的脚面。他的鞋子已经磨破了，袜子从鞋尖探了出来。格兰特的鞋也是破破烂烂的，比自己的好不了多少。一句“对不起”卡在汤克的喉咙里说不出口，听起来好像小声嘟囔。汤克又说了一次，“你的钥匙——对，对不起。”

“一句对不起就行了？我差点儿丢了饭碗，而你只说对不起？知不知道如果那套钥匙丢了重新配的话，钱要从我薪水里扣。”

汤克无言以对。他记得沙克是怎么嘲弄格兰特的。

“孩子，没什么，回家吧。你今天的运气太好了。”

汤克已经筋疲力尽，不觉得有多幸运。运气好应该是一开始就别摊上这种破事。可是薇薇安想找回笔记，上面记录着坐标，落在了电脑房某个角落。现在格兰特严密监视着他，看样子肯定找不回来了。

汤克双手插在口袋里，一边小心翼翼地四处打量，一边走回自己家的那幢大厦。他抬头望着天空，银盘似的月亮隐藏在云团后面。三更半夜，整幢大厦笼罩在黑影里，看起来透着一种诡谲的陌生。

西塔楼的楼梯间人迹罕至，楼梯间的门总是发出响亮的金属砰砰声，汤克已经习惯了。他上了三楼，离家越近脚步越沉重。

来到自家公寓门前，他停下了脚步。把钥匙插进锁孔的时候，双手哆嗦着。汤克闭上眼睛把额头抵在门上。铁门冷冰冰，沾了他的汗水变得黏糊糊的。汤克在门外待得越久，门里的人就越晚知道他惹的麻烦，他想最好永远都站在门外别进去。

突然，门开了。汤克朝前扑了个空，幸好还没摔倒就站稳了。

薇薇安站在黑暗中戴着圆框眼镜严肃地看着他。公园里的路灯几乎照不进昏暗的公寓里，汤克只能看见薇薇安恐龙睡衣的膝盖。

“傻瓜，你在干什么？”薇薇安翻了个白眼问道，“要一辈子站在门外吗？”

“对，就是我，一个大傻瓜。我就想在门上靠一会儿被你打断了。”汤克也翻了个白眼假装很生气，可还是忍不住笑了起来。薇薇安肯定是看哥哥没回家所以一直在等他。真好，汤克起码知道妹妹在担心他。

“我听见公园里传来一阵阵吼声。是詹金斯老太太吗？”

“是她。”

“那时候你在干什么？又和沙克一起闲逛？你知道他不是什么好人，对吧？”

汤克进门的时候，耸了耸肩，感觉到身上的担子装着整个世界。他关上门，走过黑乎乎的客厅。厨房里倒是有点儿亮光，一盏荧光灯照着一本摊开的编程书——薇薇安肯定是待在那儿等他的。

身后响起脚步声，走廊的灯一闪一闪地亮了。“我看见你被他们吼了，社区中心旁边站着一大堆人。”

汤克转过身叹了口气。“我就想把你的笔记找回来，”他嘟哝着，“结果被其他孩子的恶作剧缠上了。”

薇薇安的眉头深深拧在一起，忧虑地皱起了额头：“给你做了花生酱和果酱三明治。”说着把三明治递给哥哥。她最喜欢用果酱做三明治，“麻烦大吗？”

“嗯，听见家里电话铃响了吗？”

薇薇安点点头指着电话上一闪一闪的红色 01 键，标识有个新的未接来电。

汤克删掉了信息：“我来处理，别让妈妈担心。”

“你想怎么办？”

汤克也不知道，只晓得明天出现在社区中心做该做的事去补救。

第十三章

艾米莉不知道他们要做什么工作，真是糟糕透了，因为她不知道该选哪件衣服合适。会在花园里弄得一身泥吗？需要穿长裤吗？她最后决定穿最旧的那条牛仔裤，搭配很久没穿的漂亮 T 恤。虽然 T 恤上有一小块污渍洗不掉，但她很喜欢上面可爱的蝴蝶印花和蕾丝灯笼袖。

杰克已经到了，愁眉苦脸地坐在公园里的长凳上盯着社区中心。警示牌在清晨的微风中晃荡着。艾米莉有点儿后悔没带件薄毛衣，反正等会儿应该就热了，尤其这是在室外，所以还是坚持一下吧。

“你好。”杰克微笑着跟她挥手打招呼。

艾米莉装没看见。那天晚上要不是她停下脚步去看是谁的话，也不会被抓了。没有互联网是很无聊，但总比跟这些

家伙在一起要好。

艾米莉斜靠在一个花坛上，里边是褪色的绢花。她瞧都不瞧一眼旁边杰克让出来的座位。真想看看自己的照片墙平台，消磨接下来的这段时间。反正她就是不想跟这个毁了她整个夏天的男孩说一个字。父母虽然把手机还给了她，但艾米莉无法登录任何社交平台账号，这更让人恼火。

“是这样，你被抓了我很抱歉，但这也不是我的错。”

“怎么不是你的错？你搞砸了建筑工地的东西，我只是过来找丢了的东西。”

“可你进入的地方明明白白标志着禁止进入！”

“话是这么说，但要不是你俩在那儿，我也不会被抓。”艾米莉哼了一声。

“我没破坏东西！我就是——我就是想在电脑房做点儿事情。”

“什么事情呢？”

杰克盯着自己的脚面：“你不会明白的。”

刹那间杰克的表情既悲伤又孤寂。对于第一次见面时对他的冷落，艾米莉感到有点儿内疚。现在邀请他一起玩《我的世界》也晚了，不过这个念头也就一闪而过。

“还想哄我啊。”艾米莉照例一副冷嘲热讽的语气。哎哟，听起来有点儿刺耳，要是她愿意用温柔的口吻再说一遍就好了……为什么人总是喜欢这么反讽别人啊？

不行，既然她已经这么说了，现在只能这么着，放轻松。

杰克做了次深呼吸，看着她的眼睛，像是在思考和她搭讪是不是在浪费时间。这一举动深深地刺痛了艾米莉，难道他会认为自己是个没头脑的傻瓜吗？还是像学校里很多人一样对她敬而远之？

天天戴着面具过日子，时间长了就没人真正了解你，大家都以为你表现出来的就是真正的自己。

“早啊，我们能动手了吗？要做些什么？”第三个声音响起——是汤克。他穿着不合身的牛仔裤和大了三个码的T恤，学校里那些所谓硬汉都是这个样子。

“汤克你好。”杰克兴奋地说道，他还不明白在学校里只要跟汤克说过话的人就会成为公敌。再加上他刚才冒冒失失地搭讪艾米莉，这就是所谓无知者无畏吧。

汤克翻了个白眼，然后靠在艾米莉对面的花坛边上：“我们就在这儿白等？等什么？已经九点多了。”杰克看了看手机时间，“唉，别是她忘了吧？工地的入口好像还锁着呢。”

汤克一副不以为然的样子。

艾米莉离开花坛，掸掉身上的灰尘：“哼！我才不想傻乎乎地坐在这儿，走吧，詹金斯太太住那边。”说着她自顾自地走开了，也不管男孩们有没有跟上来。

她沿着围栏绕过公寓来到社区中心，走到挂着褪色“经理”牌子的门前，敲了敲门：“詹金斯太太在吗？”

一片寂静。

“也就是说社区服务取消了。”艾米莉高兴地说道，太

好了！她又可以过上整天拍照片的禁足生活了。“真的吗？”杰克皱着眉头问道。

艾米莉意思是：都看见了吧？——众目睽睽下，她准时赴约了。然后，艾米莉转身顺着来路穿过小公园往西塔楼方向走去。杰克和汤克紧紧跟在后面，他俩不是分别住在不同的大厦吗？为什么要跟着她？

“你们都站住！”詹金斯太太沙哑的嗓音从右边传来，“想跑是吗？”

“不是，不是，我们正在找你呢。”杰克不假思索地说道，开始溜须拍马起来。

杰克瞥了一眼艾米莉，然后一路小跑，啧啧。他气喘吁吁地向老太太跑去，好像生怕自己迟到似的。

詹金斯太太打开大门的时候看起来脸色阴沉，然后朝艾米莉和汤克招了招手。

大堂里已经摆好了清洁用品和许多纸箱——消毒剂喷雾、抹布、扫帚和拖把。

詹金斯太太居高临下地看着他们几个：“开始吧，我相信良好的职业道德能抵消各种恶行，而且还能塑造人格。你们要帮我清理所有个人物品，把全部东西分门别类，然后放进箱子里。例如照片、文件、纪念品什么的。大一些的家具就留在原地，我会让搬家工人过来运到捐赠中心去。”

“那些电脑呢？”杰克问道。

詹金斯太太皱了皱眉：“最后处理吧。这些机器我要把

能保留的和要回收的整理出来。你们从另外两个房间和办公室开始打扫吧，如果还需要箱子就告诉我。”

“你不在这儿待着吗？”艾米莉问道，眼睛一亮。要是没人监督，谁还能拦着她回家呢？

“我相信你们会共同努力并肩工作的。如果任何一个人溜走，我都会告诉托马斯先生把社区服务改成法庭起诉，包括非法侵入和破坏公物两项，法官肯定会判你最少两百小时的社区服务。”詹金斯太太说着耸了耸肩。

“两百小时——”汤克喊道，“那不就等于整个夏天！”

“十个星期，一天五小时，周一到周五。”詹金斯太太点点头说道。

没门儿。艾米莉才禁足两星期。

詹金斯太太掏出一串笨重的旧钥匙，说道：“我可不想让你们每天来让我开门。相信你们能管理好自己的时间。”她冲三个人晃着钥匙，“我只有一把，谁拿去？”

艾米莉看着汤克，汤克耸了耸肩。

最后杰克把钥匙装进了口袋。

詹金斯太太给了艾米莉一个拖把，汤克拿了一支扫帚，杰克拿了一桶抹布。“你们干完了就能走。我不管你们白天几点到，来几次——你们自己决定。越早开始越早完成。”

艾米莉抓着拖把像握着根手杖似的——好吧，必须完成这项奇傻无比的清洁工作后才能回归到正常生活中去。

第十四章

汤克真希望自己带了耳机来。

艾米莉拿了几个箱子和一块抹布马上跑没影了，说是去办公室。汤克觉得这是个好办法，各个击破，于是他也抓起几个空箱子和一堆干净抹布去了储藏室。暗示杰克去另外一间储藏室或者电脑房，但杰克紧紧跟在汤克身边，在后面叮叮当当地掸着灰尘。

汤克只好不理他，从一个摆满奇形怪状的雕像的书架开始清洁。所有东西都覆盖着厚厚一层黑灰，挪动一下便扬起一阵更大的灰尘，害得他咳嗽个不停。

“哎呀，瞧瞧，我给大家带了这个，可艾米莉说这些跟她的套装不搭，所以不想要。但我觉得你应该——我是说这些东西看起来还好好的，它们有助于防止空气中的灰尘，我

们说不定在这里能用得上。”

杰克那小子又开始喋喋不休了，他从口袋里拽出一块皱巴巴的布片，看起来很像汤克祖父母的家乡越南小镇上人人都戴的面罩，开摩托车和骑脚踏车的人就用这个东西抵御空气中的滚滚烟尘。他真想念那个潮乎乎的夏天在祖父母家过的几个星期——上一次去已经是两年前了，汤克知道家里节衣缩食都是为了寄钱回老家。

他又咳嗽了，真气人！粉尘过敏就是这么难受，而且越来越严重。

汤克冲杰克点点头接过面罩戴到自己脸上。杰克嘻嘻一笑点头回礼，他看起来特别开心，像是一条小狗成功地捡回了球。汤克摇摇头继续埋头打扫尘土。

两人之间的沉默才维持了不到几分钟。

“你觉得她想不想把照片留在相框里？有一大堆呢。你觉得该怎么处理，还是她想按照日期归类？”杰克拎着一摞相框，站在光秃秃的墙前面。相框没了，墙纸装饰显得很难看，深色背景下明黄色的痕迹格外扎眼。

“那还用说。”

“瞧瞧这些奇怪的发型！”

汤克的目光越过杰克望向他手里的东西。木相框里是一张泛黄的照片，标题是“太平洋波峰社区青年委员会”。留着旧时发型的二十多个孩子喜笑颜开，詹金斯太太站在正中间，照片角落写着日期，那时候汤克还没出生。“可能孩子

们以前都是在这儿玩耍的。”

“哎哟！”杰克说着吹了声口哨，打开一个装满剪报的文件夹。“当地青年委员会清理海滩，”他读着，“埃伦·詹金斯是当地一家非营利社区的创始人，她带领年轻人进行社区服务。先进的社区中心为少年儿童提供了休闲场所，帮助孩子们学习新技能，结交新朋友。”

“真酷！”杰克看着一群少年的照片说道。他们在公园里笑逐颜开，穿戴着一整套工作服，为栽种新树苗和花坛挖坑。要是在真实生活里种树应该会很有意思吧。“他们为什么不种树了？现在的样子跟当时一点儿都不像。”照片里的社区中心很漂亮，到处是孩子和大人，还有一个特别年轻的詹金斯太太。

杰克仔细翻阅着剪报，从零散的一张张到小心折叠起来的整张报纸看了个遍，仿佛回到了过去的岁月，像墙上挂的相框一般。“当地社区经理赢得全市创新青年奖项。”杰克继续读着，“我认为这肯定是第一个奖。”说着吹了声口哨。“埃伦·詹金斯三十二岁，天啊，三十年前！你看这日期。”

照片里，詹金斯太太站在一位英俊的男士旁边。他肩膀宽阔，有着温暖的棕色皮肤，一只手搭在她肩上，脸上洋溢着自豪的微笑。他俩中间站着一个扎小辫子的女孩。

埃伦·詹金斯，克里斯托弗·雷耶斯和他们的女儿在太平洋波峰社区中心奠基仪式上。

看着杰克把所有剪报摊开仔仔细细地阅读着，汤克说道：“我说，你把这些东西收起来花不了多长时间。詹金斯太太说我们不用定时定点过来，时间取决于我们自己。把这些东西清理出来分门别类归置好，我们就能回家了。”然后汤克就能过一个正常的夏天——给米沙拉先生打下手，照顾薇薇安，攒钱买鞋让沙克刮目相看。

“好吧。”杰克显得很不好意思，“对不起，我就是觉得很有趣。”他冲汤克微微一笑，“嗯，那天我正在找无线网络，所以在电脑房里逛荡。我伸懒腰的时候发现门被卡死了，好像是……一小时后你来了。”

汤克想的没错，杰克真以为是自己把他锁在里面的。

“我一直没机会说，谢谢你帮我开了门。很对不起哦，我就那么跑了，一开始我吓坏了，还以为是沙克和那些家伙回来找我麻烦。我还以为你可能是……”杰克说着笑了起来，“后来想起上星期你分散沙克和同伙的注意力救了我，就在自动售卖机那儿，你还记得吧，真的太谢谢你了。”

“我不知道你在说什么。”汤克粗声粗气地回答道，狠狠地用抹布擦着灰尘。

“好吧，”杰克微笑着对汤克说道，“我保密。”

汤克走回书架旁边，把零零碎碎的小摆设放进箱子里，都是些拙劣的雕像，涂着俗气的颜色，不知道是不是哪次聚会活动留下来的。汤克摇了摇头，他才不看重这些十几年前

孩子们做的手工艺品，也不在乎这个地方的来历，哪怕亲眼见到也不以为意。他一门心思地打扫着，懒得停下看一眼，曾经这里的笑声和欢乐跟他有什么关系呢。

杰克拿起一块新抹布继续打扫，同时陷入遐想中——仿佛自己正在种植物，一株接一株，谢天谢地汤克的耳根终于清净了。

明媚的阳光透过窗户照进来，汤克看着外面清透的景色浮起一丝微笑。社区中心前边一直到马路都是尘土飞扬的，围了一圈铁链围栏后，看起来更破旧了。

“干得漂亮。现在看来我们的工作颇有成效。”杰克自豪地说道。

“没错。”汤克说道。

“啊，太棒了，你竟然笑了！击个掌！”说着向汤克举起手，好像上课时迫不及待要回答问题似的。

汤克茫然地看着他。

“嗯，我觉得现在我俩应该是朋友了——”

“谁跟你当朋友。”汤克说道，声音里透着恼怒。难道这个叫杰克的小屁孩到哪儿都要缠着他，像影子似的甩不掉了吗？整整一个夏天？然后去学校还当他的尾巴？汤克不能让人看见他和杰克在一起，你瞧瞧他穿的什么，有领衬衫吗？杰克的笑容有些尴尬，但手依然举着：“伙计，我就想跟你击个掌，祝贺我们找到份好工作。”

“我才不击掌。”汤克瞪了一眼对方在半空中张开的手，

带着凶狠的目光走开了。

杰克只好点点头放下胳膊："没关系。告诉你吧，我表妹艾米就不喜欢别人碰她，所以从不跟人拥抱或者击掌。所以你看，必须了解别人喜欢什么不喜欢什么——"

"有没有人说过你真够嘴碎的？"汤克离开杰克身边又去干活儿了，他用抹布使劲擦着积满灰尘的架子。

杰克不好意思地笑了："对不起，我一紧张就话多。爸爸说我得友善一点儿才能交到朋友，碰上新朋友我总是这么做。你知道吗？要改变真的很难。"

汤克不知该说什么，他当然很理解没有朋友的感觉。但现在已经有沙克、AJ 和格斯了，沙克和杰克完全是两种人。

门开了，艾米莉闯了进来："办公室都收拾好了，你们在这儿磨蹭什么呢？"

"正在除尘，把东西装箱。"汤克的脑袋向那排架子偏了偏，上边满是纪念品。

艾米莉点点头戴上耳机，比某些人识趣多了。

汤克接着干活儿。

他听到了房间另一头的艾米莉耳机里的音乐声，艾米莉和着音乐跳起眼花缭乱的舞步，一边只是敷衍了事地随便擦擦，连架子上面的东西都没拿起来。那个架子又重又大，上面放着板条箱，里边不知道装着什么，感觉一辈子也归置不好。所以，汤克计划以后打开箱子慢慢地收拾每一样东西，但艾米莉只是马马虎虎地用抹布擦了擦架子而已。

“你以前没打扫过吗？”汤克问道，脚步沉重地走到她身边，然后捡起一个箱子。“我们把东西都堆到一起再整理。一定要把所有架子都擦干净。”

“我当然打扫过，怎么了？”艾米莉翻了个白眼问道，“反正都要当垃圾扔了，为什么还要清理呢？”

“那些不是垃圾。詹金斯太太说家具搬运工要把所有东西都拿去捐赠。”杰克不知道从哪儿冒出来的，在一旁快嘴快舌地帮腔。汤克看到杰克负责的书架打扫得干干净净，心里不免有些高兴，相框和剪报都整整齐齐地收在了一个盒子里。总算有人懂得什么是条理性。

汤克把一个空板条箱翻过来坐在上面休息。手机上的时间显示他们只在这儿待了一小时而已，他不禁叹了口气，真是比一辈子还难熬。

“我说伙计，”杰克边说边把另外一个空板条箱翻过来坐在他旁边，“休息一下？吃不吃零食？”

他从口袋里掏出一根被压扁的巧克力棒。

汤克顺手接过来，倒不是因为把他当朋友，而是自己喜欢巧克力。

“你要吗？”

艾米莉小心翼翼地接过杰克递过来的巧克力棒，背靠墙拆开了包装。“吃你的东西不等于喜欢你。”她说道。

“知道了。”杰克含着满嘴的巧克力说道。

艾米莉掏出手机在屏幕上滑动着，她不经意地靠在墙上，

又扬起一阵灰尘，艾米莉赶紧用手掸掉衣服上的灰尘。

看着她像只受惊的松鼠似的跳来跳去，汤克哑然失笑。

“你们俩认识吗？”杰克问道。艾米莉耸了耸肩，向汤克投去疑惑的眼神，汤克也从眼角瞟了她一眼，然后耸耸肩。他俩在学校里都知道对方，但远远谈不上是朋友。

“我俩上同一所中学。”艾米莉说道。

汤克以为她会跟其他孩子那样称呼自己为弗兰肯斯坦怪物，可并没有，这让汤克又惊又喜。自从沙克叫他汤克，就没人敢叫他那个难听的外号了。上七年级第一个星期时，妈妈把两件旧毛衣拼凑在一起重新缝了一件，颜色不太统一。他对这件毛衣很自豪，因为它独一无二，是妈妈手工缝制的。可到了学校，他就发现自己错了，衣服上补丁摞补丁，看起来一点儿都不酷。

他被人取笑了整整一年，后来因为沙克跟他走在一起才消停下来。汤克虽然不喜欢沙克他们几个人干的那些勾当，但还算是值得——从此以后再也没人敢欺负他。

“你总是跟那个谁……一起玩，”艾米莉声音越来越低，双手做了一个似是而非的手势，“我忘了他的名字。”

“沙克，是的。”汤克说道。

“他这人卑鄙下流，你们怎么成了朋友的？”

为什么他和沙克成了朋友？他俩真的是朋友吗？在学校里只有强大的人才能生存，汤克唯一能指望的也就是和沙克他们不靠谱的友谊。

汤克耸耸肩懒得解释。“沙克理解我，”他顿了顿之后说道，“你为什么跟那些女孩交朋友呢？”

艾米莉不屑地说道：“因为我喜欢她们呗。我不知道沙克除了喜欢自己的嗓子外，还会喜欢什么，可是你不一样。”

杰克听着笑了起来：“真的？我见过这家伙，这句话描述他很准确。”

“你当时怎么认识他的？”艾米莉挑起双眉问道。

“他想让我给他买瓶汽水。其实一起做社区服务也能交到朋友，有可能这是一段伟大友谊的前奏呢。”说着杰克冲汤克和艾米莉一乐。

汤克瞟了他一眼叹口气：“我们只不过一起打扫卫生罢了，连话都不用说。”

杰克耸耸肩：“过去几年我和爸爸一直不停地搬家，就算是别人对我再不好，我还是尽量对别人好点儿，反正没什么坏处，即使别人对我没好脸色也无所谓。其实作为一个新来的，你们不太了解我，我觉得自己挺好的。”说着他拖着沉重的脚步走开了，留下一个伤心的背影。一瞬间汤克的内心充满罪恶感，他狠狠地把这种心情塞进了箱子里。

艾米莉内疚地盯着他的身影，但脸上立即换上一副冷漠的面具，接着对着汤克翻了个白眼。“你看什么呢？”

“没看什么。”

艾米莉继续全神贯注地玩手机，手机屏幕上的绿光打在她脸上。

还是对别人好点儿吧，杰克的声音在耳边回响着。

老旧的电脑房里阴森可怕，四四方方的机器发出微弱的电流声。

杰克坐在第一排，屏幕里淡淡的蓝光照在他的脸上。他往后一缩好像在躲闪什么东西，同时又用力敲打着键盘。“苦力怕，住手！”伴随着一声低吼，他的眼里闪耀着兴奋的光芒。

汤克慢吞吞地走过来，饶有兴趣地问道：“你在玩《我的世界》？”

“没错，”杰克回答道，“你也玩吗？”

“我妹妹喜欢。”汤克说道，拖过一把椅子掉了个头，然后跨坐在上面。他聚精会神地看杰克玩游戏，对方的化身在周游世界，要么挖矿，要么跟怪兽搏斗。汤克起先还装成漫不经心的样子，可是当杰克来到大本营时，他生气了。这里乱成一团，到处都是一片狼藉。为什么小麦和马铃薯混种？收获的时候非把其他作物踩烂不可，还有莫名其妙出现了一个水池，到底是怎么回事？

这一切让他如骨鲠在喉，忍无可忍只好说出口：“你的农场是怎么回事？”

第十五章

“我的农场怎么了？”杰克说着挪了挪身子，“有什么问题吗？”他审视了一下自己的农场，是有一点儿乱，主要是因为自己忙着猜谜题，所以没时间优化作物的搭配，也没有制作花里胡哨的漏斗或自动化设备，只有基本配置罢了。

然而汤克的语气刺伤了他。

“我以为你不玩呢。”杰克的语气有点儿冲。

汤克耸耸肩：“知不知道那些作物都快枯死了，因为离水太远，知道吗？”

“我正打算种小麦，不用太好看。”杰克回答道。

杰克想趁休息时间玩一会儿，接下来几个星期，说不定打扫任务完成前能解开谜题。汤克可以旁观他玩游戏，但绝不能横加指责。

“你觉得你比我强？”

“那是当然。”

汤克启动了旁边的电脑，等待的时候不住地扭头看杰克的电脑屏幕。

杰克绕过围墙努力采集更多小麦，为下一次行程准备面包。他有点儿难为情，因为这种用圆石和泥土盖的最基本的房子以及初级农场，没法儿代表他的最高水平。这儿其实并不是基地，只不过是他在这个神秘的服务器上要去揭开谜题的半路落脚点罢了。

如果问汤克要不要一起玩，会不会有点儿唐突呢？毕竟他说过不喜欢啰唆，只想埋头做社区服务。正当杰克纠结用哪种合适的方法询问他要不要一起玩的时候，汤克在其他服务器上打开了他自己的世界。

汤克把指关节掰得咔咔响：“带你去看一个农场。”

屏幕上徐徐展开一个郁郁葱葱的绿色天堂：规规整整的农田，一排排南瓜，一畦畦胡萝卜，小麦在微风中发出轻柔的沙沙声。目光所及之处，田垄和水沟在错落有致的田地里排列得整整齐齐。马铃薯、甜菜、高秆甘蔗，甚至有的蔬菜杰克都不认识。还有那些难道是……蜂箱吗？

在竹林和甘蔗林环绕的湖边，是一块块色彩斑斓的田野。杰克还发现一条蜿蜒的小路穿过一片蓝色矢车菊，再往后是丁香和玫瑰丛，怒放着五颜六色的鲜花。

“太厉害了。”杰克说道。

“别光顾看我的花儿，”汤克说道，“瞧这儿，你要知道水只能滋润四格内的耕地，所以要像这样——”

“啊，我知道，”杰克满不在乎地说道，“我这儿就是一个临时落脚点，瞧，我正在解开一个史无前例的谜题。”

门砰地一下开了。

“你们俩在干什么呢？”

“种地，”汤克回答道，他把脑袋往杰克屏幕那歪了歪，“这个种得很糟。”

“哎呀！”

艾米莉拽过一把椅子放在他俩旁边，坐下并将身子往后一靠。椅子瞬间摇摇晃晃，她用力依赖后面两条椅子腿儿才稳住自己。“《我的世界》吗？”

“对啊，”杰克说道，“你想不想玩？”

“当然想玩，比打扫卫生有意思多了。汤克让一让。”

汤克皱起眉头但还是往一边挪了挪，在最后一台电脑那儿给艾米莉和她的椅子让出了点儿地方。她启动了电脑，冲汤克的农场吹了声口哨：“真漂亮，你是把整个绿野仙踪都复制了吗？”

“我就是喜欢花儿。”汤克说道，脸上不禁浮起一抹红晕。

“我们一起开始新游戏吧，这样大家就处在同一水平了。”艾米莉乐呵呵地说道。她瞥了一眼杰克那些落后的武器，“你看起来没什么长进啊，这个世界你玩多久了？”

“你也玩《我的世界》吗？”杰克问道，吃了一惊。那天

当着她的面死在僵尸手里真够丢脸的。他真不想承认自己在上两个星期里每天都要在这儿待几小时。他刚刚开采了钻石，但没储存在这个前不着村后不着店的简陋基地。杰克不断地收集材料，准备武器，以便拿到解开第十八个谜题所需的资源。

艾米莉对他的问题避而不答，登录账号进入多人游戏界面，满怀期待地望着他。“要不要创建新世界？”

杰克看了看自己十二级的经验等级和即将揭开的谜底：“这个嘛，听着很有意思，但是我在局域网发现的这个服务器很酷。我正在绞尽脑汁解开那个人留下的谜题。”

“哼！”艾米莉的电脑屏幕上已经跳出了服务器列表。

“你说的是哪个？”

“贝拉 7，本地局域网的一个游戏，你应该也能看见。”

“嗯，听起来有点儿耳熟。等等，我马上回来。”艾米莉一头冲出房间，然后带着一摞满是灰尘的笔记本回来了。“这是我在办公室发现的，原以为是一本写满奇怪密码的日记本。”她翻开一页给他们看，上面满是局促细小的笔迹。

“肯定是搭建服务器的那个人写的。”杰克说道，“哇，他们制作了这么多版本！”每一页都有一个标题和一个日期，很明显创作者在这个服务器上已经耕耘很多年了。杰克拿着笔记本飞快地浏览了一遍，几个词语跳入眼帘，例如调试化身的皮肤比例，调整利维坦的动作和音调，但大部分内容他都不感兴趣，无非是些程序语言。“太棒了，他们一定在这幢公寓大楼住过。服务器真酷，创作者加进许多谜题，好像

这些谜题又构成了一个更大的谜题。想不想揭开它？”

“感觉很酷！”跟随着杰克的脚步，艾米莉选在同一条布满礁石的海岸线出生，然后一头冲向了森林。

“我在这儿。”杰克写下自己的坐标递给艾米莉。

“我离你们不太远。在游戏里我几天之后就能赶到。”汤克说道。一眼望去，屏幕上的他已经在勤勤恳恳地伐木，正在准备首次冒险用的物资。

“快来，这儿有一个洞穴，我要去看看。”艾米莉说道，“哇，汤克，好帅的化身！”

“我妹妹设计的，”汤克说道，“她特别聪明。”

杰克抿着嘴乐了。从艾米莉的屏幕上看，汤克是长着蓝色头发戴着眼镜的动漫角色。汤克采集各种补给的时候，艾米莉已经把他远远地甩在后面，杰克扭过头继续盯着自己的屏幕。

“我们在中间会合，到时候给你们看看那个谜题和我正在做的东西。”杰克说着开始采集这几天所需的补给，他的心激动得怦怦直跳。

这是一个全新的世界。

它非常可怕。

但真是太棒了。

《我的世界》里新存档的第一晚很特别。杰克心里已经有了个计划，这是一套非常高效的系统：收集木材，打造工具，

夜幕降临前搭起一个避难所。

“你在干什么？”杰克目瞪口呆地问道。

艾米莉没有收集补给，也没有盖房子。她拿着仅有的一把剑，正在随意地砍木头——为什么不用镐子或者锹呢？她的化身进了杰克第一天路过的洞穴，那天他仔细记录了地点，打算准备妥当的时候再来探险。但她就这么莽撞地闯了进来，无所畏惧地狂笑着，丝毫不怕怪物。她赤手空拳连盔甲之类的护具都没有。

“山洞！”艾米莉兴奋地喊着，好像自己是首个发现者似的。

山洞真不错，洞里有煤炭，迟早能用得上，但第一晚还真不需要。按照杰克的观点，为了安全起见最好等到第二天再开采。“我在附近储藏了一些煤和物资，往东走一点儿你应该就能找到了。”

“不用，我自己能行”

“太阳快落山了。”

“别担心，”艾米莉说道，“我藏山洞里。”

汤克瞥了一眼她的屏幕，敷衍地点点头表示赞同。艾米莉开始用一块块泥土把洞口堵死，跟外界彻底隔离。

“里面的怪物怎么办？”杰克问道。

艾米莉不停地垒砖块和黏土，最后把自己完全封闭在黑暗当中。

“你连张床都没有！”杰克的做法一向是先拿到必需物

资，像是能合成工作台和基本工具的木材，或者绵羊，然后在保证安全的前提下消磨时间。

“不需要，第一晚的生命值很高。”艾米莉乐呵呵地说道，“开采，挖到矿石后造盔甲。”她扭头看了看杰克的屏幕，“你在干什么？”她嘲笑道。

“等太阳升起来！”杰克回头看了看自己的屏幕，希望赶紧跳到第二天早晨，但一切照旧。他的化身的那双短粗小脚丫还在床上躺着，一动不动。

旁边的汤克摇了摇头：“如果其他玩家还醒着，游戏就不会跳到第二天早上。”

“是啊，我要在这儿待一会儿。”艾米莉在墙上插了支火把，吹了一声口哨，接着往洞穴更深处继续探索。

一听到箭镞熟悉的叮当声，杰克的神经就高度紧张。在洞中，艾米莉身中数箭，生命值低得厉害，但她毫不畏惧地向骷髅直冲过去一阵乱刺，直到对方消失。“太好了，发现一条优质煤矿带，你们要是过来还能捡一大堆装备。这儿真是建立基地的好地方。”

“绝对不行。”杰克说道。他只看了一眼险峻峡谷脚下的河流，还有山洞里纵横交错的裂缝就知道这里是怪物生成的绝佳地点。他可不想让蜘蛛或者其他怪物在大本营附近生成。“如果你想制造新鲜玩意儿的话，我们应当找块美丽的草地或者平原，至少要平坦，最好还能靠近牛羊，这样我们就无须花大力气改造。”

“宝贝们，欢迎来到铁器时代！”艾米莉轻声嘟囔着，手里挥舞着一把新造的铁镐。

“不错。”汤克说道。杰克在汤克屏幕上看到一座小麦田已经初具规模，水源旁边是规整的农田，一畦畦整齐的秧苗和高秆甘蔗。还有一座体面的带门土房，一圈点燃的火把环绕四周。汤克在外面忙碌着，不停地伐木，直到天色变暗。

“你还要种小麦？我以为你俩要跟着我来呢。”

“刚刚你说过的呀，你到时候会原路返回。”

“我是说半路会合。”杰克无奈地回答道，“没关系，你的农场已经初具规模，我觉得多找点儿藏身之处总是好的。”

僵尸的呻吟声越来越近，杰克瑟瑟发抖。这是《我的世界》最吓人的地方，虽然杰克心里不愿意承认，但这就是他要先找到绵羊支起一张床的原因。没有床度过漫漫长夜太恐怖了，怪物们逼近的时候，能清晰地听到它们紧贴门外发出的号叫声。

杰克突然发现僵尸的声音来自汤克的电脑。

“汤克，小心！”

汤克赶紧闪身跑进房子里，立刻关上大门。外边的僵尸不断呻吟着，不顾一切地想闯进来。

“伙计，谢谢你！”汤克发自内心地说道。

房间里很简陋，但里边有许多好东西，汤克一直忙个不停。屋里有工作台和两个箱子。

几分钟里，杰克一直看汤克在整理自己的背包。他一丝

不苟地把种子、木材及其他物资整整齐齐地按照大类排列成行。“真有条理，你有羊毛，可以造一张床了。”杰克说道。

“这主意不错。”汤克马上照办，他把床放在角落里然后一个鲤鱼打挺跳了上去。

杰克如释重负地呼出一口气：“漂亮！艾米莉，如果你断线的话我们就能马上切换到明天早晨了——”

“没门儿，我在这儿发现了许许多多好东西！你俩要是困了就睡吧。”艾米莉兴奋地说道，一边挖着铁矿脉。

杰克吓了一大跳，因为汤克没有睡觉，而是走出了大门。他正沿着农场外围修筑一道围墙。

杰克皱起了眉头：“真麻烦。”他不想傻坐在这儿看别人玩，要是看别人玩去视频网站就好了。汤克的坐标看着不远，于是他重新坐到满是灰的椅子上，跳下床，收集补给之后，在土墙上挖了个洞跳进了黑夜中。

汤克的基地离杰克很近，一路上虽然风景秀丽但危机四伏。一轮若隐若现的新月缓缓升上天空，在他一路狂奔时，星光洒在森林里。他必须跑得比僵尸快，可照这个速度也坚持不了多久。远远的前方潜伏着一个又高又瘦的身影——是个末影人。杰克心里很害怕，赶快把目光移开，希望对方没看见自己。呻吟声此起彼伏，这下可好，来了一大群僵尸，没希望了。他非得死在这儿不可，辛辛苦苦拿到的物资全都将化为乌有，然后又得在鸟不拉屎的地方重生。碰上这种第

一晚就不支床铺的人可真是倒了血霉！当然啦，绵羊不是满地都有，但最起码得有个藏身之处呀。突然，杰克发现远处有火把的微光闪烁，就像黑夜里一座明亮的灯塔。那里一定是汤克的营地，杰克向左一个急转弯，僵尸们在身后紧追不舍。他紧紧地压住键盘，向着亮光狂奔。

“快点儿，开门，快开门！”

“你在哪儿？我围墙上没有开凿大门，就有个——”

杰克惊慌失措地捶打着土墙，只好继续飞奔。

“等等伙计，别踩了作物——！”

杰克径直闯过麦田，跳进小屋，砰地一声把僵尸们关在了门外。“它们追上来了！”

“嘎、嘎、嘎……”僵尸们不停地踹着门。

“我告诉你了，别踩那些作物，”汤克转过身气呼呼地瞪着他，“为什么非要这么干！”

“难道你没看见我在逃命吗？”

“你把我的墙都撞坏了。”

“明天帮你修，”杰克嘀咕着，“慢着，你要去哪儿？我们现在应该睡觉！”

“你怎么老是想睡觉？”艾米莉问道，撩了一下披肩长发。杰克瞥了一眼屏幕才发现她已经采掘到了矿井深处，叮叮当当地挖着一条金矿脉。

“因为现在是晚上！外面很危险！”

“我有事情做了。”汤克说道。他合成了一把新镐子，

在箱子里找了一番后，一头冲到土屋后面的走廊上。

“你要去哪儿？”

“你引来这么一大堆僵尸，我们肯定没法儿出去了。不如往地底下挖，快来，一起探险吧。以前我在这儿挖了一口矿井，不是很深但似乎很有希望拿到好东西。”

话音没落，汤克的身影已经从杰克眼前消失了。

瞧这俩活宝，杰克的手指抽搐不已。他不会坐在这儿干等着，“好吧，我来了。”他说道。杰克把所有多出来的物资迅速放进汤克的一个箱子里，包括种子、南瓜、羽毛等，都是以后用得上的东西。

他奋起追赶，矿井一直往下，往下，延伸到深深的地底。汤克蓝色头发的化身完全看不见影子了。“其中一层里有很多铁矿，”汤克说道，“嗯，我觉得应该在——对了，就是这儿！”

“艾米莉，你的坐标是什么来着？”

杰克飞快地计算了一下：“哎呀，我觉得我们可能会碰上艾米莉，我们往东边去。”

汤克向上来到一个山洞，他说的没错，这儿有很多矿带。杰克也说干就干，看见铁矿和煤矿后马上进行开采，正当他叮叮当当挖得起劲时，汤克突然发出一声大叫。

“救命！有蜘蛛！”汤克挥起手中的木剑猛地砍过去，“别过来，别过来！看我不——”

“我来帮你！”杰克朝冲过来的蜘蛛射出一箭，蜘蛛血红的灯泡眼立刻死死盯着杰克。“快点儿，别磨蹭！”他轻而

易举地杀死了怪物，捡起一卷蛛丝。“你还好吧，吃点儿东西吗？”杰克说道。

“好的，谢谢你。”汤克惊魂未定，“我讨厌蜘蛛。”

“蜘蛛最坏了。快点儿，往这边来。我觉得咱俩离艾米莉应该不远了，在她附近能拿到很多好东西。”

“好的。”汤克说道。

汤克的声音哆哆嗦嗦，跟自己的大块头形象很不相称。

“瞧，我帮你弄到一把铁剑。”杰克把多出来的武器递给汤克，“拿着，还有我的盔甲，你也一起拿去。我的生命值比你高多了。”

杰克在前，汤克紧随其后。当两个人齐心协力地在洞里杀出一条血路时，杰克心中涌起一股强大的自信心。在收集铁矿石和煤炭的过程中，时间一分一秒地流逝。最后，他俩见到了艾米莉的化身——六十年代风格的飞行员。她在一个炽热的熔岩池旁的悬崖上冲他们挥手。杰克目瞪口呆地看着她造的桥，只有一格宽。他不禁心惊胆战。

洞穴极其壮观，要是杰克自己肯定不会来这么深的地下。

熔岩小溪汇进湍急的河流。从峡谷向上望去，他们的头顶几乎看不见夜空；从洞穴内部来看，山洞仿佛无穷无尽，到处是深渊，够他们探索一阵子的。

“你们磨蹭什么？快走！”艾米莉不耐烦地大喊着。

杰克掏出剑，跟着朋友们走向深不可测的未知世界。

第十六章

艾米莉一边吹着口哨，一边砍死一个又一个蜂拥而上的骷髅，她的经验值噌噌往上涨。她已经开始嫌弃这些普通的武器和盔甲了，但是想要附魔就需要更高的经验等级。万事开头难。

叮的一声，镐子又断了。艾米莉不禁叹了口气，真烦人，“谁手里有根棍子什么的？”

杰克朝她扔了一堆木头：“为什么在这么短的时间里你用掉了那么多工具？”

“努力挖矿，努力升级。”艾米莉言简意赅地回答道。她麻利地合成了一套新工具，转身又投入战斗中。

“好吧，也不能说不对。艾米莉，干得漂亮——”杰克说道。艾米莉不由得乐了，现在的感觉真美好。与薇薇安一起玩游

戏的时候真的很有意思，她俩的探索风格类似，但现在杰克在她旁边无时无刻不唠唠叨叨，与沉默寡言、有时摸不着头脑的汤克形成鲜明对比，非常有趣，非常美好。只是她嘴上不说出来罢了。

“既然我们是战友了，我给你们看个好玩儿的东西。瞧，一整座海滨村庄，类似——”

“太棒了，我们可以跟村民做交易，在哪儿？”

“不，其实呢——好吧，它是很有用，但关键是整个村子，还有整个世界，是某些人建造的！”杰克激动地提高了声音。

“明白了，以前的人留下的老建筑和基地是吗？也就是说咱们几个正在别人的服务器上玩对吗？他们造了什么？”汤克问道。

“不，不是这样，好像这个服务器除了我们没别人玩了。有人为另一个人设置了这个游戏，包括所有的谜题。”

艾米莉彻底砍死最后一具骷髅后，痛惜地看着自己慢腾腾增长的经验值，尽量忍住不叹气，这种日子什么时候是个头。她瞥了一眼杰克，他坐在电脑房里，兴奋得全身颤抖，“这就是你偷偷溜进电脑房的原因？”

“没错！”杰克承认了，“这也太酷了，其实我感觉咱们已经离我第一次见到的沉船地点很近了。有美人鱼，而且一个谜题的答案把我引到这个坐标，然后又发现一个新的谜题等待解开。”

“美人鱼？”艾米莉问道，“根本没这回事。”

“我知道！”杰克回答道，“所以我一直想告诉你们。这个服务器很特殊。有人编了程并用模组修改了世界，我正想弄清楚呢。”

“好吧，给我们瞧瞧那艘沉船。”艾米莉说道。

杰克咧开大嘴笑了，艾米莉有点儿担心他把嘴角笑出个豁口。她原本以为杰克是个内向的孩子，没想到他的性格如此开朗。

他们跟着杰克走出山洞，按照他的指引穿过森林和平原，还走了很多次冤枉路，艾米莉开始生气了。

“就在这儿，我知道就在这儿，”杰克喃喃自语道，“赶快出现吧！”

他领着艾米莉和汤克下了山，小心翼翼地放下支撑格并在下坡时挖好了落脚点。

艾米莉毫不畏惧地从一格跳到另一格，虽然不断遭受掉落伤害，但起码这是提高等级的一条捷径。

“哎呀，小心！”汤克喊道，艾米莉边走边跳的时候，一不留神摔在了山坡上。

“我的生命值够多，别担心！”艾米莉吃了几块牛排，生命值在饥饿值回满后开始回升。

“别太高估自己。”汤克说道，他跟着杰克用一个安全的步速走着，“你真的见过美人鱼吗？”

“绝对见过。”

汤克扭头问艾米莉："任何游戏更新的版本里都没有美人鱼，对吧？"

身旁的艾米莉摇了摇头："一定是个模组。"

"没错，包括这些结构和标志，我们脚下的整个世界，不管是谁的手笔，他们肯定有个宏伟的计划。"杰克稳步走向波光粼粼的海岸线，边走边避开跟在身后的一条捣乱的鱿鱼。"没错，你看到了，那个笔记本里所记载的存档版本和电脑上的几个版本，都表明那个创始人一直在孜孜不倦地优化着这个世界。我们所在的多人游戏服务器的最新版本就是贝拉 7。"

"原来如此。"艾米莉说道。原来是某人的特别项目的测试版，嗯，一定很有意思。

"难道在另一座山上？不对，那片甘蔗林似曾相识。我们这条路是对的，快来！"

艾米莉看到远处几所房子的屋顶，但不是杰克带他们去的方向。相反，杰克继续往前走，顺着海岸线经过了村庄，仔细地搜寻着什么。

杰克从岸边出发，游向远处的地平线。

然后一个猛子潜进水里。

越下潜，水底越黑暗，艾米莉的生命值逐渐下降。

她赶紧停止下潜，浮上水面呼吸空气，身边有海龟游过。如果用龟甲做头盔就能协助潜水，或者是有一剂水下呼吸药水也行。这地方到底有多深？

“看，沉船！”

艾米莉只能看见离他们很远的水面下有一大团东西，但线条轮廓很硬，不像是天然形成的东西。桅杆、船头和船尾在海底倒是清晰可见。

“你看见了吗？”

“挺不错的，”艾米莉说道，“我不知道你们为什么对美人鱼这么狂热——你们刚才是不是看见了一条鱼？”其实她什么都没瞧见，但沉船对于她来说也不是什么新鲜的事。

“不是，它跟人一样大，只是有条尾巴——”

突然间有个东西从艾米莉身边游过。

艾米莉吓了一跳：“什么玩意儿？”

鱼群中有个黑影游弋在沉船周围。艾米莉靠近些想再看一眼，但鱼群很快游走了。那个硕大的东西下潜到和沉船同等深度的位置，游戏似的在水中穿梭。

“我快死了，伙计们，我得赶快上去。”汤克说道。

艾米莉继续前进，离沉船越来越近，突然间她看见了一条美人鱼。

杰克说的没错。

她简直不敢相信自己的眼睛。

美人鱼绕着沉船游着，她的身体表面覆盖着绿色和金色的鳞片，那条千真万确的尾巴游弋时来回摆动。眼前这幅景象如此新奇，艾米莉从未目睹过，大大超出了她的认知范围。她盯着美人鱼一下子看呆了。

摇滚巨星红石　淹死了。

探险家杰克　淹死了。

沮丧之下，杰克猛地砸了一下键盘。

汤克哀叹着：“哎呀，别开玩笑，我没地方放你们的东西啊。”

“矿石留着，这个和这个扔了，汤克你为什么抓着这么多花儿不撒手？”艾米莉差点儿笑出声来。

“我好不容易才找到这种蓝色的花儿，你知道吗？”汤克嘟哝着，“好吧，没关系。你们在哪儿重生的？”

艾米莉又回到了原点。杰克出生在一间简陋的土屋里，那里除了一张床什么都没有。

“没关系，我们重新组队。汤克，你的营地在哪儿？”屏幕上，一个新坐标亮了起来。

“希望一切都值得，”汤克说道，“记着啊，你俩欠我一大束矢车菊。”

“放心吧。”杰克说道。他暂停游戏并把桌面最小化，“我截了个屏，快看！”

那幅凝固的画面出现了，千真万确。

眼见为实，他们真的看见了，美人鱼真真切切就在眼前。

“天呀！”汤克呼吸急促。

就在刚才，艾米莉还以为杰克看到的是一个其他玩家偶然修建后遗留的世界，但现在看到美人鱼游来游去的样子，

表明这是个高级程序，这可不是个普通的《我的世界》服务器。

她玩游戏是因为觉得比打扫卫生有意思，现在震惊之余还想继续通关，弄清楚美人鱼为什么会出现在这儿。

“你觉得它对我们有危害吗？”艾米莉问道，“它会不会攻击我们？”

“这个嘛，不好说。我们下次去的时候还是酿造些水下呼吸药水带着吧。”杰克说道。

艾米莉摇了摇头。他们必须更辛勤地工作，准备好他们下潜所需的东西，然后找出真相。这一挑战激发了她的好胜心，艾米莉下决心一定要完成这个任务。

“它们可能是在守卫着什么。”艾米莉说道，“我记得沉船上应该有个写着字的标记牌。你说过有张藏宝图？”

“没错。”

门外传来一阵响动。

三个人不约而同地扭头望向门口，艾米莉这才想起来他们已经在《我的世界》里玩了快两小时。她唰地站起来，由于坐的时间太长，双腿麻痹得好像被无数根针扎似的刺痛。电脑屏幕刚好面对着门口，千万别露馅儿——

“快点儿！忙起来！”她慌忙打着手势。

杰克目瞪口呆。汤克抓起一块抹布开始东抹西擦。艾米莉跳到第二排，把一些旧键盘胡乱塞进一个箱子里。

“在吗？”詹金斯太太打开了门，“你们干得怎么样啦？”

她扫视了一圈乱七八糟的电脑房，然后眯起了眼睛：“看

样子你们挺卖力。记住，工作塑造人格的关键在于今日事今日毕。”

“嗯，我们正在努力工作，”杰克不假思索地回答道，“是这样，我们在其他房间的工作进度更显著！你要看看吗？”

杰克领着詹金斯太太出了门，临走前冲其他人使了个眼色。

艾米莉赶紧保存并且退出，然后帮杰克做了一样的步骤。她跟着汤克走出电脑房。

“第一天干得不错。”詹金斯太太很满意。

“社区中心那时候真棒，”杰克说道，“为什么不再举行活动了？”

詹金斯太太抿起了嘴角：“时代不同了，年轻人。”“嗯，明白了。”杰克小声说道。

“詹金斯太太，我们有几个箱子都收拾好了，你要放在哪里？”汤克问道。

“周五拿到我的公寓吧。”她又恢复了严肃的口气。

“如果需要的话，我们可以提前送过去。”艾米莉说着搬起第一个装满的箱子，没想到非常重。她一个趔趄，里面的相框滑了出来，相框上面的文件夹稀里哗啦地散落到地上，新闻剪报像雪花一样飘得到处都是。

詹金斯太太脸上浮起一层阴影：“那些都是垃圾，扔到马路边就行，剩下的东西你们周五给我。”

说完她径直走了，连看也没再看他们一眼。

艾米莉从地上捡起一张纸片，小心翼翼地放回文件夹里："快点儿，大家搭把手。"

"她刚才说这些是垃圾？"汤克疑惑地问道，一边动手帮忙。

艾米莉摇了摇头，社交辞令永远掩盖不住身体语言。詹金斯太太看到箱子里的东西时，眼睛瞬间瞪大了，紧接着脸上出现了悲伤的表情。艾米莉知道这些东西对詹金斯太太很重要："告诉你们吧，有一次帕蒂做过一个性格色彩测试，测试结果说她是春天性格而不是夏天性格。所以她把所有色彩鲜艳的东西全扔了，包括最中意的那件粉红色裙子，而且还说自己最讨厌鲜艳颜色。可我知道那件裙子是她的最爱，她心里根本不想扔，只是表面上装出一副讨厌的样子。"

杰克捡起最后一张剪报，郑重其事地放在文件夹里。"你说得对，我也觉得它们很重要，咱们还是保存起来吧。"

汤克把箱子里的相框整理了一遍，按照大小放好，然后合上箱子，用胶带封好。"我们暂时放在这儿。"他搬起箱子放在角落里。汤克扭头看了一眼艾米莉，温柔随和地笑了，还有点儿害羞。

现在他们仨之间有了些说不清道不明的感觉。只有他们几个才知道的秘密：神秘服务器上的美人鱼，还有手头这个老太太假装不看重的箱子以及里面装满的回忆。一切好像进入了一个新阶段，一个和以往截然不同的阶段。

艾米莉也冲他们微微一笑："明天见啦。"

第十七章

第二天，汤克发现沙克在社区中心的大门口等着他。

“你还没回复我信息呢。”沙克责怪道，“AJ 和格斯的迷你高尔夫打得太臭了。快点儿，你就忍心看着我天天跟那俩没出息的打球啊？”

“今天不行。”汤克说道。

“那好吧，什么时候出来玩？我哥想去看看他那些傻朋友非要去的那座闹鬼荒山，你一起去吗？他说这次那些鬼魂和精灵什么的会现身，还会用意念把东西弄得满天飞。”

“听着很有意思。”汤克说道。其实听上去一点儿意思都没有。他对神啊鬼啊的事情完全没兴趣，“我惹了麻烦必须做社区服务，每天必到。所以可能得有段时间脱不开身了。”

“哎呀，伙计，”沙克瞪大眼睛问道，“你干什么好事啦？”

汤克只是耸了耸肩。

“人狠话不多，我就喜欢你这一点。”沙克说着拍了拍汤克的肩头。“我要告诉他们你进了少管所，”他挤挤眼睛，“能让你更威风。”

“谢谢。”汤克不清楚沙克这么说对自己有没有好处，但既然沙克说有，那就一定有。他穿过公园假装往西塔楼走，看到沙克顺着马路一直走，离社区中心越来越远，他才又返回了社区中心。

杰克和艾米莉已经动手干活儿了。艾米莉戴着杰克给她的口罩，上面带着花朵图案，和汤克口袋里那个很像。今天她的T恤、运动鞋与口罩搭配和谐。汤克很欣慰地看到她的打扫工作干得不赖，擦架子前能仔细地把小摆设挪到旁边。

“我带了个音箱，”杰克说道，“你们喜欢什么类型的音乐？”

“电子音乐。”汤克说道。

艾米莉双手抱在胸前：“摇滚乐。”

“好吧，我喜欢乡村音乐，但什么音乐都听。从播放列表随机听好吗？”

“好啊，”艾米莉说道，“我觉得这个房间今天能打扫完。”

他们听的第一首歌，融合了流行乐与些许有趣的原声木吉他，优美动听的曲子让人心旷神怡，思绪飞扬。汤克打心眼儿里盼望着这样的日子越长越好。

“嗯，那个服务器上的谜题怎么样了？”

杰克的眼睛一亮，好像一早上都在眼巴巴地等汤克问他这句话。

“我最先发现的是村子里有一个写着第十七个谜题的牌子，谜底又把我引向另外一个谜题。经过研究和分析，我觉得肯定有一个隐藏极深的水下城市。”

艾米莉听得入神：“太酷了！”

“在游戏里，你们到过末地没有？”汤克和薇薇安曾经去过末地，他们历尽艰险才到了那儿，最终打败了末影龙。为了那一天，薇薇安可是准备了好几个月呢。

“去过，但没有一次不送命的，那条龙太厉害了。”艾米莉说道。

“单靠一个人的力量很难完成任务，”杰克说道，“其实我也尝试过，下场一样惨。”

艾米莉耸耸肩：“大家都知道那里是什么样的，我想看看以前没见过的新奇玩意儿。是不是有宝藏？”

“千真万确。我发现一幅巨型壁画，感觉那幅画预言着游戏结局。”

艾米莉把抹布一扬，扔向空桶。抹布不偏不倚正好落进去。“真棒！刚好我烦死打扫卫生了，咱们赶紧去！”

“咱们才干了十分钟而已，”汤克说道，“感觉比昨天干的活儿还多。”

杰克朝汤克嘿嘿一乐：“这就是劲头！”

跟着杰克和艾米莉进了电脑房，汤克立马咳嗽起来：“玩

游戏前，我们把房间里的东西打扫一下好吗？我对灰尘过敏。”

“当然可以，反正都得打扫。”

杰克和艾米莉同意了，汤克很高兴。他拔掉插头，挪开其他几排电脑，一眼就发现地上有一张对折的纸，像是从笔记本上撕下来的。天啊，这不就是薇薇安的坐标嘛！就是因为它自己才被抓住的。

汤克把纸片装进口袋，打算回家交给她。

他们把这些乱七八糟的电子产品整理好并放进箱子，只用了一个小时。除了那三套有用的电脑组件外，所有的箱子都放到了一个干净的角落里。收拾好东西的房间，看起来耳目一新。汤克还打开了窗户，新鲜空气刹那间涌了进来。公园里的树枝在微风中轻轻摆动，一片盎然的绿意可比褪色灰墙纸更令人心旷神怡。

《我的世界》那悠扬的音乐像是在迎接他们回来，汤克不自觉地嘴角上扬，满怀希冀的同时又心脏怦怦直跳。以前汤克经常看着薇薇安兴致勃勃地完成各种任务，一点儿都不知疲倦。那时玩游戏是因为妹妹喜欢，他愿意在她旁边陪伴而已。汤克最喜欢建造树篱迷宫和壮观宏伟的花园，还有用各种创新的方法造温室。

可这条神秘的美人鱼带给汤克截然不同的感觉，像一个未解之谜，而汤克最喜欢猜谜了。

“这条是去壁画的路线。”杰克一边说着，一边把游戏

界面最小化。

“你还知道这个服务器的其他信息吗？”汤克问道。

杰克在电脑上打开一个文件夹，给他们看之前自己的截图：叹为观止的景色，带广场的海边村庄，还有一个冰洞，一张藏宝图，一处沉船，写满了坐标和笔记的文件。

“这是某种游戏。我觉得在第十七个谜题中设计者希望玩家已经在游戏中有些进展，因为谜题的有些内容很难。给你们瞧瞧这段时间我的重大发现。”

杰克带着他们一路向西：“这儿有张空白地图，我们一起绘制这个世界的一角吧。”

汤克一只手小心翼翼地举着地图，跟着他们一路走过高山大川和铺满绿意的平原，眼前的颜色不断地丰富起来。

“我说，你们等等我！”艾米莉和杰克的身影被浓密的灌木丛挡住了，汤克快看不见他们了。此时，开阔的平原变成了茂密的丛林。在杂草丛生的藤蔓纠缠中，汤克寸步难行，双脚陷在厚厚的树叶中很难跟上他俩的步伐，“你们怎么走得那么快？”

“我就是闷头往前闯罢了。”艾米莉说道。

“停下，”杰克说道，“我们必须团结一致。”

汤克松了口气，他终于看见了前方艾米莉的盔甲。眼前出现了一条勉强算路的崎岖小径，头顶树叶遮天蔽日，脚下藤蔓羁绊缠绕的景观渐渐消失了。在前面几格远的距离，艾米莉一会儿左一会儿右地走出个大大的“之”字形路线。汤

克发现了喜欢的木材，于是小心翼翼地一路收集着，用来作建筑材料。

“走直线不是效率更高吗？”杰克喊道。

“我是沿着障碍最少的路走。”艾米莉说道，朝赶上来的汤克点头示意，然后又一头冲到前面，变成远处绿树丛中一道灰色的影子。

汤克加快步伐紧跟在艾米莉后面奔跑着，不去费劲地猜测她要往哪个方向去，而只是跟着她就容易多了。一路上他们马不停蹄，汤克瞥了一眼手里的地图，绿色的覆盖面积增长飞快。看着他们走过的路，汤克很开心。

可他回头一看，才发现杰克和艾米莉杳无踪迹了。

“你俩在哪儿？”

“我在树顶上，看见了吗？”

“在哪儿啊？”汤克摇了摇头问道。接着他看见树上有什么东西在动——原来是杰克在上蹿下跳。“你看见艾米莉了吗？”

“看见了，你上来吗？”

说干就干，不过爬树要花点儿力气，需要在脚下垫几格土。一番辛苦之后，汤克也爬上了树顶，杰克正在那里耐心地等着他。从这里望去，树梢绵延不绝，郁郁葱葱一片苍翠。远处山崖上，一条熔岩激流从高高的崖洞中喷涌而出。

“我觉得这比抄近路要容易些——这是丛林地形最棒的地方。树冠如果不太茂盛的话，很容易从树顶上掉下去。”

走在树冠上让汤克很紧张，每一步都如履薄冰，稍有不慎便会失足摔下去。他可不想在游戏刚开始没多久就丢失宝贵的生命值，于是紧盯杰克的足迹亦步亦趋地前行。终于，在太阳快落山时，他俩追上了艾米莉。火把亮光中出现了一座简陋的土屋："满意了吧？我知道杰克怕黑。"

"我才没有，"杰克嘟囔着，"找个地方熬过一晚才是聪明的做法。"

"你应该谢谢我帮你盖了个庇护所。"艾米莉哼了一声说道。

汤克最后一个进的屋子，他仔细地用土块把门封上，免得那些肆意妄为的怪物闯进来。

"谢谢你。"杰克朝艾米莉笑嘻嘻地说道，"现在的事情就是耐心等着啦，谁带床了？"

"我没有。"艾米莉说道。

汤克倒是有一张，但觉得说出来也没用，所以就闭嘴了。他靠在椅子背上伸了个懒腰，考虑着他们是不是应该继续打扫一会儿。这时候肚子咕噜噜叫了起来，汤克想起来自己带了零食。他站起来从背包里取出一包干脆面撕开，然后把调料撒进面里，用手把面捏碎后摇匀。他把干脆面直接从袋子子里倒进嘴里，咔嚓咔嚓地大嚼起来。

杰克眼巴巴地看着他。

"你吃吗？"汤克把干脆面袋子递过去。

杰克掏出一块干脆面，乐呵呵地嚼了起来，仔细地砸吧

着味道说："真好吃。"

汤克把袋口朝艾米莉那边伸过去，她一边头也没回地掏出一块，一边不停地分类整理自己的背包。"真不错，下次可以抹上黄油用烤面包机烤烤更好吃！"

"嗯，光听着我就馋了。"汤克说道，"我家的烤面包机被我爸拆了，他可能是要用烤面包机的零件修电视。"

"拆了烤面包机修电视？"艾米莉问道，双眉倒竖。

"他喜欢修东西，"汤克叹了口气说道，"可能是他需要里头的一根电线什么的。有时候他做出的东西很酷，但有时候不如别动手。"

"真要命，"艾米莉说道，"有一次我姐姐染头发的时候把水槽弄脏了，好几天我的手都是紫色的，整整好几天！简直是灭顶之灾。"

"有兄弟姐妹真棒。"杰克羡慕地说道。

艾米莉用不以为然的目光瞅了他一眼："真棒？家里闹哄哄的，每个人都可以随便碰我的东西。"

"我有个妹妹，"汤克说道，"她有时候很烦人，因为她觉得自己无所不知。"

艾米莉哈哈大笑："我排行中间。我敢打赌，双胞胎长大后一定够我受的。"她说着摇了摇头，"你真是身在福中不知福啊。"她扭头对杰克说道。

杰克耸耸肩，张嘴想反驳，然后又闭上了嘴。

"就是。"汤克说道。他突然间觉得有点儿尴尬，因为

他从没谈过自己的家庭。和沙克、AJ 和格斯在一起，除了聊过他想买鞋和去城堡公园，其他的一概不谈。

汤克把注意力转移到游戏里，他一头钻进土屋去看过了多长时间。根据太阳的位置，他推测现在已经是上午 10 点左右了。蓝天上飘着朵朵白云，他们浪费了宝贵的时间。

“好吧，火把都带齐了吗？出发！”杰克在前面领路，时不时停下来好让汤克紧跟其后。

很快壁画就出现在了眼前。这是村子外边一堵巨大的墙，有成千上万格那么大。走近后看不出画的是什么，但汤克明白精心设计并且搭建出如此巨大的马赛克画要投入多少精力。当他们穿过峡谷爬上山顶，终于可以一览整幅壁画的原貌了。

太震撼人心了。

金字塔似的建筑物重重叠叠，街道和小巷上架着平台和桥梁，海藻从顶上垂下来。箱子里满满的都是宝石。美人鱼来回游弋，阳光照射下来，水面波光粼粼。

“水下城市。”艾米莉说道，气都喘不匀了。

“没想到吧？我认为下一步咱们必须拿到药水和附魔盔甲才能走得更远，可我的物资还差很多——”

“那还等什么，赶快干活儿吧！”艾米莉说道，她身上这种莽莽撞撞的自信正是汤克缺少的。汤克喜欢精心设计独具创意的东西来建造自己的世界，但跟薇薇安组队时，她总是把东西做好了直接塞给他。薇薇安还抱怨他动作太慢或者跟怪物搏斗和探险的时候懒洋洋。杰克和艾米莉会不会也觉

得跟他一起玩没意思呢？

“这个计划不错。我们必须多收集补给和武器，才能附魔、酿造药水、制作纸张造书。我找到个好地方，从这里往东一点儿就到了。”杰克说道。

汤克和艾米莉跟着杰克来到基地。虽然汤克还是瞧不上杰克的种植技术，但也不得不承认这地方比昨天见到的那个地方好多了。

“汤克，你喜欢盖房子和整理归类是吗？你能把基地的农场安排布置得更高效吗？我和艾米莉负责找钻石。”

“太好了，去挖矿！”艾米莉欢呼道，“我们必须配备最好的盔甲和武器才能进入下界，找到我们需要的下界疣。”

任务分配妥当，制订好升级计划后，汤克很佩服杰克，他一下子就发现了自己的长处。杰克要是让他挖矿就麻烦了，虽然能拿到经验值，但不喜欢的话肯定不情愿。杰克给的任务正是他大显身手的地方。

汤克一边吹着口哨种下一行小麦，一边欣赏着笔直的麦垄和飞快生长的麦子。他把杰克之前种得乱七八糟的南瓜田好好整理了一番，又开辟了一块新南瓜田。他还收割了一茬甘蔗，在基地围墙内挖出一个人工湖，沿着湖边又种下好多甘蔗。真是太棒了，一棵棵甘蔗欣欣向荣，长势良好。要是给水流来点儿新意该多有趣啊，挖条护城河怎么样？

时间过得真快，汤克精心设计并种植农场时，杰克和艾米莉一门心思与怪兽搏斗和挖矿，然后，他们放下战利品，

更新补给库。艾米莉回到自己的基地，杰克去他们南部基地又是一通忙。

“天啊，这效率太高了。你把所有的箱子都整理得井井有条，真棒！”艾米莉一边夸奖汤克，一边在地上挖好储备格。面前是一排汤克细心地贴了标签的箱子，她把工作台整整齐齐地放在箱子前面，“一目了然，现在找东西容易多了，石头、木材、武器、种子、食物……”

“谢谢。”汤克说道。他对自己的劳动成果非常自豪。

“据说，有一种叫红石的东西能造出咱们需要的所有东西。如果你愿意我就帮你拼起来。”艾米莉说道。“太好了！”汤克欢呼雀跃。

艾米莉合上最后一口箱子：“没问题，我最喜欢干这个！嗯，你采集了好多花儿，为了酿造药水之类的吗？”“没错，其实我也喜欢用它们做装饰。我嘛，我喜欢到处都是五彩斑斓的。”汤克边说边观察艾米莉和杰克的反应，以为他们会对他有偏见或者干脆嘲笑挖苦他。

“真酷！”杰克说道，“昨天看到你设计的农场，我真是太喜欢了！瞧，这儿有一块田地，刚好挨着养牛的地方——”

“这块地不错！”艾米莉走到一片空地上，碰巧汤克想在那儿建个装饰性的设施，但这里是大家共有的，不知道他俩同意不同意。

“树篱迷宫挺好。”杰克沉吟道。

“当然，挺好的。”汤克说道，语气里却有些无精打采，

“我明白，游戏里装饰工作不像发掘宝藏或者跟怪兽搏斗那么重要——”

杰克摇了摇头：“每个人都有自己喜欢的娱乐方式，都很棒！来，给你们看看我正在做的东西。”

“酿造台准备好了，还有一张附魔台。”杰克说道。房子的新角落里摆放着书架。汤克走进去，对周围一切相当满意。这里好像一座神奇的图书馆，所有书都摆放在架子上，房间中央的附魔台上笼罩着紫色尘埃状的烟雾。

基地里一片忙碌景象。在妹妹的服务器上，汤克永远也跟不上她和朋友的步伐——这些孩子领先他许多，总是能建起宏伟的建筑物，设计的东西他也完全摸不着头脑。而汤克和薇薇安的合作，是一种长时间积累后发展出来的特定协作关系。

现在的感觉真好，汤克真正地成为了集体的一分子。

第十八章

“这是怎么回事——”杰克发现生命值突然下降，脚步踉跄地往后退去，“谁把营火放在走廊正中央的？”

“是我，我要做饭。”艾米莉说道。

“为什么不用熔炉？”杰克紧锁着眉头退到走廊一个无火的安全区域。唉，谁会把火堆放在房屋走廊正中央？他赶紧咽下几条面包，然后抓起镐子把这个隐患铲掉了。

“呃，手头的食材还不够。”艾米莉说道。

“旁边那个房间是厨房，”汤克说道，“那儿有熔炉。”

杰克走进厨房，对汤克用楼梯和活板门当成桌椅的做法啧啧称赞。

窗玻璃前还有盆栽。熔炉在墙上排成一排，箱子嵌在墙里，呈现出一种炉柜一体的效果。杰克煮了一堆生牛肉，他

们看着那些生牛肉一块一块地变成牛排。

这时杰克的肚子也咕咕叫了起来，玩游戏特别入神时总忘了自己肉体的存在。游戏中的厨房让他想起社区中心真的有个厨房，里面也有微波炉。

“你们想吃千层面吗？爸爸总是忘了家里只有两个人，每次都做一大堆。要是你们不帮着吃点儿，我俩可能要连着好几个晚上硬着头皮对付那玩意儿，真难受。”

“没问题。刚好趁午饭时间休息一下。”

汤克朝他投去探寻的目光：“需要帮忙吗？”

“不用，我能行。”

杰克跑回公寓抓起千层面和三套盘子叉子，小心翼翼地走回社区中心。

社区中心里的微波炉很旧但仍然能用，在加热千层面的空当，杰克还能听见电脑房里艾米莉和汤克的对话。

“汤克，你在哪儿？”

“扩充农场，需要帮忙吗？”

“好，赶快掩护我！采挖黑曜石太费时间，我对付不了这些骷髅，赶快！”

“好的，好的！”安静了好长时间后他问道，“你需要什么东西？”

“杰克那儿还有没有钻石？镐子快坏了。”

“以前我在箱子里放了一点儿。”杰克大喊着。

“找着了。”汤克说道。

杰克盯着微波炉的倒计时，听着加热时微弱的电流嗡嗡声，和另外一个房间汤克和艾米莉的说话声，脸上不禁浮起一抹微笑。

“午饭做好啦！”杰克喊着。

“我说你在哪儿？”艾米莉的声音在大厅里回荡着。

“厨房。”

“这儿还有厨房？”汤克不相信。

“穿过大厅，走过游戏区就到了。”

艾米莉打开门，好奇地四下打量着。“哇，没想到这儿还有个厨房。你觉得他们以前举办过烹饪活动吗？”

“没错。报道上说有烹饪课和全套厨具。詹金斯太太设置了许多课程。”杰克说着给了他俩每人一个盘子。

“谢谢。”艾米莉说道，“你们要是喜欢，下次我也带好吃的来。”

“好啊。”

他们只有吃饭的时候才能不说话，满是灰尘的房间里只有嚼东西的声音。现在的气氛有点儿尴尬，因为他们既不是在一起玩《我的世界》，也不是在打扫卫生。当然，人们只和喜欢的人一起吃东西。

“因为这件事你们都把父母惹毛了，是吗？譬如我已经被禁足，所以刚开始还以为他们肯定会加大惩罚力度。没想到爸妈把手机还我了，因为我得来这儿工作。”艾米莉嘻嘻笑着，对自己的境况很是满意。

“我父母不知道，我也不想让他们知道，”汤克说道，“我妈要操心的事已经够多了。”

“那你呢？”艾米莉扭头问杰克，“你的惩罚力度怎样？你老爸可是负责建筑工地的，对不对？”

“他觉得社区服务挺好。”杰克斟字酌句，一边耸了耸肩，“其实我爸爸不是个特别严厉的人。”

“那你妈妈呢？她一定大发雷霆了。”艾米莉一边点着头叉起一大口千层面，一边欣赏着流到餐具上的奶酪。“以前我妈总是不肯放过我；在我爸爸那里，只要保证以后再也不犯就能过关了。”艾米莉说道。

“我妈妈去世了。”杰克平静地说道。

汤克伸向嘴边的叉子在半空中停住了。

“哎呀！”艾米莉说道，“那可真不幸。”

仅此而已，简简单单的实话实说，不用假惺惺地道歉或者说我理解你什么的。

刹那间，杰克喜欢上了艾米莉的直率。

“我的爷爷，几年前也去世了。”汤克说道，“对我打击很大，我非常想念他。他能讲最好笑的笑话，还会教我怎么打牌。”

“他真酷。”杰克羡慕地说道，“没错，我妈是世界上最好的妈妈。”

他们又默默地吃了一会儿，然后汤克把空盘子拿到水槽里冲洗干净。

“多谢你的午饭。”艾米莉说着，拍了拍杰克的肩膀。“你们喜欢的话，我下次带玉米粉蒸肉。每个圣诞节家里都做上一大堆，冰箱里总是备着。”

“好像很好吃的感觉。”杰克说道。

“明天我也带吃的来，大家互相交换着吃吧？我们也可以出去吃，这条街上有个比萨店不错。”汤克微微一笑。头一次他的样子跟年龄相符，而不是杰克以前看到的那个凶神恶煞般的橄榄球后卫。

“哎呀，太好了，墨西哥菜也不错！城里最好的餐馆走十分钟就到了！”艾米莉嘻嘻笑着，踮着脚尖一蹦一跳，“告诉你爸爸，千层面真好吃！”

杰克微笑着摇了摇头：“我才不说，这会冲昏他的头脑。最近他做了很多新菜式，如果听说我朋友喜欢某个菜，说不定以后一辈子就只做这道菜了。倒不是不好吃，但总要换个花样吧。”

艾米莉把头发往后一甩哈哈大笑起来。

汤克不禁莞尔：“我爸爸在厨房只会制造灾难。他一做饭肯定搞得厨房一塌糊涂，都快把我妈弄疯了。他有一样菜做的次数特别多，类似卤蛋炖猪肉。” 汤克瞧了瞧空盘子有点儿尴尬，脸噌一下红了。“午饭真棒，杰克谢谢你。要不……要不我们先打扫，然后再玩游戏好吗？”

这句话让杰克瞬间清醒，汤克和艾米莉是被迫来这儿的，他们还有活儿要干。“好的，我们都快玩一上午了，”杰克说道，

“干脆我们就把厨房打扫了，然后再玩。”

厨房可比第一间储藏室难打扫多了，储藏室不过是些书籍、小摆设和文件而已。谢天谢地冰箱是空的，而且没插电。可让杰克没想到的是，橱柜里竟然有这么多东西。到处是蜘蛛网，还有一口又破又旧的锅。他们把这些东西掏出来的时候，艾米莉闻到那股味儿差点儿吐出来。他们几个人戴上手套把不能用的炊具扔到垃圾堆，最后把厨房所有东西都清扫干净了。

“别吃！”杰克惊恐地喊了一声，一把从汤克手里抢过一盒夹心面包。

可汤克已经把拆开的另外一盒面包咬了一口：“还好好的呢。”

“你会拉肚子的！”杰克把盒子翻过来，“到期日是——哎呀，好像还能吃……这些东西什么时候拿来的？”

“里面有很多防腐剂，没问题的。吃起来味道好不好，只有一个方法能验证。”说着艾米莉伸出手张开掌心。

在杰克震惊的目光下，汤克递给艾米莉一块面包。

她咬了一口面包，然后耸耸肩：“不算最好吃的那种，可我敢打包票炸得很透，来一点儿？”

杰克摇了摇头。

“哎哟，吃吧，”艾米莉嘻嘻笑着，“你害怕？”

“害怕是小狗！”杰克掏出一块夹心面包拆开。面包看起来很正常，带着一点儿不自然的黄色，包装上沾着点奶油。他试着咬了一口。

“就是夹心面包的味道啊。”他说道。

汤克把盒子带回电脑房，艾米莉和杰克要继续挖矿，继续收集酿造水下呼吸药水所需的东西。“准备好了。”汤克说道，“用沙子做玻璃，然后做许许多多玻璃瓶。你们知道什么才叫美吗？那就是温室。以前我就造过一个，其实你也没法儿在里边种庄稼，光看着玻璃幕墙就很美了。”

“汤克，感觉很不错呀。”艾米莉说道，“酿造药水的原料齐了吗？”

“就差下界疣了。”杰克说道。

三个人用惊恐的眼神对望了一眼。

艾米莉率先打破了沉默，她的嘴唇紧紧抿成一条线：“我们得去趟下界。”

突然间杰克的手机响起一阵嗡嗡声。

爸爸 下午 5:32

还在社区中心吗？晚上有蒜香沙司意面和鸡肉哦！

“我得走了，”杰克说道，“大家别忘了，明天计划一下去下界的事。”

“老时间？”艾米莉关掉电脑，笑嘻嘻地问道。

“当然。”杰克回答道。

汤克伸手跟杰克碰拳，杰克先用自己的拳头碰了下，然后收回来，模拟了一个爆炸的动作。汤克表现出一副无奈的

样子，也跟着做了一遍，可他的眼睛里闪烁着欣喜的光芒。

汤克又把手伸向艾米莉，艾米莉轻轻碰了一下后翻了个白眼：“明儿见，头等大事——下界。好好准备！”

“明儿见。”杰克郑重其事地说道。

在杰克离开前，汤克紧紧搂着他的肩膀。杰克心中油然而生一种奇妙的感觉：这两个人跟他好像没有任何共通之处，却并肩玩起了电子游戏，一切都水到渠成，自然而然。他的内心深处升起一股暖流，这种感觉新奇而又陌生。

难道这就是友谊？

第十九章

去下界让汤克有些发怵，但他什么也没说，只是向大家提议先打扫第二间储藏室。储藏室内满是书籍和美术用品，大家装箱的时候都打起了十二分精神。

艾米莉把一本书上的灰尘吹掉，封面上是一群美人鱼。

“什么东西？”杰克问道。

“某个人的速写本，也可能是日志？”艾米莉小心翼翼地翻开给汤克看。封面是蜡笔画的美人鱼手持着三叉戟，书中每页都画着鱼儿和海豚在大海里嬉戏遨游，旁边留下了像是小孩子写的字。

“从前有条美人鱼公主叫贝拉。”艾米莉翻到第一页读着，“海藻王国，这可是原创啊。”

汤克指着封面上潦草的字体笑了。

“贝拉，七岁。”汤克读道。字母写得很大，歪歪扭扭的字体让他想起薇薇安小时候的字。

汤克心里有点儿内疚，因为妹妹还不知道自己在跟杰克、艾米莉玩《我的世界》。虽然汤克知道薇薇安喜欢探索新世界，或许猜谜题的本领比自己更强，但是他想按自己的方法探索《我的世界》。

他翻开第一页，看到一群蜡笔画的美人鱼在一座简陋的水下村庄前游弋，每条美人鱼的尾巴上都精心地画上了鳞片。再下一页是个长着可怕牙齿的巨型海怪，挡住了正在慌张逃跑的美人鱼们。

一早上他们都在检查哪些东西需要留下清洁，哪些要扔掉，但没人问“这个留下还是扔了？”

汤克又看了一眼那本故事书轻声说道：“我们把它跟那些照片什么的放一起吧。”

杰克点点头：“好主意，其实詹金斯太太舍不得丢掉这些东西。”

艾米莉小心地把贝拉的故事书和其他纪念品放进箱子里，汤克合上了箱子。

汤克回到杰克和艾米莉身边，看他们有条不紊地整理背包。一切准备停当，是时候出发了。

“我们一定要去下界吗？”汤克问道。他曾经见识过薇薇安和朋友们去下界，但自己从来不参与。薇薇安也从不拉

他一起去，因为薇薇安知道就连下界的背景音乐都让汤克瘆得慌。

汤克不愿意承认自己对下界有心理阴影，尤其是下界中的种种恐怖之处：到处都是致命陷阱，有时是熔岩，有时是会喷火的怪物，还有无边无际的火海。代表火焰的深红色已经成了汤克的梦魇。

“没错，我们需要下界疣来酿造药水。”杰克说道。

“还有火把，我们需要一大堆火把。”艾米莉喃喃着自言自语，“咱们的武器装备准备得如何了？我要施很多附魔，你们要穿戴哪套盔甲？”

“钻石！钻石不够了，我们还有吗？”

杰克和艾米莉分头行动。艾米莉钻进房子里，喋喋不休地念叨着：“去下界，去下界……”

杰克看了一眼工作台：“汤克，你想再要一些盔甲吗？”

“我们必须去吗？”他的语气听起来弱小无助，非常害怕。汤克很后悔说出口，因为他必须表现得坚强勇敢，况且——

“我说，你怎么啦？”

“我以前从没去过下界。”

“确实很可怕。我们很可能会死，但为了找到宝藏，我们必须走一趟。我第一次去的时候不知道下界的厉害，所以死得不明不白，但从中学到了很多知识。艾米莉是位很强大的战士，我们必须团结一心才行。”

杰克的话铿锵有力，汤克不自觉地连连点头。虽然有点

儿缺乏信心，但他还是捡起了杰克为他合成的钻石盔甲穿在身上，手里握着的附魔镐子闪耀着寒光，然后跟着杰克进了屋子。图书馆里，他们看见艾米莉在附魔台前来回踱步。

“你在干什么？”杰克问道。

“得了吧，别说你做事时没什么特殊仪式。”艾米莉反驳道。

“魔咒是随机产生的！”

“不要对我的仪式说三道四！”艾米莉气哼哼地说，“现在我要开始了！一，二，三——附魔！”

艾米莉呐喊着：“成功了，掠夺三、耐久三！”她扭头问汤克，“你有弓吗？”

汤克把弓递给她。

“艾米莉，我们走吧。”杰克说道。

“我得先确认一下汤克的装备是不是充足。”艾米莉说道。她一边踱步一边给弓附魔，“很好，我们准备好了，出发吧。”

传送门在艾米莉挖的一个矿井里。

黑曜石制作的传送门外形像拱门，看上去只是个门框。但汤克感觉好像传送门的每个方块都在散发着邪恶的能量，他不由自主地停下了脚步，看着杰克用打火石激活它。接着，紫色传送门在黑曜石框内发出光芒，开始高速旋转起来，让人眼花缭乱。

艾米莉站在汤克身边对他说："你能行的，我们一定会成功。"

"如果我们谁死了，你就得帮忙带上东西回家。"杰克说道。

"我？"汤克又看了一眼自己的背包。虽然最后完善了配备和施了新的附魔，他仍然觉得自己没有准备妥当。

"嗯，我们仨。但我觉得你是最有可能生存下来的人。"杰克站在传送门前面，转过身看着汤克，"你准备好了吗？"

汤克正要反驳，想说杰克和艾米莉比自己强大得多。但杰克这句话却像按在他双肩的手一样，带来了不少心理安慰。汤克不由得心里踏实了，这表明朋友对自己很有信心，这是一种前所未有的美好感觉。沙克那伙人总是对他有诸多不满，总是对他评头品足，比如该穿什么鞋，发型怎样，穿哪款夹克什么的。

"太好了，我们出发吧。"汤克话一出口，马上被自己的勇气吓了一跳。

"出发！"艾米莉大吼一声，率先冲进传送门，消失在旋转着紫色光芒的虚空中。

杰克顿了顿，好像在等汤克通过。

汤克定了定神走近传送门。刚开始一切照旧，突然间天旋地转，紫色云团上下翻飞。

眼前一片漆黑。

满眼都是火焰和血红，熔岩流从高高的黑色悬崖倾斜而

下，巨石投下的阴影笼罩着一切。艾米莉已经远远地跑在前头，消失在黑暗的地平线上。

“等等！”杰克刚过了传送门就大喊起来，“我们必须统一行动！”

“咱们的任务是找到那些下界疣，”艾米莉反驳道，“快点儿！”

汤克紧张地挥舞着手里的剑随时戒备，“我们被包围了！”他高喊着，前方出现了一些狰狞的怪物。以前他从没这么近距离地跟这些怪物打过照面，原来它们是浑身长满青苔的猪头人。它们挥舞着粗壮有力的手臂，漫山遍野四处游荡。

“住手，住手，别攻击它们！”突然间杰克狂吼起来，“僵尸猪灵不会对我们怎样，可只要动了一个，其他的就会群起而攻之，那我们就完了！”

汤克吓得一个激灵，乖乖地跟着杰克，亦步亦趋地走过熔岩流和废墟去追赶艾米莉。

她正在不停地向前跑：“下界石英，如果看见了就挖点儿。但赶路要紧，最好能尽快找到下界要塞。”

汤克觉得自己的能力不足以搞定要塞。他稳住情绪，努力让自己平静下来。

他们似乎已经游荡了一辈子，但看了看电脑不过十分钟而已。四周全都是一眼望不到头、光怪陆离的暗红色岩石，汤克收集了一些蘑菇。艾米莉说只拿必需品就行了，红色和棕色的蘑菇到处都是。

“看见了吗？那儿！”

汤克什么也看不见。他把蘑菇塞进背包以备不时之需。

“看起来好像是有柱子的某种建筑物。”艾米莉一边蹦跳着前行，一边说道。

顺着她的目光，汤克看见一块露出地面的岩石，又细又高。“可咱们怎么才能上去？”

“小心，摔下去就完蛋了。”杰克一边警告大家，一边在岩石上凿出阶梯，慢慢开出一条路来。汤克战战兢兢地跟着杰克爬上仅一格宽的阶梯。他随时跟杰克保持一定距离，以免妨碍他干活儿。

摇滚巨星红石　取得了进度［阴森的要塞］

探险家杰克　取得了进度［阴森的要塞］

他俩应该已经进去了，汤克还落后几个弯儿，他赶紧加快脚步跟上去。

“瞧，这座桥好像是通到里面的——”

“救命！”

汤克刚迈出最后一步，就看见一个耀眼的红色火球朝他砸过来。

农夫汤克　取得了进度［阴森的要塞］

第二十章

艾米莉后退了几步，把剑换成弓，以便跟烈焰人拉开距离。烈焰人有三个，它们喷着火焰的身体四周烟雾缭绕。她心里暗想，应该带上雪球的，准备得还是不够充分。

一个烈焰人径直朝阶梯吐出一个火球。

坏了。

完了，阶梯上有她的朋友！

朋友？她心底有个声音问道，什么时候开始把他俩当成朋友的？

“汤克！”艾米莉大吼着，朝烈焰人射出一箭，却完全忽略了左边还有一个烈焰人威胁着她自己的安全，“退回去！”

汤克及时躲开，退回阶梯下，然后探了个脑袋出来：“怎么了？”

桥面太窄了，他们可不能死，起码不能死在这儿。他们必须找到需要的东西，让其中一个人带回去。

“烈焰人！”杰克喊道，挺剑刺向最近的家伙，“逼上来了，把它们全干掉吧？”

艾米莉射中了最后一个烈焰人，心满意足地捡起掉落的烈焰棒：“太好了，汤克快点儿！”

她眨眼间就吃了好几块牛排，杰克紧跟着也咔嚓咔嚓地大嚼起来。

“你们都还好吧？”汤克递给她一块面包。

“没事。这些家伙会越来越多，你们可要留个心眼儿啊。”艾米莉看了一眼汤克和杰克，他俩紧随身后，脚下熔岩的火光映照着手里锃亮锃亮的武器。

“我们团结起来。”杰克说道。

“谢谢你们救了我。”汤克小声说道。

“不足挂齿。”艾米莉说道。

她带头走进城堡。这里的烈焰人更多。三人立即分工合作，杰克近身攻击，汤克与艾米莉远距离放箭击杀。他们配合得天衣无缝，像一台高速运转的猎杀机器。

“你右边！”

“给我箭！”

“我来合成，掩护我！”汤克后退几步放下一张工作台。

艾米莉抽出宝剑与烈焰人厮杀。

“艾米莉！”杰克大喊。

“这些家伙的技能有冷却期——等它们射出三个火球以后再动手！”烈焰人死亡的时候很滑稽，旋转着难看的黄色身体，然后变成一阵黑烟消失了。空旷的过道恢复了宁静，艾米莉这才长长地舒了口气。

“太好了，这么多烈焰棒！”杰克递给她几个，“还能拿吗？背包里还有空间吗？”

“没问题，能放下。”艾米莉说道。

“我们能用这里的砖块盖房子吗？”汤克好奇地问道。

“可以，不过得先赶路。咱们来这儿是为了找下界疣，千万别跑题。汤克你在干什么——还在捡蘑菇吗？”艾米莉看见汤克在身后磨磨蹭蹭，无奈地摇了摇头。

汤克耸了耸肩：“可能是习惯成自然了。要是没东西吃，蘑菇还能用来果腹。”

“也对，做成蘑菇煲挺好的，”艾米莉说道，“干得好，汤克。”

巨大的过道尽头是另一条走廊。这些斑斑驳驳的红色石头看起来一模一样。“这个方向走下去没错吧？”

“没错，看见没有，我放了一支火把在那儿。”汤克指着远处闪烁的微光。

艾米莉看了看其他出口——三个里有两个插着火把。“很有先见之明。快点儿，我们继续赶路。”

走廊尽头是一间黑漆漆的屋子，有个小门，“里边有什么，宝藏吗？”杰克问道。

"不对，是刷怪笼！快跑！"

看见烈焰人后，他们撒腿就跑，突然杰克猛地停在一条横亘在眼前的熔岩河边，艾米莉差点儿一头撞在他身上。

"这条路安全！"汤克大吼道。

他们扭头顺着熔岩河边狂奔，来到一座空旷的桥上，另一端是飘浮在半空中的一大块下界岩。

"下界疣！我找到了！"杰克呼喊起来。

桥上流淌着一股熔岩流，从飘浮的陆地奔流而下，炽热耀眼。艾米莉往前一跃跳上桥的边缘，跟在杰克身后疾驰。平常走这么长的路对她来说小菜一碟，但下界不同，这次任务很特殊，大家都靠她了。

杰克眼看就要过桥了："糟了，有一大堆烈焰人，我一定要——"

探险家杰克 试图在熔岩里游泳。

不！我身上还有好多烈焰棒呢！

"没关系，没关系。"艾米莉说着放慢速度，她谨慎小心地过了桥，汤克紧随其后。

下界疣有多少她采多少，汤克在她身边默默地一起采集，直到所有下界疣采集完毕。他凝望着漆黑的下界地平线，僵尸猪灵还在一圈圈地游荡，可艾米莉的箭已经耗尽，连附魔武器也快失效了。

“靠手头这些原料我们能做多少药水？”汤克问道。

艾米莉也不知道，这时更大的麻烦还在后头。三个烈焰人发现了他们，跳上了桥的一边。

“汤克，拿着下界疣！我掩护你，赶紧跑回传送门！”

“艾米莉，我——”

艾米莉把所有的战利品都扔给他，然后拔剑跟烈焰人搏斗起来，她必须这么做，三个人历尽艰难来到这里不能一无所获。

“给，我有箭。”汤克轻声说道。

艾米莉回身抄起脚下的箭镞。一个烈焰人已经把自己点燃，打着旋儿气势汹汹地向他俩扑来。

“赶快跑！”

艾米莉向烈焰人射出一箭。

“伙计们，麻烦大了……”

艾米莉的目光从屏幕上抬起来，看见杰克站在电脑房的窗边，目不转睛地盯着外面。

“詹金斯太太来了！正朝着社区中心走来！”

艾米莉受了很重的伤，可还是打败了一个敌人——轮到其他怪物了——汤克，赶紧撤——

汤克的脸噌地一下变白了：“我们能断开连接吗？”

“我们正在被攻击，所以别断！如果退出，下次登录时还在原地；如果断网，有可能就死了，而且所有战利品都没了！尽量先去一个安全区域！”

汤克迅速后撤，沿着桥往回跑，向着悬崖边先前他们进入下界攀登的第一道阶梯奔去。一排火把延伸到消失的地平线上，直达他们的传送门。

“汤克，快跑！”

艾米莉射出最后一支箭，干掉了最后一个扑向汤克的烈焰人。

“来吧！”她挥舞着剑大喊着，“咱们同归于尽吧！”

摇滚巨星红石　被烈焰人杀死了。

艾米莉推开电脑，把椅子向后一挪。让她欣慰的是，最后关头汤克仍然在奔跑，他现在已经溜下阶梯跟着火把的指引一路向前。

“加油！你能行的！”艾米莉低声说道。

“快点儿！退出游戏！我们假装在干活儿！”

杰克在窗边喊着：“她快到了。”

“我的退出键卡住了！”汤克手忙脚乱。

“赶紧去传送门！杰克，帮汤克修理键盘，这样他断开的时候才能安全到家。”艾米莉边说边梳理下她的马尾辫。

“你要去哪儿？”杰克问道。

“打掩护。”

第二十一章

“在吗？孩子们饿不饿？给你们做了三明治！”

詹金斯太太的声音从大厅传来。

“哎呀，太好了！”艾米莉悦耳的声音响起，“昨天我们打扫了厨房，可以在那儿吃。詹金斯太太你好，剪头发了是吗？”

“没有，就是梳了梳。”

“真漂亮！”

“键没松动！”汤克胡乱摸索着，“没法儿退出！”他愣住了，不断地在运行和试图断开之间切换。

“我知道了，你只要集中精神走出下界就行了！”

杰克想把手指卡进键钮的缝隙下面，可破旧的键盘没有任何反应。他慌乱地环视四周，想找到之前打包的那个箱子。

“老天保佑！”汤克低声说道。

“钢笔，钢笔，钢笔——”杰克嘴里像机关枪似的大声念叨着，在堆放着办公用品的箱子里胡乱地翻找着，然后得意扬扬地举起一支钢笔。他用手指敏捷地把金属笔尖掰弯，伸向汤克的键盘。

“我看见传送门了！”就在前方。闪烁着紫色微光的传送门，以前一直被他当作畏途，如今却成了救命稻草。他沿着紫红色下界岩上连成一串的火把拼命奔跑，绝对不能被怪物杀死，朋友们全都指望着他呢。

门外，艾米莉和詹金斯太太的说话声越来越近。

杰克把弯曲的钢笔尖插进退出键下面：“加油，加油——成了！”

退出键咔嗒一下子弹了出来，要不然汤克无论如何都退不出系统，这一幕还挺滑稽的。

汤克进了传送门，周围的一切都消失了。他重新回到了基地里艾米莉的矿井中，终于能松口气了。“我成功了！”他满心惊喜地喊道。

“好，你安全了，最小化程序就行。”杰克按下静音按钮。刚好门开了，詹金斯太太走进来把三明治放在桌子上。艾米莉一脸内疚的表情，口型是“我尽力了”。

“我觉得昨天对你们有点儿苛刻，其实我是想感谢你们的辛勤工作。”

汤克不知道都有些什么口味的三明治，但能闻到新鲜的

法棍面包的香味，肚子就像充满希望似的咕咕叫了起来。

“干得好，”詹金斯太太用沙哑的嗓音说道，“你们肯定饿了，需要的话可以吃个午饭休息一下，不用跟我请示。也可以回家或者外出一小时，相信你们能准时回来完成工作。我也不检查你们，因为我不喜欢来这儿。你们这个年纪的孩子有责任管好自己。相信你们能制订出合理的工作时间表。你们手里有一把钥匙，想好什么时候来，到时候把整理好的箱子放在我家门口就行。”她扫了一眼房间，目光先落到他们仨身上，接着在电脑上逗留了一阵，然后是角落里摆放整齐的装着电子产品的箱子，“看起来还不错。”

“谢谢。”汤克说道，胸中的自豪之情差点儿冲昏头脑。詹金斯太太的夸奖让人通体舒畅，真令人开心。他伸手拿起一个三明治咬了一口，一阵香味在舌尖上迸发开，很美味，类似某种香草的味道。松软的质地和脆脆的法棍形成鲜明对比，“哇，真好吃。”他说道，嘴里又咬了满满一大口。“这是什么，番茄吗？我从没吃过番茄三明治。”他觉得白色的是奶酪，又软又糯非常美味。汤克喜欢比萨里的奶酪，但三明治里的奶酪很可怕，因为在学校里吃的干火腿和奶酪会粘住上颚，难受极了。可是这个三明吃起来很好吃，真想吃个没完啊。

“没素质！吃东西就该闭上嘴。”艾米莉说道。她用肩上的毛巾优雅地擦了擦手，然后拿起三明治，咬了一小口，“太好吃了，詹金斯太太。”说着闭上眼睛陶醉地说道，“奶酪番茄沙拉是吗？”

杰克也开始享用三明治，汤克冲他点点头，于是他马上领悟了。

“是，你吃出来了，那是我在露台上种的番茄和罗勒。以前……以前那块地是社区花园，属于社区中心。可以种蔬菜，种水果，到了夏天全是葡萄。简直就是葡萄的世界，你可以直接从葡萄藤上现摘现吃。”

汤克顺着詹金斯太太的目光望向窗外，社区中心和马路之间垃圾成堆、杂草丛生。他没想到大厦的门前面曾经是个正儿八经的花园——真令人伤感。

“唉，总是怀念过去也没什么意思，跟这地方一样，花园早就破败啦。”詹金斯太太叹了口气，站起身，“我过去总想给你们这些孩子一个互相认识的机会，这就是我当初建立社区中心的初衷。这样一来孩子们就有地方玩耍和交朋友了。”

“太酷了！”杰克感叹道。

詹金斯太太点点头，眼神里满是忧伤。她回头望向窗外，沉浸在回忆中。明摆着她不想再聊下去了。

“那为什么——”杰克开口问道。

汤克用胳膊肘捅了他一下，摇了摇头。

“谢谢你的三明治。”艾米莉柔声细气地说道。

“不客气。”詹金斯太太脸上绽放出一个不易觉察的微笑。

“我……我昨天是故意不理睬你们的，这里……这里对我来说很重要。这么多回忆一下子涌现出来，我这样的老太太有点儿招架不住。”詹金斯太太低头看着自己的脚面说道，

“没事，好好吃吧。可别觉得理所当然，我不会每天都带午饭给你们的。”她恢复了以前严厉的语气补充道，但眼神里带着笑意，“我去其他房间看看你们干得怎么样了。”

“你退出了吗？汤克有没有把我们所有的东西带回来？”詹金斯太太离开后，艾米莉悄悄问道。

汤克冲她嘿嘿一乐，他的肾上腺素仍然在飙升。下界、拼命地逃跑、躲避检查，虽然心惊肉跳但总算有惊无险，这一切都令人开心，况且三明治真好吃。

杰克点点头，伸手又拿了个三明治。

汤克都吃两个了，可还想再吃一个。“我没法儿退出，退出键坏了。幸好跑回了基地。”

“挺好，挺好。”艾米莉说道，“如果她责备我们，咱们可以说正在测试电脑——”

“本来应该跟她实话实说的。”杰克提议道。

“绝对不行，我们太惭愧了！拜托，你以前没这么干过吧？”艾米莉冲杰克翻了个白眼说道。

汤克把空盘子拿去厨房水槽洗干净。他在想以前有人在这儿做过饭吗？人们是否一起聚过餐？这里是否充满了欢声笑语呢？

“詹金斯太太，我把盘子送回来了，全都洗干净了。你还有箱子吗？收拾完储藏室和办公室，箱子已经用得差不多了。”汤克说着愣住了，因为詹金斯太太正坐在他的电脑前。

她满腹心事地盯着屏幕。

没关系，《我的世界》已经最小化，她只能看到桌面罢了。

“我们正在检测电脑能不能用，”汤克讨好地说道，“结果嘛，还能运行。其实这些电脑已经很老旧，卖不了几个钱，可以留着放新社区中心的电脑房里用。”

詹金斯太太的脸上闪过了一种复杂的表情，糅合了悲伤、愤怒，更主要的是痛苦。“我觉得新老板应该没兴趣恢复以前社区中心的设施。”她说道，“以后这里全都会变成精品店和餐厅。可是——我说过啦，很感激你们所做的努力。”她说着瞥了一眼汤克，“看样子你们已经打扫完这间屋子了，干脆把所有东西全部打包捐赠吧。不过也不用急，我会随时让电器回收人员来取。”她冲汤克微微一笑，跟刚才歉疚温柔的表情截然不同，有点儿得意扬扬，感觉像是早就看穿了他。汤克不禁有点儿惶惶然。

难道她看见打开的游戏了？

要是看见了肯定会说什么，例如责备他们不工作什么的。

詹金斯太太拿起盘子冲汤克点点头：“再见。”她走出社区中心时，跟艾米莉和杰克也打了招呼。

“她说了什么？露馅儿了吗？”

“她就说要把电脑打包捐赠。”汤克回答道。

艾米莉将每台电脑都扫了一遍：“我的电脑没问题。杰克，这个文件夹是你打开的吗？”

“呃，我也记不清了，可能是解谜时用来参考的。”文件夹里全都是杰克截的图，现在都被点开了，所有文件一览

无遗。

汤克的化身还站在他下线时的地方，可他也记不清是否离传送门这么远。“看起来没问题。”

艾米莉瘫倒在椅子里：“好险。”

第二十二章

“要不我们先玩会儿？快到午饭时间时再开始打扫卫生，正好赶上詹金斯太太查岗。”杰克提议道。

“汤克，我带来了卡门的旧键盘，换掉你的那个吧。”艾米莉说着举起一个黑色键盘，上面贴满了卡通骷髅，“想笑话她的话，我不介意。”

汤克接过键盘皱了下眉头，但什么都没说。

杰克戳了戳其中一张骷髅贴纸：“你姐姐喜欢……死亡？”

“还有诗歌。千万别跟她聊这个，那就没完啦。”艾米莉摇摇头，“我们走吧。”

水下呼吸药水配制好后，杰克心里涌起一股巨大的成就感，无比兴奋。大家都穿上了一套新钻石盔甲，更高的经验等级让他们都配上了附魔武器，还获得了一些初级的增益药

水，杰克已经做好充分准备去寻找下一条线索了。

杰克早就习惯对汤克和艾米莉竹筒倒豆子似的有啥说啥。

他们仨刚登录，蹦出来一条消息让杰克惊呆了。

波峰巫师　加入游戏。

“伙计们，快看，又多了一个。”杰克惴惴不安地环顾四周，盼望着这个巫师在电脑房现身，但什么事也没有发生。

“不会吧。”

“看聊天记录。”

“巫师是谁？”艾米莉皱了皱眉。

〈探险家杰克〉你好。

“好事。”汤克说道，“咱们总在同一间屋子里玩，差点儿忘了还有个提示功能。”

杰克盯着屏幕等了一会儿，但没有任何回音。

“慢着，好像那边有个什么东西，往东看！”

艾米莉的化身躁动不安，杰克顺着她的目光望了过去。

山那边的动静吸引了杰克的注意，开始他还以为是花岗岩或者是落石什么的，想了想又觉得不可能。

或许不是这个世界的物体吧，杰克心想。这里到处是美人鱼和不解之谜，编写这个模组的人能改变一切，连物体也

不例外。

是一个游戏角色。难道是那个巫师？

艾米莉已经跑向山腰，径直在宽广的湖面上蹚水，她想游过去。那个身影仍在移动，几个灰色方块爬上山顶，看样子好像是——

“艾米莉！你要去哪儿？”汤克把一条船抛进湖里，然后去追赶她。

“我又多备了条船，她总是忘记把船装进包里。”杰克说着尾随其后。很快他俩就赶上了，杰克把那条多余的船抛进水里给艾米莉。

“我看见山上有东西。”艾米莉嘟囔着。

“它还在那儿。”

“有可能是羊驼或者一只鸡。”汤克说道。

“我觉得不对，那家伙是灰色的，什么生物是这种颜色？”杰克看到灰色的身影停在山顶不动了。“而且，动起来的样子不像动物。”那个东西的移动速度很慢，看起来像个人。

“骷髅？”汤克问道。

“大中午的骷髅怎么会在山坡上游荡？绝对不可能，会被阳光烧掉的。”艾米莉划着船不断前进。

“对了，会不会是其他玩家？”杰克问道。

汤克指着电脑房说道：“这里难道还有其他人？”

“这台是服务器，”艾米莉说道，“只要别人知道地址就能连上。”

杰克摇了摇头："理论上没问题，但是服务器挂在楼里的局域网上，在公寓里没密码是连不上的。这个世界的设计者已经在这些电脑上安装了客户端，所以没有密码也能登录。"

"也就是说有人知道密码。大厦里还有谁在玩《我的世界》呢？"汤克问道。

艾米莉耸了耸肩："其实这儿住着好多孩子。"

汤克顿了顿："嗯，就算有其他玩家，我们也要继续。现在我们手头有地图就能找到下一条线索，而且还有全部药水。赶快，我们花了这么多时间才准备好，千万别分心！"

艾米莉掉转船头说："有道理。"她考虑了一会儿说道，"我们有自己的计划，对不对，杰克？你想解开谜题，现在就行动。咱们和对方素不相识，世界太大了。别理他们也许是最合适的做法。"

"瞧！有一条河从这个湖往东流去，坐船更快。"汤克说道。

他们朝东边驶去，离那个神秘的身影越来越远。

"我最烦坐船出游，"汤克说道，"一拐弯电脑就会有卡顿。"他说着往左一转，船却在原地打起了转，撞到了杰克。杰克只好把自己的船往汤克前面一横，逼停了汤克的船。

"我说，你俩也都想解开谜题是吗？"杰克说道。

"那当然，找出下一条线索就行。"汤克说道。

"我找到的第一条线索是第十七个谜题。水下城市、美人鱼、藏宝图、谜题——这一切构成了一个整体，我们得搞

清楚到底是什么。”

汤克耸了耸肩：“伙计，除了宝藏，还有什么。”

“我认为——不管谁在山顶上，他肯定有答案。”说着杰克转身往山坡而去。

艾米莉表示赞同，“我去打个招呼。”她活动了一下手指，然后在服务器对话框里飞快地打下几行字。

〈摇滚巨星红石〉你好！我们在这个世界探索得很开心，你对它了解多少？

杰克已经接近山坡，可艾米莉的问题还静静地躺在对话框中无人应答。杰克把船藏好并开始向上攀爬时，艾米莉仍然没有收到回答。道路崎岖很难攀登，尤其是山坡，非常陡峭，可杰克不想错过那个化身。前面厚重的灰色身影停下了，对方好像也在观察他。远远望去，他那模糊身影的头上有白色的字。

“绝对是个人！”杰克得意扬扬地喊道。

他知道艾米莉和汤克跟在后面，当杰克越来越近时，那个化身爬上岩脊顶端不见了。

“也许他们只想跟自己人玩。”汤克说道，“嗯，如果他们想跑，那就由他们去吧。我们忙自己的就行。”

杰克到达岩脊顶端，往山顶走去。这里白雪皑皑，怪石嶙峋中稀稀拉拉长着几棵树。穿过这片满布岩石的地方，迎

面碰上那个化身正居高临下地盯着他。

杰克一步步地向前靠近，另外一个伙伴也赶到了。很明显，制作这个角色时，用了大量的模组。他就像古老的巫师：雪白的胡须，尖尖的帽子，灰色长袍。长袍闪闪发光表明是一件附魔盔甲，巫师还拿着一根长长的手杖。化身的用户名写着“波峰巫师”。

服务器上竟然还有第四个人。

“天啊。”汤克说着从杰克的左边走上来。

有汤克在旁边护着，杰克小心翼翼地走近巫师，巫师一动不动地盯着他俩。

“你俩就不能搭个梯子什么的吗？”艾米莉说着也爬上了岩脊，“这家伙是怎么了？连个招呼也不打。”

“我试试。”汤克说道。

〈农夫汤克〉你住太平洋波峰吗？

没人回复。

〈农夫汤克〉这是你的世界吗？所有模组都是你做的？

〈摇滚巨星红石〉这些东西太酷了！

〈探险家杰克〉游戏中的谜题都在哪儿呢？从哪儿开始，到哪儿结束？

巫师在他们仨的注视下仍然诡异地悄无声息地站在原地，突然屏幕上蹦出一行字。

〈波峰巫师〉这里是我的世界，你们得走了。

杰克一口拒绝："没门儿！这里无限宽广，容纳咱们所有人绰绰有余。"

"他想干什么，把我们踢出去吗？"汤克哈哈大笑起来，扭头看着杰克。

从汤克点头、扭头等一系列动作来看，杰克知道这是好事，这证明汤克已经把他当成平等的朋友了。

〈探险家杰克〉伙计，我们没搞砸你什么东西。之前发现的模组真的很酷。这些谜题、地图和装备是你们用来寻宝的，还是给朋友设计的？

〈波峰巫师〉这个游戏不是给你玩的。

〈摇滚巨星红石〉明眼人一看就知道，不管是给谁玩的，他们都玩不了啦。你再这么等，他们都一去不复返了。

〈波峰巫师〉这个游戏不是给你们玩的。

〈探险家杰克〉别这样。我看过这个世界的许多版本，你不是有备份文件嘛，还可以再创造一个版本。我们已经开辟了一个很酷的基地，正在进行一场激动人心的探险。

杰克想从另外一个角度说服对方，跟他们坦白自己现在交上朋友了，不想失去这唯一的共同爱好。也许艾米莉和汤克跟他一起玩只不过是因为一起做社区服务，但只要他们开心，能一直玩《我的世界》，是不是真朋友又有什么关系呢？他想跟巫师说，为什么这台特别的服务器对他如此重要，他不愿意就此丢失游戏里自己和朋友取得的成就。

就在他刚想把这些字打出来时，出现了突发状况。巫师向他猛冲过来，玻璃瓶在他们脚下叮当作响，各种药水从头到脚浇了他们一身。“我动不了了！”汤克大吼起来。

“进攻！进攻！他怎么这么凶猛！”艾米莉躲开一瓶药水的攻击，一边倒退一边摸出自己的武器。

杰克看到自己的生命值降低时吃了一惊——巫师手里不过是一根棍子，但所有的箭好像都不能伤他分毫。杰克想躲开对方的进攻，但迟缓药水和伤害药水对他造成了沉重打击。他射了一箭又一箭，但巫师仍然步步紧逼。突然，巫师手里的棍子变成了闪着寒光的钻石剑，杰克知道自己完了。

摇滚巨星红石　被波峰巫师杀死了。

农夫汤克　被波峰巫师杀死了。

探险家杰克　被波峰巫师杀死了。

杰克往后一靠，惊恐地盯着朋友，“刚才是什么情况？”

第二十三章

“以后准备物资的时候，要提前对巫师做好全套防备。”艾米莉边说边在基地里来回踱步，“那些可是我们最好的武器和水下呼吸药水！”

她没想到另一个玩家会这样攻击他们，这可是在多人游戏中从没碰上的事，绝对没有，真是神经病！

“我们自己酿造一些药水准备战斗吧。”杰克说道。

“你有没有我们最后所处位置的坐标？”汤克问道。

“就是这儿。”

艾米莉头一个响应。本来她是中立的，对巫师并不在意，但现在似乎走火入魔了。她一边锻造盔甲和武器为以后的战斗做准备，一边骂骂咧咧。

午餐时间到了，三个人吃了艾米莉从家里带来的玉米粉

蒸肉，然后一边打扫卫生一边讨论下次面对巫师的时候该怎么办。艾米莉突然发现社区中心现在井井有条，大部分的工作已经完成。基本上把剩下的箱子交给詹金斯太太后，社区服务就结束了。

可她不想半途而废，他们还有仇要报。

吃完午饭后，艾米莉打算绝口不提清洁工作已经完毕的事情。接着几个人重新投入到游戏中的准备工作当中去。

“愚蠢的老巫师。药水怎么样了？”

“没有头绪。是不是——啊！”

农夫汤克　被魔法杀死了。

汤克愁眉苦脸：“我不小心喝了一口。”

终于，准备工作圆满完成。他们又备下了几种药水，向着最后一次碰上巫师的坐标出发。艾米莉发着牢骚爬上了山顶。

“我们要不要打个招呼？”杰克问道。

“杀他个措手不及！”艾米莉咬牙切齿地说道。

艾米莉想问巫师知道些什么。虽然没有明说，但她很想知道美人鱼和水下村庄的秘密，还有它们为什么存在。同时，她也想报仇。

山顶上有一圈火把，中间是一口箱子。“小心，可能是设下的陷阱，”艾米莉说道，“要我就这么干。”

他们仨小心翼翼地走近箱子，想扔点儿东西触发隐藏的

压力板机关，但一点儿动静也没有。

最后，汤克壮着胆子走上前去打开箱子。“里面除了一张纸什么也没有，”他说道，“是张便签纸。”

你要追寻的宝物，
就在那里。
鸟儿战栗不敢鸣，
在那深深的地下，
恶龙吐着火舌，盘踞在洞穴里。

“龙？”艾米莉皱起了眉头，“这是什么意思？难道说他把咱们的东西带去了末地？我们仨一辈子都到不了那儿，去下界还是头一次呢。”

汤克说道：“我想，有可能是你说的这个意思，还可能是巫师把装备藏到了下面像恶龙巢穴的地方。”

杰克坐立不安：“这是寻宝，他要我们玩寻宝游戏，我们将计就计！”

“我就想知道他在哪儿，看我不以牙还牙给他点儿颜色看看！”艾米莉愤愤不平。

汤克叹了口气：“瞧瞧，我说什么来着，专注于自己的任务就好啦。我只想在农场干干活儿，冒冒险，找宝藏。可你俩呢，说什么‘咱们去追那个神秘的灰色人影吧’。”

“什么时候种地都行。”杰克说道，戏谑地撞了一下汤

克的肩膀，“这次可是完全不同的新情况。”

艾米莉非常同意杰克的意见。眼下几个人面临着巨大的挑战。“好吧，就算是恶龙巢穴也要硬着头皮上，听着好像是个山洞似的。”

“我认为应该不是在世界另一头，按照线索来说，至少就在步行范围内。”杰克说道，“我们分头找找。”

艾米莉发现了洞穴。

熔岩从洞穴中喷涌而出，在悬崖边上变成一条悬河，然后跌落进一个大湖里。从他们所在的角度可以清楚地看到，山峰为龙头的形状，搭配喷涌而出的熔岩，好像恶龙喷火的恐怖景象，似乎洞穴里还有无穷无尽的熔岩要往外喷。

“我们该怎么办？”杰克问道，“架一座桥还是用东西把熔岩流堵死？”

“在那深深的地下，鸟儿战栗不敢鸣。”艾米莉朗诵道。

“我认为解决方法不是进洞，”汤克说道，“要不我们从脚下开始挖？”

话音没落，艾米莉已经掏出镐子，杰克也不甘落后。他们奋力向下不停地挖着，直至凿出直达地底的阶梯，宽度刚好够一人通过。

“我们分头挖，找到洞穴为止。”艾米莉提议道。

于是，大家向不同的方向挖掘。艾米莉沿着一条金矿带挖，顺便收集了很多矿石。正当她脚踏实地地前进时，听见附近

有蜘蛛发出的嚓嚓声，“小心，这儿有怪物！”

艾米莉不停地抡起镐子凿向岩石，岩石裂开一个口子。突然间蜘蛛蜂拥而至，向她扑来，她势如破竹般往前狂奔。

“见鬼！”艾米莉奋力杀死一只，但蜘蛛太多她寡不敌众。密密麻麻的蜘蛛向她紧逼过来，“第三级，往右拐——救命！有蜘蛛！我找到洞穴了，但里边全是蜘蛛！”她退到角落里飞快地吃下面包，但还是奄奄一息。

眼看蜘蛛就要吞没艾米莉，在这千钧一发的时刻，汤克挥舞着宝剑，在蜘蛛群里杀开一条血路。杰克紧随其后，箭镞雨点似的射向怪物。在两人的进攻下，终于把她身边的蜘蛛全都消灭了，一只都不剩。

“你还好吗？”杰克问道。

“谢谢。”艾米莉回答道，有他们的支援，感觉好多了。

“这儿有矿井轨道。”汤克说道，“我们要不要沿着轨道走？”

杰克在墙上插好火把，照亮前路：“大家觉得我们会不会刚好在恶龙的喷火口下方？”

艾米莉皱起眉头：“谁记下了坐标？我肯定没有。”

“这儿有，我们要到 -298 方向去 。”

她跟着汤克，后面是杰克。最终到达了恶龙嘴的坐标，眼前是一间屋子，屋中央放着一口箱子。

“是我们的装备！”杰克惊呼道。

艾米莉冲上前去，但当她刚一迈步，突然间眼前一黑。

第二十四章

“刚才什么情况？我死了吗？”艾米莉大喊起来，“我好像在某个诡异的地方重生了——喂，你俩也死了吗？”

杰克皱了皱眉头：“我没收到死亡通知，我们应该还活着。”

“我就知道你俩都不见了，然后我就出现在这儿了。”汤克说道，“可我以前没把这里设为出生点啊，咱们这是到哪儿了？”

这儿到底是哪儿呢？

既来之则安之，杰克决定四处走走，看看他们身处何方。三个人的出生点看起来像是废墟。建筑物的石砌墙体已经开裂，里面的东西看得清清楚楚，地上散落着一堆堆瓦砾，柱子也从中间断开了。仿佛是一场大地震把这座古老的建筑物劈成了两半，丛林乘虚而入改变了它的外貌。所有的一切都

覆盖着藤蔓，一行行绿色植物从外面的黑暗处伸进来爬上墙壁。在他们头顶上方的裂口处，漆黑的森林和无边暗夜发出沙沙的响声。

显然眼前的景象是由创造者设计的，因为在这里看不到时间流逝与侵蚀的现象，而且地震或其他任何自然力量不可能把建筑物摧毁成这般模样。设计者纯粹是为了让它显现出颓废的样子。

效果真好。

音乐声奏响，旋律轻快，萦绕心头，仿佛在暗示什么。

“我们是怎么来到这儿的？”艾米莉发问。她顿了顿，突然间愤怒地高声喊起来，“你们俩谁及时赶到箱子那儿了？我的背包全被清空了！你们的装备还在吗？”

杰克的东西也全都不翼而飞了。

“天啊，我还带了好多种子。”汤克绝望地说道。

“我的精准采集斧！我所有的附魔物品！我的钻石剑！气死我了！”艾米莉一拳砸在瓦砾堆上，愤怒地骂骂咧咧。

被砸的地方竟然没有任何变化。

“哇，奇怪了。”汤克也照样一拳打在身边的石墙上，“我什么都破坏不了，怎么回事？”

杰克也试着对地面来了一拳。

碰到的一切东西都完好如初。

在这里他们束手无策。

“我们怎么才能逃出去呢？”说着汤克朝墙上的裂口冲

过去，可是太高了够不着。他的化身跳起来想摸一块突出的石头，动作滑稽可笑，可还是差了一大截。

既没有建筑材料，也没法儿对周围的环境施加影响，杰克不知所措。

“那个巫师，”艾米莉说道，“他创造了这个世界，对不对？他有无上的权力，想把玩家传送到哪儿都成。”

“为什么把咱们带到这儿来？恶作剧吗？”艾米莉问道。

杰克无言以对。他想起看到的那个谜题和壁画上隐喻的东西。冒险，秘密，乐趣。

“照我说……巫师是想邀请咱们一起玩。”杰克在房间里踱来踱去，“这是游戏的开端，他让我们从最初始玩起。”

他越想越觉得有道理。寻找装备只不过是个考验，巫师不打算赶走他们或者删除游戏，而是想让他们三个人玩下去，看看他们能干什么。

杰克自豪地挺起胸膛。他清楚伙伴们干得很漂亮，尤其是根据线索找到藏着他们装备的箱子。有谁能像他们一样，面对挑战表现得这么优秀呢。或许巫师只是无聊，也或许一开始他很沮丧但现在精神一振，说不定他想和他们交个朋友呢。

他仔细地观察了一下房间，心里不禁对整个布景很是佩服。如此高超的艺术性不仅耗费时间，还要有建筑大师的眼光，说明那个人是全身心地投入到这个世界中的。

一轮新月高挂在他们头顶，星辰缓缓滑过夜空。远处有

蜘蛛出没时发出的窸窸窣窣声。

杰克不禁打了个寒战。脚下踩的石台也设计精妙，还带着裂缝。他们站在一块摇摇欲坠的巨石中央，不知道它由什么奇特的物质构成，只看到上面爬满藤蔓，落满灰尘。

杰克玩过很多游戏，一般来说游戏的目标、过关要求和自己该怎么做都清清楚楚。唯独这个游戏，他完全摸不着头脑，根本无法预测下一步会发生什么。

这让他心里七上八下，充满了恐惧和不安。他就是靠着这款游戏里统一的规则和相同的建筑原理才玩得这么溜。

可自从他开始玩这个世界，随着一个个谜题的揭开，他变得能够从容地应对每一个挑战。在前进的步伐中，他学到了更多知识，逐渐适应了新的变化，一切都充满乐趣。出乎自己的意料，跟朋友一起在这里探索世界更加其乐无穷。

突然，他意识到，自己喜欢改变，喜欢一切新鲜的事物。

汤克瞥了他一眼："现在我们该怎么办？"

"既然我们到了这儿，就应该搞清楚该往哪儿去。我们之所以一无所有，是因为这里就是原点。"

艾米莉沮丧得坐立难安："有可能他明白如果我手里有武器会给他点儿颜色看看！"

"我的农场，"汤克痛心疾首地说道，"我们的基地不知道还在不在？"

杰克调出坐标，不由得吹了声口哨："我们离家好远啊。"

果然不出所料，艾米莉爆发出一阵怒吼："大约两万格

那么远！在游戏里多少天我们才能赶到那儿，而且我们一无所有！我们只能杀出一条血路，一边走一边扎营，况且——”

杰克的心脏激动地怦怦直跳。

“可恨！”艾米莉又跺了一下脚。

一声震耳欲聋的巨石滚动声在洞里回荡着。

杰克马上转身看见墙上出现一条没有尽头的通道，“你触发了压力板！”

“那更好，杀人狂巫师夺走了我们的装备，把咱们扔到这个前不着村后不着店的地方，现在又开了一条伸手不见五指的通道，咱们还等什么呢。”汤克仰头望着天空说道。

“难道你有更好的办法吗？”杰克向前一步迈进了黑暗中。走进通道后，他发现远处闪烁着橘黄色的微光，原来是火把，“那头好像有亮光，走吧！”

杰克沿着这条路往下走，任凭黑暗吞没了自己。他从没贸然进入过这样的陷阱，没有保护，赤手空拳，连个照路的火把也没有。

“碰上那个巫师我非宰了他不可，”艾米莉咬牙切齿地说道，“我要造一把崭新的钻石剑，有什么附魔都往上加，然后冲上去——”

“杰克，我撞上你了吗？还是什么别的？看不清。”

杰克哑然失笑。他以前一直独来独往，没有朋友陪伴。虽然他在这个世界一无所有，但从没感觉这么充实过。

第二十五章

汤克从来就不怕黑。到了晚上，可以摁亮手机或者用别的什么照明，在家里不开灯光线也挺好。因为夜晚的大厦总是亮堂堂的，要么是大厦里本身的灯光，要么就是来自街道的路灯。加上路上车水马龙，灯光晃眼。而在白天，灰色的大厦总是笼罩在阴影中，家里的窗帘一般是拉上的，免得刺伤妈妈的眼睛。晚上汤克帮米沙拉先生扔垃圾或者从乌漆麻黑的人行道拐角搬东西，对他来说都是小菜一碟。

说实话，洛杉矶是个真正的不夜城，城市里总是闪烁着微弱的橙色光芒，就像堵在高速路上的汽车尾灯发出的红白相间的灯光。能见度好的时候，透过雾霭和眼花缭乱的各种灯光，依稀能分辨出夜空中一闪一闪的星辰。有时他会梦见夜晚繁星满天，还有大得无法想象的遥远银河系。

有一次，他们班组织大家去加州科学中心的环幕剧场观看了一部电影。头顶满天繁星，讲述者详细解说了每个天体有多大。其他的孩子全都被吓坏了，但汤克觉得很奇妙，心生向往。宇宙广阔无垠，自己渺小如蝼蚁，少了谁宇宙都照常运转。他不可能改变，或阻挡，或影响它一丝一毫。了解这一点后，汤克便释然了。

可影片中有个内容让他心里发慌，不是恒星，不是行星，也不是宇宙的膨胀扩张，而是连科学家都没研究明白的宇宙黑暗。它深不见底，冷酷无情，完全超出想象。以前宇宙黑暗远得跟他一点儿都不沾边，他压根儿就没概念。在《我的世界》里，他无须为洞穴、装备等烦恼，当然还有薇薇安帮他处理，总是她用火把照亮道路，炸掉东西或者一头冲向危险地带。汤克更愿意待在地面上，有什么情况都一清二楚。

他讨厌这个伸手不见五指，怎么也走不完的通道，只有远处一点儿闪烁的微光表明它本来有尽头。汤克心里惴惴不安，他对周围的环境束手无策，也没有任何装备可以自卫。走在这条路上让他一下子想起了宇宙里那些未知的空间，本来已经抛在脑后的恐怖黑暗又重现脑海。

他憎恨那个不知名的巫师，偷走所有装备，逼着他们又要从原点开始通关，以前的成就全都浪费了。

可转念一想，跟杰克和艾米莉并肩战斗揭开谜底也挺有趣的。

跟薇薇安以外的人玩《我的世界》感觉很奇特。汤克欣

赏杰克情绪稳定，头脑冷静，逻辑性强。去危险的地方之前，他会给背包留出空间，也会提醒汤克这么做。艾米莉肆无忌惮的作战方式总是让他一惊一乍。但对团队来说，他们非常互补。渐渐地，汤克觉得自己已经真正成为团队里的一分子。

“来吧。”艾米莉说道。

汤克定了定神继续向前跋涉。短短几分钟就像一辈子那么难熬，终于火把就在眼前了。这点儿光勉强照亮了通道尽头的小房间。跟刚刚的废墟不同，室内家徒四壁。粗陋的圆石地板，四周是圆石墙——慢着，不对，四周墙上有五扇门，跳动的火把微光照着石柱，前面放着一口箱子。

“奇怪，”杰克说道，“我在这个房间也没法儿动其他东西。”

“我打赌，这几扇门后一定藏着什么有趣的玩意儿。”艾米莉边说边踱了一圈。每扇门门框的石壁上都镶嵌着一样物件：一瓶绿色药水、一桶水、一个苹果、一把剑，还有一桶熔岩。

“先别打开它们，咱们不知道有什么机关，”杰克警告大家，“要是熔岩怎么办？”

汤克打开了箱子，房间里回荡着嘎吱声，然后响起一阵诡异的音乐。

“里面有什么？”

“是本书。”汤克说道。他翻开书大声朗读起来，但感觉越来越莫名其妙。

第一个谜题

生死攸关之时，只要喂我三样东西就能活下去，

给我喝的就丧命，

打败我你们才能继续前行。

“这是第一条线索，”杰克说道，兴奋得上蹿下跳，“我说什么来着！我们正在游戏原点！”

“答案一定藏在某扇门后。”艾米莉说道，“首先，它是什么东西？然后，该用什么来杀它？”

汤克一点儿头绪都没有。他试着敲了敲地面，但没有反应。接着冲箱子砸了几下，无功而返后把箱子先收藏在背包里以后再说，而艾米莉来回踱步。

“那是毒药。”杰克指向画着绿色药水的那扇门说道。

“太棒了！毒药什么都能杀死。我们走吧！”

说着艾米莉推开门。

一开始没动静，汤克只看见里面那条走廊满是黑乎乎的东西——紧接着那堆黑乎乎的东西动了，有腿有眼睛，向他们直冲过来。

“蜘蛛！”汤克狂吼着，一边本能地向后倒退，一边条件反射般地举起武器，可他手里除了毫无用处的箱子外什么都没有。

艾米莉尖叫着激烈搏斗，杰克也奋力厮杀。可蜘蛛一只

接一只蜂拥而上——

汤克转身就跑，可还是太迟了。

摇滚巨星红石　被蜘蛛杀死了。

探险家杰克　被蜘蛛杀死了。

农夫汤克　被蜘蛛杀死了。

他们赤手空拳又一次在石台上重生。

“好了，很明显答案不是毒药。”杰克说道，“这样吧，没弄清楚之前，哪一扇门都别开。”

“我们得一个个排除！”艾米莉持反对意见。

“我最讨厌蜘蛛。”汤克说道，“开一次咱们就死一次也太惨了吧。”

“我的意思是，咱们再试四次。”艾米莉说道。

“我们先解开谜题！”杰克说着触发了压力板，又出现了那条通道。这次，他打开箱子仔细又读了一遍谜题，“打败我，你们才能继续前行。”

“要是每扇门背后都有怪兽等着吃我们怎么办？”汤克问道。

“不行，我们没有武器。要是巫师想让我们手无寸铁地战斗，这个游戏也太蠢了吧。”艾米莉愤愤不平地嘀咕着。

汤克对巫师恨得咬牙切齿，好像对方是纯粹为了拿他们开心似的。

“我们一定要拿到谜题里提到的东西才能打败怪兽，”杰克说，“剑和毒药本来是最合理的，但后来发现不是毒药……”

汤克又收起箱子，抓起火把照亮。虽然对后面的石柱动不了分毫，但能拿起火把，他已经很庆幸。

“喂，汤克，火把拿走！晃得我什么都看不见了。”艾米莉说道，汤克把火把举高了些，“现在好点儿了吗？”

“只要喂我三样东西就能活下去。”杰克念叨着，“感觉答案已经呼之欲出，肯定就在身边。”

汤克举着火把跟在艾米莉身后，仔仔细细地查看每一幅画，连一丝细节都不放过。

“嗯，最有可能的答案应该是火。”他说道，“原因嘛，因为火把就在房间中央。”

艾米莉目不转睛地望着他，“三样东西——明白了！氧气、热量和燃料。谜题是关于火的！”

“也就是说——”杰克走到画着一桶水的那扇门停住了。

汤克推开门，里面一片漆黑，但通道里没窜出什么要命的东西——只有荒野和无边的暗夜。

“太棒了！我们成功了！”艾米莉激动地大喊着，跑到最近的一棵树旁边，“真好！我又能用拳头砸东西了！”

“干得好！”杰克拍了拍汤克的肩膀说道。

巨大的喜悦像潮水般涌向汤克，眼前仿佛就是全世界：他们仨坐在昏暗的电脑房里，艾米莉大声欢呼，她的化身正一拳拳地砸树，杰克兴奋得朝她嘿嘿笑着。

“谢谢。”汤克打心底里说道。

“哎呀，已经四点了！我得走了。”艾米莉说道，“我妈要跟我一起逛商店。”她摇摇头叹了口气，断开了服务器，“好像自从我被禁足，她出去办事都必须带上我，似乎是为了弥补我手机上删掉的应用程序。”说着做了个鬼脸，“她让卡门把我所有账户的密码全改了，根本登不上，真的很烦。”

“太讨厌了。”杰克顺着她的语气说道，“我们明天再回来玩。”

“好的。”汤克说道。要是现在去米沙拉先生那儿还有点儿早。他还没意识到，他们已经在这里待得很晚了。

汤克朝杰克挥挥手，目送他离开。下午和煦的阳光透过窗户照进来，浮尘在空气中上下翻飞，汤克摆了摆脑袋。还是那个老旧的电脑房，但现在好像被注入了一点儿新意。他一台接一台地把电脑关闭，汤克的手在主机上拂过，感受着暖意渗入指尖。跟自己一样，现在艾米莉和杰克按照规定必须来。眼下三个人在这里用游戏打发时间，但社区服务项目结束后，他们再也不用来这里，到时候他们还会把他当朋友吗？

想太多没有任何意义。

第二十六章

首先映入艾米莉眼帘的像是平整的高原顶部，又像是一段岩台，但形状太规则，边缘过于整齐，这么小的体量绝不是山体天然形成的。照她看来，很像自己用来区分洞穴和已探索区域的标志物。有段时间，她用故事书里稀奇古怪的名字称呼自己的世界，不过现在已经不那么做了。照以前的方法，她会给这里起名叫神秘世界。

况且艾米莉不可能错过这个神秘世界。

她爬上山，想找一条容易些的路，但一无所获。目光所及之处全都是陡峭的山坡，艾米莉只能在岩石上凿出阶梯，投下一块块泥土和圆石，让脚下平坦些。她一步步推进，离山顶越来越近。

她停下脚步欣赏着美景：深深的峡谷中湍流奔腾而过，

通向远方灰白色的天际线，艾米莉知道那边就是大海。向西望去，他们营地外围的火把隐约可见。东边有动静，肯定是汤克和杰克正在把羊儿赶回他们今天开辟的新营地。

“顺利吗？”

“它们走得太慢了。”杰克抱怨道。

“耐心点儿。要是你走得太快，甩开它们太远，它们就跟不上你和小麦了。”汤克说着吹了声口哨。他瞄了一眼杰克的电脑，看见他在羊儿后头追赶着，汤克的三只羊则懒洋洋地停下来等待。

“发现了一个标志，”艾米莉说道，“我觉得是条线索。”她查找了一遍新营地的背包，然后叹了口气，“唉，离这儿太远了。”

艾米莉带着他俩离开定居的平原，爬上山坡面朝正北，标志就插在高原中央位置。

第二个谜题

我空虚的灵魂等你到来。

给你看看无木之林，无浪之海，无石之山。

那里埋藏着下一条线索，昭示着世上无可比拟的宝藏所在之地。

向东北行千步，我就在无根丛林下。

“世上无可比拟的宝藏。”艾米莉饶有兴趣地重复道。

“什么意思，无浪之海？无石之山？根本没有的事。”

汤克说道。

“这是谜题，使劲猜就是了。”艾米莉说道。她把坐标给了男孩们，然后来回踱步，思考着。显而易见，游戏创建者给他们指了个冒险的方向，引导他们往下一条线索而去，“我在无根丛林下。”艾米莉反复念叨着。

“干脆咱们从标志开始往东北走一千步得了，然后向下挖。”汤克从她身后蹦出来，把手里的镐子换成了锹，“要是太深的话，我给大家都换成锹。”

杰克把标志又读了一遍：“丛林就是一堆灌木丛，对吧？”

“也可能是树林，”艾米莉思忖着，“但没有根。反正《我的世界》里什么植物都没根，所以什么东西都有可能！”

“我认为咱们没必要知道要找的是什么，”汤克说道，“往东北走就是了。”

“好吧，我们出发，下山的时候小心，很陡——”话音未落，汤克已经滚下悬崖，哀号着，“晚了，已经摔下来了。”

“汤克，我这儿有点儿吃的——”

艾米莉一直仔细留意着坐标，确保他们向东北方向挺进，别跑偏了。几个人穿过森林后还有个小插曲，汤克停下脚步摘了好几种基地里没有的花儿。艾米莉无奈地摇摇头但还是等着他，看到他一直寻觅的蓝色矢车菊后还帮忙放进了背包里。

他们走回正道上，跟着坐标来到了波光粼粼的大海。

“看样子，”汤克说道，“我们还得走几百格。”

“真的在水里吗？你的意思是咱们必须从水底向下挖？”

艾米莉说着摇了摇头，心里不禁盘算着在水下打破方块需要多久。他们还得时不时上来换口气，要么必须拿到所有用来制作水下呼吸药水的原料。

“是一幅地图，”杰克气喘吁吁地说道，“藏宝图。”

“真的？”

“哎呀，就像另外那艘沉船上的一样？你不是已经找到了吗？”

“大家想想看，最终的宝藏都和水下城市有关，对吧？假设巫师已经猜出我们的意图——我们已经解开第十七个和第十八个谜题，找到了壁画，正在努力解开第十九个谜题。如果他重启游戏，修改了内容呢？”

“那无石之山呢？”

“是的，地图上没法看到细节，只能看见全貌。”艾米莉突然间灵光一现。

杰克朝水里扔下一艘船往地平线划去，“跟上！”

哎呀，船！艾米莉的船都是现造的，可她忘了需要多少木材。手忙脚乱好一会儿后，她终于赶了上来。杰克的船疾驰而去，遥遥领先。汤克看见了艾米莉，一边等着一边原地打转。

“这次你想要什么花儿？”艾米莉逗他。

“去你的，”汤克说道，“我在等你，准备好了吗？”

他俩赶上杰克，三人跳下船一起潜进深水里。

艾米莉仔细留意着自己的生命值，越潜越深，水下越来

越黑，生命值也就越来越低。他们游过一团团绿海藻，海藻正随波荡漾着——哎呀，这不就是无根丛林吗？

在他们脚下，一块突出的岩石上忽然多了一个影子，渐渐地越来越清晰。

是一艘沉船。

艾米莉以前见过沉船，就是那艘杰克为了证明有美人鱼而给他们看的沉船。可眼下碰到了巫师，几个人深陷在游戏里苦苦寻觅……所以这个世界已不单单是个普通的故事，而是一个神秘的地方，一个被设计者邀请来参与的游戏。

三个人已经无法脱身。

这时响起了轻快的音乐声，艾米莉努力向前游着。水下火把发出诡异的蓝绿色光芒，如同幽灵光环笼罩着沉船，阴影在周围如同群魔乱舞。

是美人鱼。

它们身上披着蓝绿色和红金色的鳞片，闪闪发光。美人鱼一边游一边笑着，向这支队伍频频招手。

“别跟着它们。”艾米莉跟汤克说道，他差点儿昏头昏脑地被一条美人鱼吸引走了。“你们没听说过海妖的故事吗？我们来这儿是为了谜题和地图的下一条线索，清醒一点儿。”

“这儿有活板门！”杰克大声喊了一嗓子。

甲板下是一间气派的船长室，四周立着书橱，中间是一张附魔台。一切都在水底，中央打开的书本里飘出熟悉的紫色粒子，并发出诡异和超然的光芒。

他们仔细规划着在两次浮上水面换气的间隙该做些什么。正当他们搜寻谜题线索中的地图时，箱子吱吱嘎嘎地打开了。艾米莉把金矿石、宝石和其他值钱的东西装进口袋，不过那张藏着谜题线索的地图的价值比这些东西加在一起都重要。

“你们有什么发现吗？”她问道。

每一处都找过了，艾米莉的空气眼看就要消耗殆尽，下次来的时候最好带着水下呼吸药水——

慢着。

墙上有个物品展示框，里面好像是食物的图画，艾米莉猛然想起在太平洋薇薇安的一个视频中见过，画后面可能有密室。

她朝着一幅幅画猛撞过去，最终径直穿透了一幅贝壳画。

“艾米莉，你去哪儿了？”

“我在贝壳画里——这是一扇密室门！”这间平平无奇的房间里有一口箱子，里面是一张地图，“找到了！”艾米莉得意扬扬地说道，脸上带着冒险后的兴奋笑容。

第二十七章

指针在地图边缘的时候是没法儿测量距离的，他们顶多只能朝大致方向走，一直走到指针出现为止。

“一辈子也到不了。”艾米莉哀号着，说话时刚好汤克把最后一支火把放在他们临时的栖身之所。

“跟你说吧，解开线索之前可以随时取回咱们的装备。”杰克说道。

“你以为咱们的装备还在吗？巫师会不会把那些东西都毁了？”汤克说道。

“我觉得还在，”杰克很乐观，“我们去找找吧，也没什么坏处。”

“整天埋头赶路太累了。”艾米莉说道。

“接下来的事情就是没日没夜地为下一条线索奔忙了，”

杰克说道，“现在就把东西备齐，总比临时抱佛脚好多了。”

“那倒是。”汤克说道。

“被巫师杀了之前，我们有什么装备？”艾米莉问道。

杰克耸耸肩，“如果是盔甲和武器，我们还能接着造。下界疣可不是想有就有的，基地里还有药水，总有一天能用得上。”

他也不想让他们的苦心策划和辛勤努力付诸东流。

艾米莉和汤克同意先绕回基地去，太阳升起来后他们又向着新目标进发。

很奇妙，他们很快就适应了这样的日常：先来社区中心报到，玩一会儿游戏后，打扫卫生。眼下大部分东西都整理好了，每天都搬一个箱子放在詹金斯太太门口。随着要收拾的东西越来越少，杰克的心里也越来越忐忑。真有一天社区服务工作完成了怎么办？钥匙必须还回去，建筑队随之而来，他们就再也不能解开那个谜题了。没有了吊胃口的谜题，艾米莉和汤克还愿意跟他一起玩《我的世界》吗？

他们回到基地的速度简直打破纪录了。运气真好，所有东西都原封不动。他们径直来到汤克的农田，精妙的螺旋花把农田装扮得漂漂亮亮。艾米莉举起火把照亮了通往矿井的道路。

矿井的西侧入口前面有一个箱子，里面是他们丢失的所有装备，还有一本书，上面写着：

我的世界：沉船

考虑到你们之前是从中途开始解谜的，现在我为你们设计了一个全新的挑战。想找到宝藏一共要解开七个谜题，你们已经解开了两个。

祝你们好运

波峰巫师

“哇。”他们刚一回到基地，杰克就惊奇地喊道，“快看。”

艾米莉很惊讶，边看书边嗤之以鼻。“不是说‘这个不是你们的世界’吗，怎么改口了？”

“要是有人在我的世界里捣乱，我非疯了不可。”汤克说道。

“我认为巫师对咱们仨解开谜题的能力出乎意料，”杰克说道，“他通过意念把我们传送到原点，我们一下子解开两个谜题。其实设计出一个游戏却没人玩一定很落寞，你们说呢？所以他专门为咱们设下了一个挑战。”

杰克感觉欢欣鼓舞，就像赢了一场球赛。看样子他们的表现很好，几个人在一无所有的情况下披荆斩棘，潜力无穷。巫师也认可了这支队伍走到今天付出的努力，所以把东西都还回来了。从此他们开始在不同任务之间切换，例如建造基地，为武器附魔，为解开下一条线索酿造药水。一旦发现酿造药水所需的下界疣不够了，也能轻而易举去下界打个来回，不需要去寻找下界要塞。大家的进步越来越明显，就连汤克

都充满了信心。他能冒险涉足藏宝图标识的地点，还能修一条穿过下界回基地的捷径。

过去几天忙乱不堪，他们在为即将到来的大战做准备。虽然杰克不知道将要面对的是什么，但他们在反复实验制作药水，在海龟养殖场花了长时间试制头盔后，建立起了一套完整的流程。他们制作了附魔头盔；还有一大堆备用的水下呼吸药水；合成了好多梯子，好用来在水下制造换气处。现在他们准备好了应对一切——再来一艘沉船，或海底神殿，或远古守卫者，巫师有什么招数尽管来吧。随着时间一天天过去，他们的关系越来越密切。他们一起并肩探索新的生物群系，如恶地、平原和白雪皑皑的山脉，兵来将挡，水来土掩。

汤克从下界传送门里跳出来，“好了，返回的传送门捷径已经正式设好。伙计们，我离藏宝图上标志的地点只有一步之遥。就是这样没错了。步行回来只要一天。”

“多谢，”杰克说道，“大家准备好了吗？”

“如果碰到那个巫师又妄图发起攻击的话，我们可是有备而来的。”艾米莉一边说笑着，一边在基地主房走廊上挥舞着一把崭新的附魔剑。她激动得坐立不安，身上的钻石盔甲闪闪发光，“真想马上看到下一个谜题！你们觉得会不会是另一组坐标？”

“有可能，不敢肯定。所有东西都是巫师特别为我们量身定做的，无法预见后面的事。”

杰克跟汤克走过传送门。下界的天空一片血红，还是那

么可怕又危险，但这片区域已经用火把隔开，而且有标记指示通往其他传送门的路。他们已经牢牢掌握整个世界和各种生物群系，想拿到资源如同探囊取物，杰克脸上不禁浮现出自豪的微笑。

新传送门打开后，眼前是一大片绿草如茵的开阔平原。地图上第二条线索清楚地指出了他们此行的目的地。明天登录的时候，轻而易举就能找出下一个谜题。

“明天同一时间见吗？”艾米莉关上电脑笑嘻嘻地问。

“不见不散。”杰克说道。

汤克伸出手跟他碰拳，杰克的手刚一挨上又立马抽回来做出个自己爆炸成碎块的动作。汤克目不斜视，眼睛里闪着顽皮的神色，然后他俩同时后退一步。电脑房的通道有点儿窄，空间很狭小，但他俩这套动作却做得行云流水。杰克的双手上下翻飞像挥动镐子似的，汤克嘴里叮叮当当地配着音，身体前仰后合，好似在不停地挖掘，然后两人一起跳起来击掌。

“傻瓜！”艾米莉脸上带着温柔亲切的微笑。

杰克也冲她微微一笑。旁边的汤克向艾米莉伸出拳头，两人轻轻碰了碰，同时抽回拳头露出掌心，手指还不住地抖动，让杰克大开眼界。

“这是水母。”汤克解释道。

艾米莉朝他翻了个白眼：“明儿见。”说着向他俩开心地挥挥手，像阵风似的走了。“明儿见。”杰克像是做了一个庄重的承诺。

汤克嘴角上扬忍俊不禁。他拍拍杰克的肩膀，一起走过公园，然后各自回家。杰克向汤克挥挥手，目送他消失在西塔楼的楼梯间。

夏日午后，金色的温暖阳光洒在他们破旧的公寓中心，一切都像梦境般美好。

远处，太阳在市中心缓缓下坠，玻璃门反射着余晖。铁丝网里以前是花园，现在变成一块荒地，紧挨着社区中心。建筑材料在这里堆积如山。一袋袋水泥，一卷卷巨型石膏，加上钢梁，堆叠在一起。

眼前猛然出现的这一幕，让杰克真真切切地感到了时间的流逝，他的心被深深触动了。

但也说不定……

杰克预感到社区服务完成后，他与汤克、艾米莉在一起的时光很快就要结束。但他们已经养成了习惯：午饭后一起玩耍，每个人轮流带好吃的来，或者饭后出去走走。

杰克以为爸爸随时会离开这里，但夏天已经过半，按照往常他已经雇用新人接手，并开始寻找下一份工作了，现在却没有任何动静。

说不定他们要在这里定居，杰克就能交上朋友了。

希望是一种危险的东西，它悄悄地在杰克心中发了芽。男孩头一次认真地考虑把太平洋波峰公寓当成自己的家。

第二十八章

汤克把最后一个旧纸箱压扁扔进了垃圾箱，一想到大家即将团结一心地揭开水下城市和美人鱼的谜底，他就忍不住哼起了轻快的小曲。

“你怎么老不接电话？”

汤克猛一转身，看见沙克从公园小道走过来，后面跟着AJ 和格斯。格斯一脚踢向一个易拉罐。

“告诉过你啦，我被禁足了，这几天忙着做社区服务。”汤克没好意思说出口——“跟你们这些家伙在一起挺无聊的。城堡公园是挺好，那也得有钱买票才能玩啊。”他们一般也就在迷你高尔夫球场里逛逛。沙克最喜欢整天吹嘘他以后要干的大事，他哥哥赚多少钱，还有怎么吓唬邻居的小孩什么的。

“我信不过你。”沙克黑着脸说，“我见过你和那几个

小屁孩在墨西哥餐厅吃饭，竟然还有这幢大厦里的那小子。咱们不都说了嘛，那些人全是废物。”

“住口！他们都是我的朋友！”这句话汤克差点儿脱口而出，连自己都吓了一跳。确实他们都是好朋友，他俩不会笑话他喜欢玩游戏，也不会笑话他喜欢收集鲜花、建造迷宫和农场。艾米莉想出一个妙招儿，帮他建了一条下界捷径；杰克和他一起去过很多次下界，并告诉他怎么躲开僵尸猪灵，终于汤克能够轻松地自己来回下界了。

“我……”汤克无话可说。一开始他很烦每天打扫卫生，但渐渐喜欢上了和杰克、艾米莉相处的时光。汤克不愿意在别人的指指点点下戴着面具生活，他要按照自己的意愿行事。

“哼，做社区服务才能碰上他们。”沙克说道，“可别忘了没有我们，没有我给你撑腰，你就是个废物，别人都把你当空气。”沙克龇牙咧嘴地威胁他，牙齿在晨光中发出寒光，“你还想像以前似的，让其他孩子叫你弗兰肯斯坦怪物？”

“想。”汤克小声回答。

“那就好。你是我们的人，我们可不想跟废物一起玩。”沙克说道，“下次我说什么时候见面，你就得乖乖等着，知道了吗？”

汤克心里害怕极了，违心地点了点头。

“你确定咱们没走错地方吧？”艾米莉问道。

最后的那扇传送门是通往下一条线索的捷径，这点汤克

胸有成竹，但他有可能算错了从下界去主世界的坐标。大家在绿草如茵的田野里前行，离一大片茂密的森林越来越近。

汤克指着手里的地图。果不其然，红色“X”就在前方，他们的方向没错。“没问题。”他说道。

“这个有可能是另外一条水下线索。”杰克说道，“咱们没日没夜地准备就是为了这个？我只看见一团绿。”

他们越走越近，眼前的景物逐渐清晰：一片茂密的森林无边无际。明显不是天然形成的，像这样规规整整的树篱肯定是人造的，重重叠叠的枝叶是精准采集斧的杰作。

汤克就站在X所在的位置，他在地图上做的标记就在这里。果不其然，墙上有个缺口——后面有堵绿树篱跟墙融为一体，差点儿错过了。绿油油的树篱高耸入云，把汤克头顶的蓝天遮得严严实实。

“这是什么东西？”杰克问道，“我们该往哪儿去？”

没有标记，没有指示，但汤克却胸有成竹。

他一步就迈了进去。

“这儿是个迷宫。”汤克斩钉截铁地说道，“要想找到下一条线索我们必须过了这关。”

“迷宫？”艾米莉紧张地四处打量了一番问道，“就这些叶子？”说着掏出一把斧头朝树篱砍了一下。

纹丝不动。

“跟刚开始那个模组一样，”杰克恍然大悟，“砍不坏。”

“这是第三个谜题，”汤克说道，“揭开迷宫的奥秘。”

艾米莉叹了口气："好吧，又来了。"她举起宝剑，随时待命，"那就开始闯关吧。"

汤克挤了挤眼睛："这一关不用搏斗厮杀。"

"慢着，以防万一咱们必须在这儿设个出生点。"杰克说着扔了张床放在地上。

"好主意。"艾米莉也照着做。

汤克明白这关很容易，但他耸了耸肩也跟着他们一起做了。自从被巫师无端攻击后，他总是担心整个游戏变成玩家对玩家的模式，可揭开头两个谜题后觉得特别有趣。

音乐响起——这段音乐与萦绕在心头的沉船旋律截然不同，虽然曲调欢乐戏谑，却听着有点儿别扭，总是断断续续的。

有种特别的感觉在汤克心中油然而生，或许他不是最好的战士，也不会用红石搭造繁复的东西，但他明白想揭开谜题必须有耐心。

他的这种感觉藏而不露，生怕说出口遭到别人嘲笑，所以他显得过于孤僻。类似从一团乱麻般的灯泡和电线堆里分离出指定的一根，汤克最擅长这种需要耐心和冷静并用抽丝剥茧的方法完成任务。

"我以前建了不知道多少个迷宫。"汤克说道，侃侃而谈从容不迫的语气连自己都很意外，"我喜欢迷宫。它表面看起来很复杂，其实不然。要想解开迷宫最快的方法是画地图。"说着汤克抽出一个笔记本，砰一声放在键盘旁边，他打算把刚才他们走过的路线画个大致轮廓好推测方向。

第一步就是把空白的纸张填满。

汤克很快就决定往左拐，他沿着小道一直来到了十字路口。然后在自己创建的地图里添上一条路线，把每个死胡同和通道都画了下来。

“我们迷路了。”杰克嘟囔着。

“我们才没有迷路呢。”汤克说道，“瞧，不知道怎么来的，不知道往哪儿去才是迷路。虽然现在没有任何参照物，没法儿找出方向。但我们其实并没有迷路，我们迟早会知道出去的路线和到终点的路线，找到下一条线索也是迟早的事情。”

第一道外墙是由各种叶子垒成的，是橡树和桦树叶子的变种。正当他们往里走的时候，道旁的树篱一下子变成了五彩缤纷的紫丁香和玫瑰花丛。汤克往地图上添加了一个死胡同，心里不禁由衷地赞赏它的设计。墙越来越矮，他们的处境却越来越难——虽然能看见墙那头他们要去的地方，但还是不知道该走哪条路，真够让人挠头的。

叮当。

“什么声音？”杰克问道。

艾米莉举起了剑。

“听着像是骷髅朝我们放箭。”汤克说道，“现在是白天，不可能有骷髅——”

突然间一支箭正中汤克。

“有人袭击我们！”杰克大喊着，“这些是改造后的骷髅，赶快还击！”

“我——真烦——这些碍事的——灌木丛！”艾米莉边说边拼尽全力向骷髅射箭。

“我们必须赶紧离开这儿。”杰克大吼着，“汤克快点儿！走哪条路？”

汤克沿着一条新路飞奔而去，却迎头撞上了一群骷髅。他们从没见过这种骷髅，它们浑身都是苔藓，骨头缝里长着花儿。

他慌乱地往后退，心都提到了嗓子眼儿。

“我们都指望你了，”杰克说道，“你能行的！”

汤克深吸了口气，把注意力转向地图。长满紫丁香花的这一带有三条路——他们已经试过一条。根据几个人已经探索过的区域，汤克迅速计算出左边的这条才是正确路线。

“这里！”汤克说道。他边跑边嚼着一条面包，冲在了前面。

汤克顾不上骷髅射来的箭，专注在他最擅长的事上：耐心找路。他记下新发现的每一条路线，然后回到最后那个已知的据点，接着继续往前走。往左，往右，掉头。记下这个十字路口。慢着，不对，刚才已经见过这种紫丁香、玫瑰和蓝色矢车菊的组合了，必须掉头，往回走也是为了前进。

他一刻也不停歇。

下一轮，汤克迎头撞上一只蜘蛛。他想也没想，拔剑就刺，杀出了一条血路。

越来越多的蜘蛛涌到这条路上，这下汤克更加确信这条

路是对的，怪物之所以挡在这儿是因为它们想吓退冒险者，让他们对迷宫产生错觉，汤克对此深信不疑。

“往这边！”汤克吼着。

有艾米莉和杰克的支持，汤克觉得自己无所不能。

最终，一扇敞开的拱门迎向他们。拱门外，蒲公英和牡丹盛放着嫩黄色和粉红色的花朵，旁边是一望无际的沙滩和波光粼粼的水面。

他们爬上沙丘，前方就是亮闪闪的大海。海滩中央立着一口箱子。

艾米莉打开箱子，大声读出坐标，然后哀号一声：“即使我们抄近道走下界，也太远了。”

“这个问题可以解决。”杰克说道，“汤克，干得漂亮，我们成功了！”杰克长长地舒了口气。

“太好了，我们成功了！顺利通过迷宫！”汤克大声宣布，他能听见自己的心脏在胸腔里自豪地跳动着。

“你成功了。”艾米莉笑嘻嘻地对他说道，“没有你不行。”

汤克低头看了看迷宫，此刻它又变成了一块绿地，缠绕纠结的篱笆和花儿全都隐藏其中。这座迷宫比汤克以前造的复杂很多，是他解开了这里的奥秘，过了这一关。

杰克拍了拍他的后背，艾米莉的双手兴奋地高高举起，汤克忍不住笑了。以前他可没有过这种经历，没有人为他如此自豪，大家为伙伴们亲密合作而庆祝，主要是为他而庆祝。

自己应该不是个一无是处的人。

第二十九章

艾米莉穿着精心搭配的服装拍了张自拍照——蓝色裙子让她不禁想起附魔了保护的钻石盔甲，闪闪发光。她绞尽脑汁地考虑配文该怎么写，能不能引用《我的世界》里那些内容。她猛然想起自己还在禁足期，什么社交账号都登录不了，电话短信只能打给家人。

艾米莉哼着小曲扎了个马尾辫。时间还早，杰克、汤克他们十点才到社区中心，她一会儿可以去那里边挖矿边等他们。

坐在餐桌旁边的爸爸喝着一杯咖啡，抬头微笑地看着她，“我说，看见你这么认真地做社区服务，我心里很高兴。”

艾米莉耸耸肩。有个感兴趣的事才高兴呢。

她时不时想念起跟帕蒂、妮塔她们出去玩的时光，但也真心喜欢和男孩子们一起玩《我的世界》，享受那揭开各种

谜题的快乐。

“昨天我碰到詹金斯太太，她说你的清理工作干得不错。鉴于你表现良好，我觉得你有资格拿回社交账号了。”

艾米莉眼睛一亮：“真的？”

爸爸笑着抚摸她的头发，“卡门昨天把密码都改成了你以前用的密码，你又能登录了。她会连带无线网络新密码一起给你。当然啦，你还在禁足期，社区中心的清扫工作必须做到底。”

“你说的是真的？”艾米莉兴奋地尖叫起来，“谢谢，谢谢，太谢谢你了！当然我肯定继续帮忙干活儿，绝不会半途而废的，哈哈！”说着兴高采烈地抱了爸爸一下，然后一蹦一跳地跑回了房间。

艾米莉一秒都没耽搁地重新安装了自己最喜欢的应用程序，登上账号，改了密码。她立即把这个好消息发短信告诉帕蒂和妮塔，接着把所有的留言看了一遍，手忙脚乱地逐条回复。帕蒂和妮塔回复了她的帖子并点了赞。天啊，还有薇薇安在视频网站上发来私信问她去哪儿了。

艾米莉的手机源源不断地涌入大量短信，突然间，一条信息让她左右为难，心怦怦直跳。

帕蒂 上午 9:46

今天逛商场吗，去饮品店喝奶茶？庆祝一下你终于解脱了？

妮塔 上午 9:47

太好了！我可太想跟你们一起出去逛了！

艾米莉 上午 9:49

不行，我还得去做社区服务。

帕蒂 上午 9:49

哎呀！你不是说已经解除禁足了吗？

艾米莉 上午 9:50

仅仅拿回照片墙的账号而已，现在还不能出门！

帕蒂 上午 9:50

好吧，我明白了，你总算迈出了第一步。别担心，我们都支持你！哪怕就这一步也很棒！你觉得这套衣服怎么样？

艾米莉赶忙回复说，她也想跟朋友们出去玩，衣服的颜色款式非常相衬。她心里对自己撒谎有点儿内疚，其实只要跟父母请示一下，说不定就能出门。但今天他们仨在游戏里有个宏大的计划，艾米莉不想跟帕蒂说她忙着别的事。

今天，庭院里那些灰扑扑的灌木丛在艾米莉的眼里分外鲜亮，她坐在旧长凳上晃着双脚。一些小小的花朵顽强地从土里钻出来，她从没留意过社区中心前面这一带，总以为是堆着垃圾的空地，难道以前一直种着花儿吗？艾米莉不禁想起他们装箱的那些照片，在人们的精心打理下，以前这个地

方花草繁茂，欣欣向荣。“真巧啊。”背后响起一个声音。

艾米莉马上坐直了，说话的是詹金斯太太。她穿过社区中心的双层门，来到了庭院里。“你好。”艾米莉的目光从手机上收回来，抬头说道，“我们正借着午饭时间休息一下。”

虽说詹金斯太太没有硬性规定上下班时间，他们还是每天早上固定十点碰头，接着打扫卫生，然后吃午饭，然后一起玩《我的世界》直到傍晚。有时候他们从家里带剩饭过来分着吃，有时候走出社区一起去吃玉米饼。

因为许久不见面，今天艾米莉和朋友一直在叙旧，男孩们估摸着已经带着午饭回来了。

“很好，”詹金斯太太笑眯眯地说道，“清理工作看样子干得不错。”

“谢谢你！”艾米莉笑嘻嘻地说，“你今天真精神！”

今天，詹金斯太太没像往常一样穿着睡衣披着浴袍，而是穿着牛仔裤和T恤，上面印着“太平洋波峰社区中心沙滩清洁日”的字样，花白的头发在脑后松松地绾了个髻。

“谢谢你。”詹金斯太太说道，“来外边透透气真舒服。”

这时杰克和汤克刚好过了马路，回到庭院。他们把泛着油花的纸袋放在长椅上，“你好，詹金斯太太。”杰克说道。

“叫我埃伦吧。”詹金斯太太，也就是埃伦说道。她的眼睛里闪烁着光彩，“午饭休息前，艾米莉告诉了我你们清洁工作的进度。你们尽管把箱子拿到我的公寓去，别怕打扰，放门口就行。我就是经过这里顺便说一下，你们干得太棒了。”

“不客气。”汤克说道。他带着疑惑的眼神看看艾米莉又瞧瞧詹金斯太太，意思是难道我们惹麻烦了吗？

艾米莉耸耸肩膀，看样子不像。

“好，那就这样吧！好好吃饭。”说着詹金斯太太站起身，走进了社区中心。

“奇怪。”杰克有点儿摸不着头脑。

“可能就是来看看咱们吧，咱们几个每天都兢兢业业的。”艾米莉说道。她一扭头看见了纸袋，“你们买辣椒了吗？”

杰克笑嘻嘻地拆开纸袋，掏出一个泡沫塑料盒递给他俩，“鱼是你的，肉卷给汤克，我一样拿一个。”他说道，“咦，辣椒呢。”

“在这儿。”汤克说道。他掏出几个装着辣椒、酸橙和各种调料的外卖小杯子。

“这家店真不错。”杰克说道，“告诉我爸爸以后，他每天都买一个玉米饼当午饭。”

汤克把整整一根辣椒塞进嘴里大嚼起来，眼睛乐得眯成了一条缝，杰克试了一小口就辣得浑身哆嗦。

艾米莉把酸橙汁挤到玉米饼上咬了一口，杰克说话时满满一嘴食物，嘴唇上还耷拉着一根洋葱，艾米莉拼命忍住笑。

“我说，你要不要接电话？响很久了。”

“是吗？”

杰克扭头用下巴指向他们身边的长椅，手机嗡嗡响着，帕蒂的脸在屏幕上傻笑。

艾米莉抬头一脸茫然地看着他俩，她忙着和杰克、汤克一起吃饭玩耍，根本没注意有个来电。

“是不是学校的那个帕蒂？”汤克知道她是谁，不过是明知故问罢了。

艾米莉赶忙用纸巾擦了擦手，挂掉了电话，接着马上发短信给帕蒂：对不起，家里有事！一会儿再聊。然后，拿起第二个玉米饼。不是不想见帕蒂，而是现在她更喜欢跟男孩们一起吃玉米饼，帕蒂知道她正忙着就行了。

“我等会儿再打给她。”艾米莉说道。

“你的手机刚才响个不停。”杰克说道，一边瞟着屏幕，“哎哟，你玩视频网站？”他说着冲她嘻嘻笑着，“很抱歉，我不是故意看的，刚才通知信息一直往外蹦。”

艾米莉吃完了玉米饼，擦了擦手，又拿起手机。果然，又是一些旧视频下多了几个赞。

帕蒂 下午 12:42

没事！就想让你看看我最新的周一化妆小技巧！真想马上跟你出去玩呀！

“唉，又是衣服、化妆之类的。”艾米莉叹了口气，“其实，我倒不是不喜欢这些东西，就是讨厌拍视频。”她顿了顿，想起关于《我的世界》的那些视频。艾米莉从没给外人看过，但杰克和汤克他们说不定会喜欢，“我也拍了一些咱们造的

那些东西。”

说着她把手机递给小伙伴，心里紧张得怦怦直跳。

“哇，太酷了！”杰克脱口而出。他在看艾米莉做的第一个视频，内容是个简单的自动售货机教程。

“图像太惊艳了，你用的是哪种光影？”汤克佩服得五体投地。

“水就像真的一样！”

“你们真的喜欢吗？”艾米莉摆弄着一绺头发问道，“不觉得很傻吗？”

汤克不住地点着头：“太棒了，看来有很多种方法建造漂亮的东西，够我看一阵子的。”

杰克把手机还给艾米莉，她如释重负地笑了。伙伴们喜欢她制作的《我的世界》视频，喜欢她的另一面。

“哎，现在你能发短信了，我加你好友吧，咱们组个群聊。汤克几乎不回我信息。”

“我们不是经常见面嘛。别老发那些奇奇怪怪的猫照片了。”

“多有趣啊，对不对？你笑了？”

汤克翻了个白眼，但一直满面笑容。

突然间一阵难过的感觉涌上艾米莉心头，她知道夏天结束学校开学后就再也不能像这样玩了。一切又要被打回原形，嗯，或者说一部分被打回原形。跟帕蒂和妮塔是没法儿谈论电子游戏的，艾米莉不愿意自己的世界只有一种朋友。

他们连上服务器，走出迷宫后眼前的世界渐渐清晰起来。

杰克说要回基地再准备一些东西，然后再赶往新坐标，但远处有个奇怪的东西挡住了他们的视线。

就在他们站着的正前方，漂浮在水面的一片沙洲上，闪耀着下界传送门的紫色光芒。

“以前就有这个传送门吗？”汤克问道。

“应该没有。”艾米莉答道。

“你认为是巫师造的？”杰克边说边向传送门游去，艾米莉第二，汤克紧随其后。

下界传送门把他们带到了一座用紫红色下界岩砌的台子上。上面飘浮着诡异的红云，好在立脚点规整平坦。与他们自己设立的传送门不同的是，必须小心翼翼地在险恶崎岖的地面放火把，这里一眼望去没有怪物、熔岩或者下界常见的天然障碍。艾米莉猛然想起这种情形以前见过：其实他们是在半空中，藏身地面的那些危险怪物被脚下的路挡住了，所以看不见。斑驳的格子路两边是矮矮的圆石墙，墙头插着火把，道路绵延不绝，一眼望不到头。

在火把的照耀下，他们沿着小路前进，远远地，艾米莉看见有几十道紫色的传送门，都带着标记。“不知道这些传送门都通往哪里。”她扯着嗓子说道。

“一定是巫师建立了这整个世界。”杰克沉吟道。

“可为什么要给我们看这个呢？”杰克问道。

艾米莉回想起巫师留在他们基地的纸条，“肯定是条近路。最开始的谜题和其他东西都在这儿，一定是巫师最近才造出来的。”

汤克头一个向前飞奔而去。和刚开始玩游戏时相比，他变得越来越自信。“巫师说我们解开七个谜题后就能得到最终的宝藏，但谁知道原先的游戏里有多少个谜题呢。”

“我敢打赌，他选了最难的几个让我们破解。”杰克说道，“或者选了几个天衣无缝的谜题。既然如此费尽心机设计，要么是他最得意的作品，要么就是新想出来的谜题。绝对没错，所以让我们直接跳进他中意的下一关。”

艾米莉嘻嘻笑了，拔腿狂奔：“真想看看下一关是什么样的。”

那些传送门到底通向哪儿，艾米莉真的很想知道。但她还是集中精神乖乖地跟着汤克，沿着巫师为他们规划好的路线走下去。最终，他们来到一扇传送门前，门背后是精心打磨的石拱门。

从传送门出来，他们一脚踏进了一个恶地生物群系里，橙色、红色和金色的悬崖耸立在绝壁之上。杂乱的枯萎灌木和仙人掌在陶瓦高原上到处都是。在他们前方的悬崖边上，艾米莉看见一个开阔的洞穴和一些矿车轨道的碎块。“是一口矿井？”艾米莉问道。

“传送门直接把咱们引到这儿来。”杰克说道，“肯定是巫师设置的线索。假如树篱迷宫是第三个挑战，这里一定

是第四个。”

艾米莉抽出宝剑。“谁想去挖点儿矿？”她兴奋地笑着说。

山洞里全是怪物，艾米莉头一个冲进去在怪物堆里杀出一条血路，宝剑所到之处蜘蛛和致命的骷髅像萝卜一样纷纷倒下。但无济于事，越来越多的怪物从山洞深处蜂拥而来。

“这都是些什么玩意儿？”艾米莉怒吼着。

“咱们寡不敌众！”杰克大喊着。

“救命！”汤克吼叫着往另外一个方向狂奔，“我要躲一会儿！”

“肯定是模组导致怪物不断生成。”艾米莉说道，“这是哪门子的挑战！”

“也许关键点不是清除洞中的障碍，因为根本做不到。”汤克说，“这条路更多！完了！”

艾米莉把剑换成了弓，瞄准正要向汤克射箭的骷髅，“类似耐力测试？可有什么目的呢？”

“汤克，我看见你那边有一口箱子，赶快跑过去！”杰克大喊着。

箱子！里面肯定有下一条线索。

艾米莉完全不顾眼前的蜘蛛给她造成的伤害，从怪物堆里一路杀将过去，这样才能射得更准。山洞另一边，她看到杰克冲到汤克身边帮他抵挡蜂拥而上的骷髅。

“我拿到书了！”汤克大喊。

“我们马上撤出去！”艾米莉吼着，“赶快！”说着扔

给汤克和杰克一瓶治疗药水。她一边击退了蜂拥而来的怪物，一边自己也吞了一口，希望能撑到逃出去那一刻。他们并肩厮杀，在曲折蜿蜒的矿洞里且战且退，最后终于成功逃生，再次沐浴在灿烂的阳光下。

艾米莉松了口气，调匀了呼吸，“太刺激了。”她说道。

“好恐怖。”汤克心有余悸。

“是线索吗？”杰克问道。

“没错，有个坐标和另外一个谜题。”说着汤克大声朗读起书里的内容。

第五个谜题

这个挑战真正考验你的胆量，

精心设置潮涌核心才能穿越滚烫的毁灭之桥。

从高走到低，在通往下一挑战的路上必须拿出大无畏的精神。

坐标把他们带到一处布满岩石的平坦高原。这个地区荒凉贫瘠，到处都是无边无际的嶙峋怪石。

远处有个东西闪闪发光，距离太远，所以看起来好像漂浮在一片雾气朦胧的虚幻海面上似的。但艾米莉心里很清楚是怎么回事。以前她还以为远方都是大海，其实走近看才知道根本不是大海。

“一定是这样。附近什么都没有。”汤克嘟囔着。

“好像山顶上有座城堡。”杰克惊叹地说道。

“咱们去占领那座城堡！这下可有热闹瞧了！”艾米莉

兴奋无比地向前冲去，哪管里面藏着什么怪物。迷宫里的骷髅是挺有趣的，但她还是喜欢痛痛快快地杀一场。

塔楼和尖顶上的黑曜石发出寒光，还没到跟前就能感觉到一股杀气。当他们冲过去时，一道深沟挡住了脚步。通往城堡唯一的道路是座一格宽的窄桥，桥对岸就是大门。这座桥张牙舞爪地从城堡里伸出来，烈焰般的熔岩从脚下的缝隙中喷涌而出，过桥时只要一个失足摔下去必死无疑。

一堵厚厚的圆石墙正对着悬崖边缘的入口，把通往那座桥的路堵了个严严实实。艾米莉掏出钻石镐向前冲去。

“干掉它！”她吼着，一镐凿了进去。

只听一声刺耳的“铛”声，她的钻石镐四分五裂了。

艾米莉怒不可遏。

“我就知道没那么容易，”杰克说道，“真正的考验还在里边。”

“我挥镐子之前你怎么不说。”艾米莉嘟囔着。凑近一看，石头表面有附魔，散发着粉红色的光芒。

“咱们走另外一条道试试，”汤克提议，“说不定行得通。”

死路一条。

一眼看去，这堵墙牢不可破。艾米莉把谜题翻来覆去琢磨了一下，觉得不仅仅是打破墙那么简单。这时，杰克和汤克想在悬崖上建一座桥但没成功，艾米莉来回踱步，苦苦思索着。

“考验你的胆量……设置潮涌核心。”艾米莉喃喃自语着。

如果不是一堵墙，而是一扇门呢？潮涌核心是红石驱动的，看来一定是……

艾米莉突然想到一个问题，“要是我们刚好看不到它呢？”她迅速合成了一把锹，从墙根向下挖。开辟了一大片地方后，她小心翼翼地逐块揭开——要是这儿有个控制系统的话，一定要谨慎别弄坏了。

“有了！”

出现了一排红石。

艾米莉从旁边一格挖起，尽量不挖太深。这时只听见用锹挖土的嘎吱声，一套复杂的红石电路出现了，比她以前做的系统复杂许多，远远不止摁一下按钮或者踩一下压力板那么简单，里面的结构极为精巧。

“哇，你怎么发现的？”杰克问道。

“谜题的提示，”艾米莉说道，“我们得用红石开门。”

汤克和杰克小心翼翼地帮她把入口处的墙根挖开。

“这儿有口箱子！”杰克手里握着锹大声说道，“红石粉，红石火把，混凝土……我们要不要建点儿什么东西？”

汤克凑近瞧了瞧：“我不知道怎么用这些东西。”

艾米莉把那排红石电路仔细查看了一番，决定研究一下它们是如何连接的，接着叹了口气说道，“我试试吧。”

说干就干，她造了个红石中继器。一次又一次的失败后，电路被改得面目全非，她连原本的构造都记不得了。最后艾米莉说她可能一辈子都搞不明白，弄得杰克和汤克有点儿不

知所措。

艾米莉第五次失败后，杰克劝说道："说不定这是用来迷惑我们的东西，肯定还有其他解决办法。"

就在艾米莉跟红石死磕的时候，汤克与杰克使尽浑身解数，试用了各种方法想穿过这堵墙。

所有的工具和武器都用上了，但都徒劳无功。墙壁固若金汤，建一座新桥难于上青天。巫师想到了所有可能性，他们没法儿在悬崖边上添加新砖块，也没法儿把悬崖本身的砖块换掉。

"肯定有办法拆掉这堵墙。"杰克边说边来回踱步。

"我以为我能弄清楚怎么破壁，可我——"艾米莉哀号着，"我真没用，根本就不是玩红石结构的摇滚明星，虽说打心里想解决这道难关，可我现在真没招儿了。"

"向别人求助是没问题的，"汤克说道，"妈妈经常这么说。"

杰克点点头表示赞同："你已经够了不起的啦！在基地的时候，你用漏斗为我们的背包造出了自动分类器！"

"没错！"汤克接着说道，"你很棒啊，而且做了那么多事情，在红石利用方面绝对是个高手。就像你说的，这东西很复杂，所以解不开绝不是你没本事。"

艾米莉定定神微微一笑："谢谢。"说着她回头看了一眼那个未解的难题和面前的一地碎片。她脑海里突然跳出个念头，太平洋薇薇安肯定喜欢这个。

“我知道谁能帮上忙了。”艾米莉说道，“只是有一个问题，不知道这人住在哪里。”她从没问过薇薇安和服务器上其他人身在何方，他们是不是来自世界各地，连时区都不一样？“最容易的方法就是让她来这儿瞧瞧，咱们的服务器依托在局域网上，否则必须做很多截屏。”

艾米莉后退几步，想从某个角度看到全貌，她要建个平台什么的作为立脚点。

“你觉得她能帮上忙吗？”汤克问道。

“自打被禁足，我就一直没和她说过话，不过我可以问问。她是视频网站的用户，她的账户里全都是类似的难题。我打赌她喜欢解决难题。”艾米莉说着从不同角度截了几个屏，尽量把信息收集齐全。“她名叫太平洋薇薇安，你可以搜索一下，这孩子整天玩这个。”

艾米莉退出游戏，保存好截屏。杰克在电脑上搜到了对方的账号。艾米莉也在浏览她发的视频——自从被禁足后薇薇安发了好多东西。

汤克叹了口气。

“怎么了？你有更好的人选吗？”

“把她叫到这儿来，不难，”汤克说道，“她是我的妹妹。”

第三十章

汤克就知道，把薇薇安介绍给杰克和艾米莉认识的后果就是自己会被她压一头。薇薇安很聪明，《我的世界》玩得很溜。而自己是个慢性子，还很内向。大家其乐融融地一起吃午饭的时光早晚都要结束。他恨不得每天都跟朋友在一起，周围都是喜欢自己的人感觉真好。沙克可从来不会给他带什么好吃的。

汤克越来越喜欢这样的生活——每天早上和艾米莉、杰克他们打扫卫生、整理东西，回家前几个人玩一会儿《我的世界》。夏天过得太开心了，他还计划一直打零工，帮妈妈赚点儿外快补贴修理费，给薇薇安买几本新书，或者买双运动鞋犒劳自己。但妈妈让他别担心，一切都很好，这都成了她的口头禅了。

妈妈还不知道自己惹上了麻烦。汤克也守口如瓶，让她担心的事越少越好。妈妈一般白天休息，上班前汤克一定要她吃点儿东西再出门。他说自己没法儿做那么多工作时，米沙拉先生很理解。然而自从米沙拉先生真的雇了人，也就给不了汤克多少活儿干了。有好几个星期汤克都在纠结要不要告诉薇薇安这个服务器的事，虽然知道这是妹妹的爱好，但……自己不过是个只喜欢种地养花的闷蛋，而薇薇安却是个红石天才。朋友们认识妹妹后，说不定就不跟自己玩了。

深藏在心底不想说出口的秘密是，有些东西只想留给自己，不愿意跟别人共享。他希望自己坐在尘土飞扬的电脑房里，听着杰克的冷笑话哈哈大笑，看着艾米莉用筷子吃热奇多。

“这样我的手指头就沾不到橘子粉了。”她说过。第一次呆呆地看她这么干的时候，汤克禁不住翻了个白眼。这个方法很巧妙，不用担心弄脏键盘。

可是三人帮马上就要换成艾米莉、杰克和薇薇安了，汤克只能绝望地拖着沉重的脚步用尽力气去追赶他们。因为只有薇薇安才能帮他们解开谜题。

可是，如果他们总是差最后一步想不出答案，而薇薇安能解决关键问题，游戏很快完美收官，那汤克不妨把几个人召集到一起。说不定会失去艾米莉和杰克这两个朋友，但这是早晚的事。

艾米莉和杰克还在盯着他，电脑房里除了老电脑发出微弱的电流声外，一片寂静。这种尴尬的沉默被汤克打断了，

他又说了一遍："太平洋薇薇安是我的妹妹。"

"你说的是真的？"艾米莉吃了一惊，嘴都合不拢了。

"是的，薇薇安。她很聪明，喜欢编程和红石。"

"太好了。我们可以问她。"杰克关掉电脑后果断地站了起来。

汤克也站起来一步一挪地走到大堂，猛然间，他发现社区中心已经堆满了建筑材料。他知道格兰特晚上值班，东西是一大早运过来的。但几个人沉浸在另一个世界的时候，很容易忘了这片地方马上就要被拆除。

他转身挥手道再见，但艾米莉和杰克已经跟着他进了公园里。

"你住西塔楼对吧？"艾米莉好奇地问道，"我们能不能认识一下你妹妹，问问她想不想跟我们回电脑房。我爸妈和双胞胎妹妹今晚去听卡门的诗歌朗诵会了，要是我晚点儿到家他们也不知道。"

"好啊，我爸要去看原料，没那么快回来。"杰克说道，"要是你妹妹有空，我们可以带她来这儿。"

"这样吧，"汤克说道，抬头看了一眼社区中心，"我去把她叫来。"

"没关系，"艾米莉开心地说道，"我们还没去过你家呢。"

这话倒不假，他们在杰克家吃过午饭，也去艾米莉家玩过，却从没去过汤克家。

两个人充满期盼地望着他，汤克也想不出更好的借口拒绝

朋友的请求。想起杰克家整洁的房间和艾米莉家的欢声笑语、饭菜的香味，回家的路上汤克很是自卑。“现在可能只有薇薇安和爸爸在家。妈妈上夜班所以还在睡觉。”他尴尬地说道。多希望爸爸出门去了，要不然朋友们肯定会觉得他是个怪人。

汤克还从没碰上过这种情况，以前从来没有朋友想看看他住在哪儿。

“就这儿。”他一边转动钥匙一边说道，门吱嘎一声开了。汤克把脑袋伸进去，“呃，你们的鞋。”

话音未落，艾米莉已经脱下鞋踢到墙根下的那排鞋里了。杰克也照做，一边打量着乱糟糟的客厅。

家里一览无遗：破旧的沙发，几十年前的旧电视放在牛奶箱上，牛奶箱还是他从便利店拿回来的。汤克早晨出门时，爸爸还穿着脏兮兮的白T恤和膝盖破了的裤子在躺椅上睡觉，现在不在家，可能是出门了。

“我家就这样。”汤克说道。

“真酷。”杰克说道。

艾米莉笑嘻嘻地指着桌子边上的饼干桶，“哈，跟我家的饼干桶一样——”

“那是针线盒。”汤克说道。

艾米莉大笑起来，“这种饼干桶总是用来装针头线脑。”

“薇薇安的房间在那儿——”

爸爸一边走出房间，一边拽着身上的那件橙色T恤。

“哎呀，你们好！”

奇怪，他怎么穿着这件衣服？“爸爸，他们是我的朋友，”汤克介绍道，“艾米莉和杰克。”

“见到你们真高兴！留下来吃晚饭吗？下班后我带好吃的回来。”爸爸微笑着对艾米莉和杰克说道。

“我还以为修车厂上的是早班。”汤克莫名其妙地说道。

“我现在也在便利店上班呢！”爸爸开心地说道，“米沙拉先生夸我是个挺好的杂工。”

“米沙拉先生……雇了你？”

“我修好了店里的自动售卖机。他跟我一样喜欢创造发明。那天我俩一聊起工具来就特别投机，你知道他有自己制造机器人的工作室吗？”

“爸爸，太好了。”汤克又惊又喜。真高兴爸爸有了个地方可以尽情地搞创造发明，而不是无所事事地到处晃荡。

“晚点儿见啦！”爸爸朝他们挥挥手，走出了公寓。

“我爸就这样。”汤克说道。

“他人真好。”杰克说道。

汤克的眼睛亮了：“当然啦。哦，对了，薇薇安在那儿。”他说着做了个手势，带艾米莉和杰克去妹妹房间。薇薇安正坐在电脑前戴着耳机。她又登上自己的服务器，边和朋友聊天，边连珠炮似的发出各种指令。

汤克拍了拍妹妹的肩膀。

“哈，是坦哥哥。”她的声音很甜美。

艾米莉咯咯地笑了：“你给他起的外号？”

“汤克才是外号。”他说道。外号是沙克起的。一开始他还觉得很光荣，因为名字很酷，代表力大无穷，不屈不挠。现在回想起来，可能是因为沙克不会读他的名字坦。说什么都晚了，现在连老师也叫他汤克。“坦才是我的真名。”杰克和艾米莉对视了一眼，“那以后我们叫你坦，还是……”

汤克耸耸肩表示无所谓，可内心深处又温暖又欣慰。“随便你们叫哪个都好，我都喜欢。汤克也好，坦也好，都是我本人。”

薇薇安说道：“你们是一起被禁足的那俩朋友吗？”她朝汤克挤眉弄眼地问道，哥哥羞愧地低下了头。

“社区服务。”汤克纠正道，“她觉得说禁足更有趣。嗯，这位是杰克，这位是艾米莉。我们一起在社区中心玩《我的世界》。”

“太棒了！”薇薇安拍着手欢快地尖叫起来，“我叫薇薇安！我也玩《我的世界》。”

“很高兴见到你。”艾米莉说着突然有点儿害羞，“我是——我是摇滚巨星红石。我正想问你一件事呢——”薇薇安突然间从椅子上跳起来，激动地蹦着，“啊，我说呢，你怎么老不回复我！”

“没错，我被禁足了，所以不能登录社交平台，不能玩游戏，不能从视频网站上发信息给你，什么都不行。没办法。这是米娜的新房子吗？”

“你俩已经一起搭伴儿玩《我的世界》了？”汤克万万

没想到，原来艾米莉和薇薇安早就认识，她俩早就是朋友。

艾米莉耸耸肩：“我俩在夏初就认识了，还在薇薇安的服务器上玩过一次——哇，你做了这么多东西！”薇薇安兴奋地带着她到处参观，艾米莉在她身后看着屏幕，不禁赞叹道。

“你跟她说过那个服务器了没？”杰克问道，他站在汤克右手边。

“我说薇薇安，我想问你个关于红石的事。”

“真的吗？为什么问我？你以前可是一直不想学呢。”薇薇安兴趣盎然地瞪大了眼睛。

“就是社区中心，你以前在那儿玩《我的世界》时，有没有登录过某个服务器的局域网？”汤克问道。

“呃，没有。怎么了？”

汤克卡壳了，绞尽脑汁地想该怎么解释过去几周他们在干什么，但杰克抢先开口了。

“有一台服务器里设置了一款绝妙的游戏，我们玩了一段时间，瞧。”

说着杰克在手机上点出了第一艘沉船的截屏，美人鱼的形象异常清晰，尾巴、鳞片一应俱全。对于当时的情景汤克记忆犹新：从此以后新的篇章打开了，他从不情不愿地熬时间变成开心快乐地一起玩耍，一起沉浸在游戏中去揭开秘密的真相。

薇薇安接过手机歪着脑袋看了看：“想给你的化身做个美人鱼模组？”

“不是。我们在沉船周围看见了美人鱼。”杰克划到第一艘沉船的下一张截屏，再下来是水下城市的壁画。

随着一点点线索和一个个碎片出现，渐渐拼凑出一个完整的故事：杰克是怎样找到第十七个谜题的，他们玩着游戏一起揭开下个谜题，接着巫师现身，强迫他们从第一关开始玩。杰克介绍了他们经历的全过程。

薇薇安喋喋不休地问了好多问题，都是关于美人鱼和谜题的，还有那满世界的奇怪结构。“美人鱼的行为像不像与世无争的生物？它们在哪儿生成？还有其他美人鱼吗？”

“我们只在沉船附近看见了它们。对了，它们大多就是游来游去，然后会在某个点消失。”杰克说道。

“我认为我们一直在寻找的线索，全都指向深深隐藏的水下城市。”

汤克又给她看了看壁画：“我们要去的目的地在这儿，宝藏在这儿。”

“亚特兰蒂斯遗址！”薇薇安惊叹道。

“差不多吧，”艾米莉说道，“不过真的有宝藏。”

“从没听说过，是谁设计和更改的服务器？”

杰克和艾米莉会心一笑，“我们只知道玩家叫波峰巫师。”

“没错，他是个乖张暴躁的混蛋。”汤克说道，“法力强大而且咄咄逼人，刚看到我们就发起挑衅。一开始想让我们滚蛋，不过后来还是帮了不少忙。”

“没错，他把装备全还给我们了，”艾米莉插了一句，“还

给我们开了条近路。”

“可能是我们打动了他。”杰克说道，“要是真想把咱们从游戏里赶走，他早就把那个世界删除了，要么变成私人游戏，要么禁止我们登录，可他却允许我们解开七个迷题。”

“到现在为止，我们解开了四个，一多半儿了。”汤克说道。

“我觉得说不定你能解开下一条线索。”艾米莉说道，“想来帮忙吗？”薇薇安站起来说道，“随时待命。”

由汤克打头，一行人回到了电脑房，社区中心里充满兴奋又激动的气氛。杰克正跟薇薇安说他们经历过的来龙去脉，艾米莉绘声绘色地讲起几个人发现自己身处恐怖神殿的情形，还有一路去下界冒险的旅程。汤克启动了三台电脑，让薇薇安坐在中间。薇薇安笑眯眯地与杰克击掌时，突然间汤克心里的恐慌怎么也按捺不住了。妹妹用汤克的化身在这座桥前面与其他人会合后，艾米莉发出一阵欢呼声。

他的担心变成了现实。这辈子真正喜欢他的第一拨朋友，以后只跟薇薇安玩了。很快几个人就会把他忘在脑后，再也想不起汤克是谁。

“杰克，给她看看那条线索。”汤克不耐烦地扭过头说道。

“好的。”杰克说道，“伙计，我们应该给你瞧瞧基地，还有我们时不时收集到的酷玩意儿。”

“我猜汤克一定有个农场，哈哈！”她咯咯地笑着，“是不是在这里他也总在拜访各种不同的生物群系寻找花朵？”

“住嘴。”汤克说道。

“是的，他喜欢布置，我们的基地看着可棒啦。瞧瞧这些树篱迷宫和花田。”艾米莉自豪地说道，嘴角都咧到了耳朵根儿。

“拿到上一条谜题时，汤克没一会儿就解出来了。”杰克插嘴道。

“啊，太好了！汤克，看到你和朋友们在服务器上玩得开心真高兴。”薇薇安冲着哥哥嘻嘻笑着。

汤克的双臂交叉在一起，很不好意思，但心花怒放。他扭头望着屏幕提醒其他人别走错道。

“真是一环扣一环。”薇薇安把到现在为止所有解出来的线索截屏都看了一遍，“也就是说每条线索都把你们引向下一条线索是吗？”

“没错。有很多不同的挑战，例如解开谜题后就能在沉船里或者满是怪物的山洞里蹦出一本书，从而找到下一条线索。巫师好像是想让游戏带着我们在全世界疲于奔命，去寻找不存在的宝藏。每条线索都不一样。有时候线索是首诗，有时候也可能指引你奔向某个具体的坐标。”杰克边说着边划动手机屏幕把逐条线索都演示给她看。

“明白。你们困在哪儿了？”

汤克躲在薇薇安椅子背后默默看着。艾米莉陪她走到悬崖边上。在这不可逾越的天堑对面是黑曜石桥。门前的泥土里红石电路赫然在目。

“哇！”薇薇安一边来回踱步，一边惊叹不已。

“这儿，你瞧，”艾米莉说道，“现在我只知道机关被触发时，墙壁就会打开一扇暗门通向那座桥，但不知道该怎么做才能触发机关。”

“箱子里有红石粉和一些补给。”汤克指着薇薇安的屏幕说道，“你还需要别的什么？工作台已经有了。”

“不用，不用，我就瞧瞧。”说着薇薇安检查了一下电路，汤克的化身在里面闪电般地上蹿下跳让汤克眼花缭乱。三个屏幕从不同角度展现同一个场景，容易让人犯迷糊。他想把注意力集中在薇薇安身上，可根本跟不上她那风驰电掣的速度。他只好转而盯着杰克的屏幕守着桥和背后的场景，起码杰克和艾米莉的移动速度没那么快，可艾米莉和薇薇安的对话让人摸不着头脑。

艾米莉和薇薇安躬下身子查看地上的红石和中继器，“好了，这个中继器怎么样——”

“试过了，这个呢？”

“这个没用，只是诱饵。我再瞧瞧。不知道什么原理，整套东西都和这个压力板连在一起——杰克，你能不能过去那边，我一喊开始你就跳上去测试一下？”

“好的。”杰克照着薇薇安指的方向走去，一跃跳上了压力板。

汤克轻轻敲着薇薇安的椅子背，看着她大显身手。由于太过投入，妹妹的五官都拧到了一起。她在研究线路运作，

一边来回走动，一边跟艾米莉查问着位置，包括那些试过和没试过的地方。艾米莉随后赶到工作台的时候，薇薇安已经在旁边巧妙地又合成了一个工作台。

“你能不能帮我做三个中继器？还有五比特电线——不用了，我已经有三比特了。”

“两比特电线，做好了！”转眼间艾米莉就完成了任务。

“你有红石吗？”汤克用胳膊肘捅了捅杰克。

“曾经试过造一扇活板门，可是觉得太麻烦了，不值得。”杰克说道，“我还是喜欢建筑物。”说着朝汤克嘿嘿一乐，拍了拍身边的空椅子，“汤克，你有什么看法？你那鹰隼一样锐利的眼睛发现什么了？”

“我的什么？”汤克坐在杰克身边问道。

“嘿，你的眼界就跟飞鸟一样广阔。”杰克歪着脑袋说道，瞧着艾米莉和薇薇安正在试验另外一种解决方案，“你妹妹太棒了。”

“当然啦。”汤克说道，他已经做好了心理准备，“嗯，要是你们想跟她把剩下的谜题和任务做完，我不会介意的。”

“你什么意思？不想跟我们玩了吗？”杰克莫名其妙地眨巴着眼睛。

“不是，我的意思是，如果你们更喜欢跟薇薇安玩的话，我退出。”

艾米莉嗖地转过身：“汤克，咱们仨一起开始的，我们也必须一起完成。”

“我——”汤克无言以对。

“你要是不想玩了，我们不勉强，可你是真心的吗？”

杰克点点头：“我们都知道游戏背包对人数是没有限制的。我们之前只是没有那么多朋友。”

艾米莉飞快地瞥了一眼杰克，又低下了头。

“坦哥哥，你真烦人，”薇薇安说着翻了个白眼，“我是喜欢见新朋友，可没耐心猜谜或者玩角色扮演。就算勉强去做也是你的爱好，不是我的。”说着抬头冲汤克嘻嘻一笑，一副轻描淡写的语气。

“哦。”好像是这个理儿，也许一直以来都是汤克想得太复杂了。

艾米莉和杰克都不住地点头表示理解。

“我有自己的服务器和自己的朋友。真高兴你碰上了这群伙伴，他们太棒了。”薇薇安把指关节掰得咔咔响，“好了，我觉得已经解决了！”说着她站上压力板，墙中间的双层暗门徐徐打开，那座桥出现了。“你们去吧！”

杰克欢呼起来，“太谢谢你了！”

薇薇安把椅子往后一推，站了起来，调皮地给汤克敬了个礼。“认识你俩真开心，祝你们扫荡城堡开心哦！”

汤克又坐回了朋友们中间，热切的目光投向他们脚下那条延伸出去的小道。杰克拍了拍他的肩膀，然后转向自己的电脑屏幕。

万事俱备。

第三十一章

好了，他们扫清了和城堡之间的所有障碍。杰克重新查看了一下背包。但这时他没来由地开始发慌，不知道该做些什么准备。他想起大家在基地花费了大量时间收集水下呼吸药水所需的原料，可现在不知道什么时候才用得上，要是里面有些突发情况可就失算了。杰克觉得这就像有人在拿他们几个做实验，把他们扔到世界上各个角落里的沙漠或平原，现在是这座阴森的黑曜石城堡，通红的炽热熔岩随时会爆发。他们所处的山顶实在太高了，周围是什么情况完全看不清楚。只有打败城堡里的怪物，过关后找到一个新坐标，才是唯一获得线索的机会。

“注意，桥面很窄，过的时候一定要小心。以防万一，咱们应该在这儿设个出生点。”说着杰克把床放下来，给汤

克和艾米莉也腾了个地方，“到了对岸必须再设一次。”

“冲啊！”艾米莉大喊着，开足马力头一个过了桥。

汤克笑着跟在后面，双脚像安上了风火轮，“杰克，快跟上。”

“要是死在这儿也太倒霉了——那咱们的装备就再也回不来啦！小心脚下，我来了！”杰克叹了口气，紧跟在他俩后面走上桥，然后在桥上小心翼翼地慢慢挪着。熔岩远远地在脚下咕嘟咕嘟冒着泡，桥好似有几百格那么长。

“等你到这儿，我头发都白了！”艾米莉笑弯了腰，她的化身在桥那头蹦来跳去。

“随你怎么说吧。”杰克嘟囔着。

最终他们仨在巨大的黑曜石门前会合了，这扇门透着诡异的光芒，与黑暗的天空融为一体。城堡张牙舞爪地伸向四面八方：尖塔、塔楼上全是朦朦胧胧的黑色玻璃，里面什么都看不见。

“门里千万别又藏着一个谜题。”杰克说道。

“怕什么来什么。”汤克嘀咕着，“一般不都这样嘛。”

“门会自动打开，这设计太酷了。瞧，还是双层门。小心！”艾米莉一步步走向大门。随着一阵沉重的吱嘎声门开了，跃入眼帘的是一扇扇磨制黑石门，它们打着旋儿在墙上消失了。杰克和朋友们信步踏上空旷的走廊。可走着走着他们心里越来越恐慌，这里会不会有一条沉睡的巨龙？这一次又是什么样的谜题呢？

一道道大门在他们身后重重地依次关上。

杰克拔出宝剑，虽然空荡荡的大厅只有他们几个，但杰克一直处于高度警惕的状态。自从在树篱迷宫被怪物打了个措手不及，现在他习惯随时戒备出现任何意外情况。

他们一路往里走，黑石地板上回荡着脚步声，高挂的灯笼里跳动着幽蓝的鬼火，笼罩着一团昏暗的光晕。还有一束微弱的蓝光从其他地方投射过来，但杰克怎么都看不出光源来自哪里。

“好吧，接下来是什么？看来要想解开谜题先要进城堡。”艾米莉说着往墙上插了一支火把，在这个黑暗的石头世界里，它的光线看起来如此诡异不真实。

“城堡里的某处藏着下一条线索。”汤克说道，“你们觉得还会是座迷宫吗？起码这座房子里我瞧不见通道。‘从高走到低’又是什么意思？”

“可能是字面意思，也可能是个比喻。等待我们去探索。”杰克说道，“还记得以前暗格里那幅画吗？为了以防万一，我们要检查所有墙面和地板。”

杰克朝其他人一点头，于是大家分开行动，先搜查了一下大房间。跟杰克估计的一样，墙壁和地板坚不可摧。看起来就是正常的墙壁和地面。没有压力板，没有密道，只有无穷无尽的黑石铺天盖地。

不对，这儿肯定还有其他东西。

杰克走到房间的另一头，那儿有一个高出地面的石台。

一张宝座威风凛凛地立在正中央，背后的墙上有一根蓝色玻璃柱子。

且慢，这可不是固体方块。

这是水，玻璃柱子里是水。杰克还能瞧见一团细碎的泡沫缓缓下沉。可它流向哪儿了呢？

杰克抬头仰望，水柱一直通到天花板，但眼看着半截玻璃柱子隐没在墙里。

“什么都没发现。”艾米莉说道，“也没有怪物。”

“我这边也什么都没有。”汤克说道。

“你们看这根水柱，它会不会是一条密道呢？”杰克顺着柱子伸长脖子仰望，想看看头顶还有没有另外一层，可眼前只有一片漆黑。

“嗯，有可能。”艾米莉说道，“从外面看，这个地方高不可攀。脚下说不定有个非常巨大的地下室等待我们发现。城堡后面藏匿着什么咱们也不清楚，谁知道是啥。”

“这样好不好？”杰克问道，“我们先往高处走，然后可以跟着流水再往低处去。”

说着杰克一跃而起，把一块块土扔到脚下，越堆越高。他沿着水柱不断上升，有宝座的房间渐渐消失在视野里。艾米莉脚下的土堆也随着她一起攀升，很快就比杰克的头顶还高了。

“这儿有个出口！”水柱尽头伸手不见五指，但石头中间有个一格宽的空隙，艾米莉估摸着自己可以挤过去。

艾米莉从自己站的土堆上纵身一跃，正好落在出口处。她在墙上插了一支火把，杰克眼前一亮，所有景物都一清二楚：城堡墙上有个凹洞，一道一格宽的水流不知奔向了何方。

“杰克，干得漂亮。这种景象我还是第一次见，我把它当成一堵墙了。”汤克说道，“你的土用完了吗？”说着他在杰克和凹洞的中间位置放下一格砖块，搭起一条通道。

“谢谢。”杰克说道。他们仨盯着水流惴惴不安，到底是什么东西在对岸等着他们，谁也不知道。杰克定了定神，“好了，咱们走吧。”

杰克一头扎进水柱，咆哮的流水声刹那间包围了他。小分队不停地下潜，下潜，再下潜，经过玻璃墙时向外能望见安着宝座的房间，随后闪过一道蓝光，接下来又是无尽的黑暗。

“我们还要往下潜多远？”杰克问道。

汤克在他身边咕哝着，“也不知道最后落到哪儿。我说，会不会掉进巫师设置的另一个下界传送门——”

“迷宫尽头的那道下界传送门是条捷径。”艾米莉说道，“错不了。”

“这条水道也是谜题里提到过的。”杰克说道，“我们已经解开的，记得吧？咱们刚才往上走，现在往下。坐稳了，看看最后往哪儿去。”

“水流不是很湍急吗？我们几乎要撞到基岩了吧——”

扑通！

激流一定是冲进了一个洞里，可他们所处的地方并没有

水，还是一片漆黑。

“这儿有堵墙。”汤克说道。

只听见艾米莉哈哈大笑，“瞧，这里好宽阔——哇！”

杰克在地面插了支火把，在闪烁的亮光下，终于看清了周边的一切：他们站在一个山洞里，石壁上布满苔藓，脚下是沙子，水电梯从头顶倾斜而下。除了一小片沙地外，这个蜿蜒曲折的山洞里全都是水。

“我猜唯一的出路就在下面。这条路是通往大海的吗？”说着艾米莉吹出一声响亮的口哨，“想削平这座山比登天还难，后边的大海被它挡了个严严实实。”说着她跳进水里奋力向前游去，不一会儿就隐没在了黑暗中。

杰克扔给汤克一瓶药水，看来他们花在准备和酿造药水上的时间没白费，心中一阵欣慰。“启动夜视状态吧，说不定什么时候就用上了。艾米莉，等等我！”

杰克一口气吞下药水，然后紧跟艾米莉跳进水里，汤克伴其左右。他们几个离海岸线越来越远，杰克往前游着，心里就像打翻十五个吊桶七上八下。

有了夜视能力，周围看起来跟白天似的，杰克一眼就能看清水底的景物。眼前是一片海藻森林，还有远处一座金字塔的影子。

“警惕那些守卫者。”艾米莉提醒道，径直游了过去，“他们最凶残。”

“要是早知道这条线索是通往海底神殿的就好了。”杰

克嘟嘟囔囔地抱怨道。

“快跟上！”艾米莉说道，“我们有非常棒的盔甲，头盔还额外附了水下呼吸魔咒，你们还有夜视药水。”

杰克还没做好充分的心理准备去挑战海底神殿，虽然艾米莉的自信也感染了自己，可内心深处还是担心药水够不够多，盔甲够不够好。靴子上的深海探索者魔咒，还有盔甲上的水下呼吸魔咒都齐活了，真希望这些装备都能派上用场。一旦他们丧命，会在城堡前重生，还可以回基地从头开始。

“一般情况下，一座海底神殿周围有三个守卫者——你们看！高射炮！激光！”

一股巨大的力量穿透海水向他们袭来。

“救命啊！”汤克惊恐地往旁边一闪，却跟杰克撞了个满怀，紧接着又射来的一道激光正中杰克。

杰克刹那间受到重创，哀号着向后退去。完了，完了，完了。他多希望手头有一张最好的弓可以万箭齐发，这下糟了！

守卫者们朝他们气势汹汹地扑过来，有一个冲在前面，张着血盆大口发出恶狼般的号叫。它的独眼恶狠狠地盯着他们仨，这畜生的鳞片跟神殿底部的颜色一样都是浅蓝绿色的。

杰克张弓一射，那支箭在水下巨大的阻力中几乎没跑多远，艰难地往前挪了几步后便掉入了海底，一点儿杀伤力都没有。

“快点儿，这边！”顺着声音，他们看到汤克游到神殿脚下，绕过沙滩上的柱子后不见了。

“拿上那个，还有那个！”艾米莉尖叫着，“对，把所有战利品都给我！跟我来啊！”

“这地方太酷了。”汤克一边说道，一边拐了个弯儿，“那些海晶石真漂亮，我想带回家——”

“汤克，现在不行！”虽然守卫者们听不见，杰克还是尽量把声音放低。“完了完了，咱们的空气耗尽了，我忘了在上一个地方设置出生点，要是死了可就永远回不来啦——”

“别慌！”汤克说道，接着拍了拍墙上的什么东西。不是火把，反正水下火把也没用，杰克定睛一看原来是架梯子。

梯子周围聚集起了一团空气，汤克在里边随意地进进出出。“薇薇安经常随身带着梯子，我那时候还莫名其妙。”汤克笑嘻嘻地说，“真是个好主意，只是要提前把这些东西准备好。”

“太好了！现在我们有的是时间对付这些大怪物了！”

“我弄了一大堆这玩意儿，走到哪儿放到哪儿。把它们放置在左手边，这样一来哪些地方到过，哪些地方没到过，咱们心里都门儿清。”

“还好你把它们都带上了。”杰克说道，为有汤克这样的朋友由衷地高兴。

“外面有两个守卫者。”艾米莉说道，“后面那个好像是个头儿，你俩在里边吗？”

“我们在底层。”汤克说道，“我们到处搜一下。”

古老的蓝绿色海晶石神殿里密密麻麻的全是空房间。满

是水的厅堂里矗立着大大小小的柱子，像是在拱卫着后面的房间。汹涌的海水不断地冲刷着神殿柱子，四周的巨石却岿然不动。杰克与汤克一间接一间地搜寻——其实杰克也不知道他们在搜寻什么东西。是刻在墙上的铭文？还是另外一条线索？各种各样的线索让他眼花缭乱不知该看哪个。

有个铺满按钮的房间，只要随便在哪儿按一下，空中就会响起音乐；有个房间里铺天盖地都是挥舞着三叉戟的人鱼壁画；还有一个房间里摆着装满绿宝石和金锭的箱子。

艾米莉在二楼跟他们会合了，她充满感激地在汤克的气囊里吸了一大口空气："有什么结果吗？到现在为止，我还没什么收获。就当我们在参观一个美丽的地方吧。"

"什么？一开始就错了？"汤克不禁从头捋起，"我也不知道，谜题肯定给咱们指了个大方向。现在过桥进了城堡，还找到了水电梯的入口。"

"话虽如此，可是……"艾米莉的声音越来越小，"难道咱们第一步就搞砸了？当时我想弄清楚红石，所以打乱了电路和程序，薇薇安都是在我打乱电路的基础上弄的，难道整个城堡是……"

"不，我敢肯定你和薇薇安做得对。首先必须进入城堡，搭上电梯下到这儿来。它可不是普通的海底神殿。那间音乐室肯定是巫师设计的，而且还有美人鱼的壁画。方向没错！"杰克说道，"瞧，咱们一直都在寻找水下城市，对吧？现在已经到了，而且下个线索就在神殿里。来吧。伙计

们，相信我。”说着杰克转身朝大厅里走去，“还没等探索下一层，城堡就已经把我们引到这儿了。所以我们要找的线索一定就藏在此地。”

艾米莉叹了口气：“杰克，你来的时候雄心勃勃——没有你，我们根本完不成任务。不论是回到基地还是做准备工作，你都是一把好手。可你要想一想，巫师花了那么多年创造这个世界。他看见我们也在玩这个游戏，笃定会选出最难的谜题让咱们去猜。他说过有七个谜题，对吗？”

汤克挨个儿回想他们通过的难关：“从第一个神庙里逃脱，找到地图，进了树篱迷宫，在矿井里碰到数不清的怪物，城堡的红石大门……只剩下两关了。”

“对吧？还有那个电梯，把我们扔进海里，然后发现了这座神殿。因为在水底，咱们理所当然认为这是正确方向。可我觉得应该回头重新审视一下城堡。有可能红石那部分不对，说不定还能打开另外一条密道之类的。”

说着艾米莉游走了，看样子她想回岸边去。杰克一个猛子游到她面前挡住了去路。

“听我说，你是个出色的玩家和战士，面对危险总是冲在前面，令人钦佩。你就是红石世界里的巨星。”杰克说道。

“没错，你就是对自己有点儿不自信。”汤克接茬道，“我认为咱们的大方向没错。”

“眼下，我们一定要团结起来。少了谁都不行，尤其是在汤克说的这种情况下更要一起努力，才能顺利解开谜题。”

杰克并没有明说他们离成功就差一步了。但大家都陷入了深深的沉默，一切尽在不言中。

“这儿还有一层，我们去看看是什么情况。瞧瞧也无妨，如果什么发现都没有，我们就回红石附近查一下周围有没有另外一扇门之类的。不过我觉得这一关已经解决了。”说罢汤克游回走廊，朝通往顶楼的最后一个出口而去。

艾米莉看了看汤克，又回头瞅了瞅杰克。“有道理，相信你俩的判断和计划是对的。”她说道，“而且我还要谢谢你们。”艾米莉冲他微微一笑，“你们都是最棒的玩家，跟你俩一起玩《我的世界》太有意思了。”

这番话娓娓动听，杰克多希望时间永远停留在这一刻。可惜转瞬即逝，要是哪一天游戏结束了他会非常失落。

他们仨把每个房间都仔细查看了一遍。每次一无所获的时候，杰克心里都很失望，像大石头压在心里一样沉甸甸的。艾米莉没有埋怨他“我早告诉你了”之类的话，只是埋头往前走。

“找到了，这里就是宝藏室。”艾米莉说道，“一般里边都有金子——”说着她抡起镐子凿向暗海晶石。

为防止漏掉其他房间，杰克仔仔细细把走廊查看了一遍，确实只剩下这一间房了。

刚绕过拐角，他就迎头撞上个远古守卫者。

第三十二章

在暗海晶石底下，金子闪闪发光，艾米莉乐得合不拢嘴。虽然不是新线索，可这是实打实的宝贝，真让人心花怒放。

“杰克，小心！”

她一回头就看见杰克正在跟一个远古守卫者殊死搏斗，敌人妄图向杰克发射致命的激光束。这家伙肯定是个头儿，艾米莉发现这些独眼龙很招人讨厌而且战斗力强大，但怎么可能是自己的对手呢？她把镐子换成钻石剑，向远古守卫者猛冲过去。敌方进攻威力很大，汤克和杰克且战且退，并一有机会就吃东西恢复体力或者溜进气囊逃命，可艾米莉毫无畏惧。她一剑接一剑朝远古守卫者刺去，把对方逼到墙根处，无路可退之下只得束手就擒。终于，它命丧剑下，熟悉的经验值增长声音响起，艾米莉把战利品收入囊中。

“艾米莉，小心你的氧气值！”汤克大喊着，在她身边做了个气泡。

“谢谢。”艾米莉气喘吁吁地说道。

杰克毫不留情地对暗海晶石又劈又刺：“怎么一点儿用都没有？刚刚你不是还能挖进去吗！那个巫师会不会在暗处盯着我们？为了增加通关难度，就把所有东西设计成了打不破的状态？”

“是远古守卫者干的。”艾米莉说道。只要一靠近远古守卫者，屏幕上就会出现让人反胃的效果。“它们让你虚弱疲劳，这种效果会持续一阵子。”

“对，差点儿忘了。”杰克恍然大悟。

“起码咱们把全部守卫者都干掉了，正好可以挨个儿房间仔细检查，看看漏掉了什么——啊！”

“汤克，你还好吗？”杰克大喊着。

“没事，一开始还以为是另外一个玩家，定睛一看才发现是个雕像。快来瞧！”

艾米莉游进隔壁房间。这地方她刚才来过，只有几根深浅不一的海晶石柱所以没怎么在意。汤克蹲在墙角盯着什么东西看，艾米莉开始以为也是柱子，可她启用夜视药水后才看清楚：这是一座举着三叉戟的美人鱼雕像。

“哇，太棒了。”杰克游到跟前赞叹道 。

这座海晶石雕像好似在守护着什么东西，一看就知道是游戏设计者煞费苦心的杰作。

杰克说得没错，这一定是条线索。

艾米莉用鼠标右击了一下雕像，仿佛一道石门一般，雕像上的石头开始移动并发出轰隆隆声，接着整面墙不断重叠，分崩离析后再重叠，经过一番眼花缭乱的程序后徐徐打开，眼前出现了一条深不可测的长走廊。走廊两边镶嵌着蓝绿色的玻璃，海晶灯发出蓝色微光。

“哇，跟那座村庄里的摆设几乎一模一样。”杰克由衷地赞叹不已。

杰克发现的那座海边村庄，艾米莉只见过图片，她猛然间身处其中，不由得被深深地震撼。巫师到底要把他们引到哪儿去呢?

“我们走吧。”汤克果断地说道。

暗海晶石走廊上，海晶灯发出的蓝色微光指引着他们几个离开神殿。这条走廊好像能一直延伸到无穷远的地方，在这条看似寻常的道路上，他们却不知去向何方，不清楚这窄窄的过道两边隐藏着什么，更不明白他们来时走了多远。唯一能做的就是前进，艾米莉头也不回地踏上了征程。

一旦空气短缺，他们就停下来架好梯子。前面又是一段漫长的水路，得赶快休整一下。

“看，有窗户。”杰克说道。

过道两边排列着蓝绿色玻璃窗，微弱的光线笼罩着这条水路。窗外，深不见底的大海像要吞噬掉他们。

“雕像越来越多。”艾米莉插嘴道。

一路上，美人鱼雕像和窗户间隔而设。艾米莉怀疑是自己的眼睛出了问题，因为在《我的世界》里其实是看不到细微表情的，但她却能看到雕像脸上浮现出的一种警觉神色，它们紧握三叉戟好像随时随地准备动手。三个人走在路上，背景音乐让人头皮发麻。这时，窗外深海里，一道道影子闪过，游动的样子不像是鱼。

道路尽头隐没在黑暗中，不仅仅因为超出了视线范围，还因为海晶灯微弱的光芒也快熄灭了。艾米莉的夜视药水效果减退，眼前一切景物都笼罩在深蓝色和暗灰色的阴影中。虽然能勉强看见道路两边的美人鱼雕像，但在模模糊糊中它们开始动了起来。

不对。它们动了吗？

“什么东西？”汤克指着窗外说道，水里有个影子从神殿方向快速朝他们游来。

那个模糊的影子越来越近，最后终于看清了：一条浑身披着鳞片的美人鱼。它手里握着三叉戟自顾自向前游着，好像没注意到他们仨。

“美人鱼！就是我说的那条！”杰克惊叫起来，“看，咱们的方向没错。”

美人鱼越过他们，一直往前游，紧接着又出现一条紧随其后。音乐的节奏加快了，仿佛两条美人鱼来晚了，急着去做什么事。

“天啊，千万别！”汤克哀号起来，“它们不会攻击我

们吧？”

“时刻准备着。”艾米莉说道，紧紧攥着手里的剑。

“不用，不用，先观察。”杰克在梯子那儿换了口气，然后向前游去，“瞧见没有，它们全都往一个方向赶去。”

艾米莉尽力向窗外张望，但角度不对，除了密密麻麻的海藻什么也看不见，只能偶尔看见有条鱼在走廊外悠然而过。她打算上镐子，同时心里做好了打不败的准备。

“慢着，你们看前面！”汤克说道。

在海晶灯忽明忽暗的亮光下，路尽头出现了一道双层门。

艾米莉已经做好充分的心理准备，坚定地向前游去。她不断地变换手里的武器，似乎一切就绪。杰克和汤克也赶过来，接着那道门开了。

无边无际的大海像是要把他们吸进去，一片漆黑中魅影重重。远处隐隐约约有什么东西，好似某种建筑。“又是一座神殿？”杰克问道。

“看着像堵墙，”艾米莉说道，“后面还有东西。”

艾米莉又喝了一瓶夜视药水，海底景物清晰如同白昼。越过满是岩石和海草的沙滩后，海藻轻柔摆动，鱼儿怡然自得地游弋。一群美人鱼乱哄哄地穿梭往来，靠近一看，它们每个人手里都拿着块海晶石，认真地摞起来好像在垒一堵墙。手里攥着三叉戟的美人鱼警觉地游来游去，到处都笼罩着紧张的气氛，好似在等待着什么。

在墙的另一边，艾米莉瞧见了这样一幅奇特景象：蓝色、

绿色和金色互相交织，在穿透海水的阳光映衬下幻化成柔和的光晕。这不就是壁画上的水下城市嘛。除鳞次栉比的人鱼建筑物外，海晶灯发出幽幽的蓝光。有些房子小巧精致，有些房子五颜六色且挂着旗帜，好像商店一样。

人鱼们浑身披挂着色彩斑斓的鳞片，在建筑物的拱门之间进进出出，穿梭往来，为各自的事情奔忙。寺庙和神殿在四周巍巍耸立，把其他建筑物压了下去。海绵和珊瑚茂密繁盛，将城市簇拥在中间，为它增添了一抹亮色。

眼前的景象宁静祥和，但不知为何，艾米莉看着建造城墙的人鱼和手持武器的人鱼匆匆往来，心里感到一阵阵不安。

“哇，太神奇了。”汤克叹为观止，“人鱼们在这儿安居乐业，就像个独立王国似的。我倒想知道它们是不是跟村民一样有份职业，咱们或许能跟人鱼做买卖。”

“有可能，”杰克若有所思，“可它们为什么要砌这堵墙？”

“为什么它们要砌墙呢？”艾米莉喃喃自语道。一切来得有点儿太容易了，他们几个向着城市一直往前游便发现了游戏中梦寐以求的目的地，一点儿难度都没有。按理说每个谜题都有一道难关：要么是逻辑难题，要么跟怪物厮杀，要么通过迷宫。假如海底神殿是第六关……也就是还剩下最后一关了。平静的表面下不知道隐藏着什么暗涌，如果人鱼们正在修筑一项大工程的话，肯定是为了抵挡外物入侵。

他们穿过广袤的沙漠，道路尽头就是城墙，这时远处传来轰隆隆的声音。

声音越来越大，紧接着几乎就在他们正下方传来一阵惊天动地的沉闷轰鸣声。“妈呀，这是什么东西？”汤克问道。

所有的人鱼停下了手头的工作，正在精心用石头垒墙的人鱼们现在攥着三叉戟瑟瑟发抖。

艾米莉定睛一看，墙上出现了一个大洞，周围四分五裂，散落在沙滩上的石块一片狼藉。

她立刻着手查看装备里的东西，哪件最好用？一张附有穿刺的弓？附了耐久的剑？

又是一阵轰隆隆的巨响，声音比刚才还大。

杰克和汤克也拔出剑。艾米莉四处观察想找出声音的来源，但身后只有茫茫大海和海晶石小道，吓傻了的人鱼们纷纷保卫它们的国土。

海底回荡着雷鸣般的爆炸巨响，这声音是从脚下传来的。

“做好准备！”艾米莉大吼一声，她明白即将面对的是怎样的艰难险阻。

在这片沙滩地底深处，裂开了一条巨大的沟壑，炽热的岩浆化成熔岩流喷薄而出，在火山口附近凝结成黑曜石。沸腾的熔岩咕嘟咕嘟地冒着泡泡，突然间有个东西从黑曜石和岩浆块里蹦出来，凡是挨着它的东西刹那间全都变成了齑粉。

怪物从熔岩里钻出来后咆哮着向前游去，这时候艾米莉才看清它吓人的样子：庞大的身躯覆盖着斑驳的深绿色鳞片，长长的鳍在身后扑腾着如同沉船上的风帆。它张开血盆大口吐出一股可以裹挟一切的狂风，威力堪比一千个远古守卫者。

人鱼们就像遭到攻击的村民一样四散奔逃，砌墙的人鱼们恐惧地号叫起来，它们尖利的嗓门儿一个比一个高。

艾米莉的心突突地狂跳着。人鱼们与怪物展开殊死搏斗，投掷出的三叉戟嗖嗖地划出一道道弧形寒光。然而，分毫也伤害不了怪物，对怪物来说那射来的三叉戟就像被蚊子叮了一口差不多。

艾米莉心中一股热血上涌，战士的本能召唤她上前厮杀，她一头冲了出去。为了保护眼前这些人，她从没把个人安危放在心上。“大家冲啊，干掉这家伙！”

杰克与汤克紧随其后，他们向着那头庞大的怪兽游去，跟见首不见尾的大家伙一比，三个人显得如此渺小。

杰克射出一箭，但它飞出去的速度慢得像老牛拉车，根本对敌人没有杀伤力，却引起了怪兽的注意。它咆哮起来，在水里掀起了强大的冲击波，顷刻间就把艾米莉的生命值打成了零。

摇滚巨星红石　被利维坦杀死了。

农夫汤克　被利维坦杀死了。

探险家杰克　被利维坦杀死了。

第三十三章

利维坦才是最难对付的。

“我们根本不是这个卡关怪的对手。”汤克哀号着。这种日子什么时候才是个头？这段时间杰克一直兴致勃勃，可他却受够了。第一次回来的时候，他们自以为准备充足，从城堡一路艰难跋涉回基地，拿到大量装备物资后折返，接着在城堡脚下的山洞里设置了出生点。意想不到的是利维坦强大的冲击波像踩死蚂蚁一般轻而易举地就把他们全给干掉了，几个人只好重新集结，从此以后屡战屡败，周而复始。

他们反反复复地在沙滩上复活，游到海底神殿，深一脚浅一脚地走到人鱼王国，最后还是毫无意外地死在利维坦手里，汤克已经疲惫不堪。每次碰上利维坦从深渊里现身的场景，他们都满怀恐惧，尤其是在明知自己压根儿不是它对手的情

况下就更加害怕。这支队伍什么办法都试过了——不论是朝它扔毒药，还是炸药的远程攻击，或者直接挺剑上前近身肉搏，下场都一样。

汤克从没碰上过这么难对付的卡关怪，左思右想却一筹莫展。不论他们使出什么招数攻击怪物，它都毫发无伤。它发出的冲击波太强大了，根本无法近身给它致命一击。本来这是个引人入胜的冒险游戏，他们的艰巨任务就是解开谜题，发现新事物，但现在却陷入了一个怪圈出不来。被怪物杀死，丢失所有的装备战利品，然后回到基地接着合成所需物品，周而复始，没完没了，一点儿意思都没有。

这时杰克脑子里灵光一闪："要是我们给箭加上附魔怎么样——"

"三叉戟！"艾米莉说道，"三叉戟是水下最好用的武器。"

"三叉戟合成不了。"杰克垂头丧气地说道，"我们得找几个有三叉戟的溺尸，可它们不定什么时候出现！只能看看咱们手头有什么用什么了！"说着杰克用锐利的目光瞧了艾米莉一眼，"你要是看好这个计划，咱们肯定能成功！好啦，再来一次吧。一过了空地，利维坦就要来了。假使咱们分站位同时进攻——"

"这个计划真不怎么样！"艾米莉说着双手绝望地在空中一挥。

汤克打心眼儿里赞同艾米莉的话。杰克每次都准备得过于烦琐，要想获得那些花样繁多的魔咒需要很长时间。艾米

莉只能设计出一个骷髅农场让他们快速升级，但这么一来整个星期就都单调乏味且心情沮丧。

他们已经把社区中心打扫得一尘不染，再也没办法假装忙碌。因为每个房间都整整齐齐，东西都分门别类地装到了箱子里，并贴了标签。除了三台电脑和一个空箱子，其他东西全都送到詹金斯太太家门口了。要不是为了游戏他们大可不必留在这里。汤克明白只要把剩下的东西打包，大门钥匙还给詹金斯太太就万事大吉，但这么一来他们就再也进不来了。

“只要你别顾头不顾腚地冲出去送死，这个计划就行得通！来，我们把过程捋一遍：踏上这条道往前走，三分钟后利维坦从深渊里冒出头。只要我们跑远了，就能躲过它的冲击波！”

“躲不过去的，冲击波无处不在！杰克，咱们的计划没必要具体到每一个细节！”

“必须做详细规划才能总结出打败利维坦的方法！先前肯定是遗漏了哪个步骤。”

汤克叹了口气：“我说一句。”

两个人根本不理汤克，他俩在争论近身肉搏战和使用远程武器的时候，嗓门儿越来越高。

“我们必须协调作战，从长远来看才能给敌人造成足够的杀伤力！”杰克打着手势想说服朋友。

艾米莉不停地摇头，在电脑椅上一圈圈地转悠着：“我还是觉得咱们漏掉了什么东西，利维坦不是常规武器就能干

掉的对手。”

被人完全忽视才是最要命的。汤克没想到朋友们这么对他，好像他的意见根本不重要。

“我说！”汤克猛地站了起来，把椅子往后一推，居高临下地看着另外两人，胳膊抱在胸前。

“你有什么好主意吗，汤克？”艾米莉皱起眉头问道，“是要造一座迷宫把利维坦困住？”

这句话深深刺伤了汤克的自尊心，他气炸了。“哼，谁告诉你们一定要完成这个游戏的？”汤克大手一挥。房间里整洁干净，除了三台电脑，其他东西都堆在墙根，到处都空荡荡的。“社区服务已经完成了。”他们大可不必困在这里绑死在服务器上，为解开谜题挠头。几个人可以开辟自己的世界，要么继续玩眼前的游戏，要么开发新事物，有无穷无尽的可能性，这才是《我的世界》最有意思的地方。

艾米莉惊呆了，脸上闪过痛苦与迷茫的表情，然而转瞬即逝。她挺直后背，抽了抽鼻子。

“汤克，你说得对。”她习惯性地把头发往后一甩，“咱们的活儿干完了，没必要非得赖在这儿，想不到跟你俩浪费了这么多时间。”说着她关掉电脑，抻平了衣服，气呼呼地冲出了房间。

杰克惊恐地瞅了一眼汤克：“伙计，你这是怎么说话的！”然后追了出去。

“我不是这个意思——”

杰克已经出门了。

汤克垂头丧气地跟在后面。

他的脚步声回响在空荡荡的大厅里。家具全都搬走了，地板光秃秃的，窗户擦洗得干干净净。真奇怪这里曾经是自己无比向往的地方，大厅仿佛开启了他和艾米莉、杰克一起在《我的世界》的冒险之门，还有那些一起欢笑一起开心聚餐的欢乐时光。

艾米莉刚一推开玻璃门，杰克就张开双臂把她拦在门口。

“杰克，你让开，我要回家。”

“你不能走！是你说的，我们一起开始就要一起完成！”杰克不顾一切地高声嚷嚷着，“求你了，艾米莉！加油！我知道利维坦很难对付，可这是最后一关，咱们一定能赢！”

艾米莉的脚不耐烦地跺着地面，鞋子发出断断续续的咔嗒声。“杰克，即使完成了服务器上的游戏任务，那又如何呢？”

“这——”杰克求救似的瞅了瞅汤克。

我们可以开创自己的世界啊，这句话已经到了汤克嘴边，可还没等他开口，艾米莉迎面给了一击。

“你觉得开学以后我还会跟你俩一起玩吗？”说着艾米莉放声大笑，不相信地摇着头。“根本不可能，知道吧？”说着她推开杰克，走进了公园。

轻飘飘的几个字却像石头沉甸甸地压在他心里，整个夏天汤克一直提心吊胆的事变成了现实。

他知道艾米莉说得没错。情况和初中时没两样，只会比

现在还糟糕。高中的水更深，稍有不慎就会成为全体师生嘲笑的对象。

杰克依然亦步亦趋地跟着艾米莉，并且示意汤克一起跟上来。

汤克垂头丧气地耷拉着脑袋过了大门，不管杰克说什么，看样子艾米莉的决心已下。

“我的天啊，艾米莉！好久不见！”

公园里传来激动的尖叫声，汤克停下了脚步。一个女孩和另外一个女孩从南门过来，兴奋地朝他们——不对，是朝艾米莉兴奋地挥着手。其中一个跑过公园张开双手搂着她，艾米莉吓了一跳，眼睛瞪得老大。汤克认识这两位，学校里颇受瞩目的帕蒂和妮塔，是他避之不及的人。她们常常在自助餐厅叽叽喳喳地拿汤克这样的人寻开心。

艾米莉吓得目瞪口呆：“帕蒂，你们怎么来了？”

帕蒂玩弄着从发髻上垂下的一绺卷发：“我妈妈打电话给你妈妈问她想不想参加家长会，到时候有个返校欢迎烘焙宴。我还纳闷儿呢，你不是被禁足了吗？可是你妈妈说没问题一定参加！更好玩儿的是我发现你的地址变了，是搬家了吗？”

她滔滔不绝地说个不停，汤克真怕她一口气喘不上来。

这时帕蒂的目光从汤克身上移到了杰克身上，他俩一个佝偻着背在工地里游荡，一个手脚无处安放，尴尬地站在艾米莉背后。帕蒂抽着鼻子好似闻到一股汗酸味：“发生什么事了？这俩人是谁？”

汤克接触到艾米莉的眼神，绝对不是那个他熟悉的风趣幽默、勇往直前的女孩。她冷漠的眼神在他俩之间筑起一道高墙，仿佛拒自己于万里之远。

“不认识，”艾米莉说道，“就是跟我一起做社区服务的那些家伙。”她嘻嘻哈哈地搂着帕蒂的肩膀，径直从杰克身边走过。

“爱认识不认识！我可不想死皮赖脸地跟你做朋友。”杰克气得嘴唇直抖，“有这工夫还不如自己玩，起码不用费劲巴拉地关照一个没头没脑、全凭冲动做事的莽夫，或者只会盖漂亮迷宫的家伙。”

“连你也……”汤克说着不由得往后退了一步。他还记得杰克说过根本不计较自己没别的爱好，就喜欢制造美好的东西。他还以为他们两个人永远不会因为这个拿他开涮。

明摆着他大错特错。

好像艾米莉也听见了杰克的话，她迟疑了一下，然后加快脚步穿过公园消失在她家塔楼里，连头都没回。

这时杰克才仿佛从刚才的尴尬中清醒过来，他看了汤克一眼低头看着自己的脚面：“我——”

“嗯，明白了，你的话有道理。”汤克垂头丧气地回答，“我们只是一起玩《我的世界》罢了，根本算不上朋友。咱们几个连游戏都玩不好，临时组个队而已。”过去几天里，他们一直在兜圈子，绞尽脑汁却一直是利维坦的手下败将。说不定这个结局反倒好。社区服务计划完成了，社区中心即将被

拆除。那个服务器只是他们打发时间的东西，一切都结束了。

汤克的口袋里嗡嗡响着。

沙克 上午 11:21

咱们周五出去玩，别忘了我的话，到时候老地方见。

汤克抬起头看了一眼杰克。整个夏天，他在内心里都在逃避自己的身份，逃避人们的眼光，硬要融入不属于自己的集体有什么意义呢。

汤克摇了摇头：“艾米莉说得对，你心里也明白。像我这种人——其实每个人都有自己的圈子。这是——”他清了清嗓子，“这是行不通的。咱俩是两个世界的人，在社区中心边干活儿边玩确实挺好的，但过去的就让它过去吧。”

杰克张大了嘴想说什么，可是又闭上了嘴巴，眼睛里闪烁着泪花。

汤克临走又看了一眼杰克：“开学以后咱俩就当不认识吧。”他低头瞄了一眼手机，然后离开了杰克，离开了社区中心，也离开了曾经以为拥有的一切。

然后简单地回复了沙克一个“好”字。

第三十四章

杰克的脑袋晕乎乎的，躺在床上的时候脑海里还不断闪过早晨的一幕幕情景。一切发生得猝不及防，艾米莉和汤克就这么跟他闹掰了。杰克敲詹金斯太太的房门时，感觉一股股血直涌上脑门。面对笑容可掬来开门的詹金斯太太，杰克一丝微笑也挤不出来。

“我们干完了。”杰克说道，语气沉重僵硬又尴尬，他交出了钥匙。“还剩下，嗯，三台电脑，有个箱子能装，还有一张桌子，我——我到时候送过来。”

“哦，不用担心，回收人员随时都能过来，直接去取就行。”她的脸上带着奶奶一般慈祥的微笑，“你们干完活儿了是吧？玩得开心吗？”

“干完了。”杰克的语气和他的心一样空洞无比。

“是嘛。”詹金斯太太说道，“太棒了——我烤了饼干，你和你的朋友——”

杰克感到一阵虚脱，浑身战栗，逃也似的跑回家了。

白天不去社区中心待在家里，感觉很不习惯。杰克蜷缩在卧室里，开着笔记本电脑。电信公司的人刚来过，现在无线网络也接通了。可他一点儿兴趣也没有，因为最好玩儿的游戏在那座快要被拆掉的房子里的一台破服务器上。

他把脑袋深深埋进枕头，沮丧地哀叹着。

“哟，你怎么啦？”

杰克抬起头，看见爸爸犹豫地站在卧室门口，手里拿着写字板和厚厚一沓文件夹。

“听詹金斯太太说，你们的社区服务干完了，真棒！”

“没错，我们干完了。”杰克气若游丝。

爸爸走进来坐在床边：“我一直为你骄傲，你弥补了违反规则闯下的祸，意义远远超过给一位老人家搭把手。”

杰克的脸深深陷在枕头里不想抬起来，他恨不得凭空消失，躲在恐龙印花的松软棉被里隔绝外面的烦恼。

对啊，他可以让自己消失：“爸爸，太平洋波峰的工程完结了吗？我们搬走吧？”

爸爸微笑着摇了摇头：“孩子，我说过啦，为了你我要留下来。你再也不用发愁每年都交不到新朋友了，咱们在这儿上高中。”

“可是——”

“我说话算数，”爸爸叹了口气，“虽然我没法儿总是陪在你身边，可这个夏天你过得还不错吧？况且棒球赛每年都有，经常听你提起新交的朋友，太棒了。”爸爸笑眯眯地打量了一下杰克的房间，“儿子，这地方不错。”

杰克扫了一眼卧室，桌子上堆满了利维坦和水下城市的笔记、涂鸦和画作，里边还夹着几页坐标，一张艾米莉拍的宝丽来照片，照片里他们仨正在公园里吃午饭。杰克的衣服全都在抽屉里，因为他总是懒得收拾行李箱。书架上满满当当，因为每次要跟汤克交换连环画时在书架上找书更容易。不知不觉中，杰克已经安定下来了。

可现在已经无所谓，一切都完了。开学后，汤克与艾米莉肯定都不理他，杰克又变成了孤家寡人。

更让他难受的是他们以前很要好，每次碰面他脑海里都会闪过艾米莉临走时看他的眼神，就像看一个陌生人，还有汤克走之前说的那些话也让他很难过。有时候跟他们玩虽然有点儿烦，但几个人配合得天衣无缝，无比开心。

“啊，有个事，你听了肯定开心！你不是一直想在拆除围墙时亲手砸上几大锤吗？我保证改造的时候带你去现场抡几下大锤怎么样？伊莎贝拉说下周一动工！带劲吧？”

对呀，差点儿忘了。眼看几个人就要解开谜题。还有那座城市，杰克仿佛看见可怜的人鱼在水下王国里每天被一头恐怖的怪兽欺凌，却孤立无援，眼下再也没人能拯救它们了。

爸爸上班后，杰克在公寓里无精打采地走来走去，盯着电视漫不经心地换台，想看电影却找不到喜欢的影片。他打开手机想发信息给丹尼，看他在不在俩人的服务器里玩《我的世界》。但猛然想起来，已经两个星期了，丹尼还没回复他的上一条短信。杰克叹了口气，几年来他一直感觉两人渐行渐远，现在终于变成了现实。杰克启动《我的世界》来到以前的地盘，已经太久没光临了。

现在的感觉截然不同。

每取得一个成就，创造出一个精彩的世界，他都忍不住想给朋友们瞧瞧。杰克想念大家一起探险的日子，想念艾米莉看见一群怪物就吼叫着猛冲上去一顿乱砍，还有汤克没心没肺地发表意见，一切都妙趣横生。

可是随着周一改造项目开工，以前的日子再也回不来了。

会不会是杰克漏掉了什么，说不定还有其他办法干掉利维坦。

他的双脚不由自主地向社区中心走去。社区服务已经完成，按理说他不用来了，但现在还有时间，杰克想趁着工程队没到，格兰特十点才上班的机会，从围栏缝溜进去。

杰克蹚过茂盛的草丛，公园里的杂草在脚下唰唰地响着，这时传来一个恼怒的说话声，他赶紧停下了脚步。

“妈妈，我不饿，你看你又来了。工作的时候别老烦我。”

“不是我故意烦你，我也住这儿，这些大厦都归我管！你让我去哪儿？”这是詹金斯太太的声音。她其实是个和蔼

的人，还给他们带过午饭，心地善良。

她身边是另一位女士——难道是她女儿吗？杰克赶紧躲到灌木丛后面。

人行道上响起一阵刺耳的高跟鞋咔嗒声，两个人走过杰克的藏身处。那位和詹金斯太太在一起手拿笔记本电脑穿西装的女士，他认出是谁了，伊莎贝拉·雷耶斯，大厦的新主人。

慢着，妈妈？她竟然是詹金斯太太的女儿？

“多少吃点儿吧。你自己也说过每天都忙得团团转，我做了这些饭菜你就不用——”

“我说什么来着，妈，你别在这儿碍事，我不吃。”

伊莎贝拉紧紧攥着笔记本电脑就像拿着一面盾牌：“已经过饭点了知道吗？你千万别跟我唠叨晚饭什么的，我有自己的生活和事业——”

“我知道，你事业有成，是我的骄傲，其实吧——”

“你没资格为我骄傲。”伊莎贝拉的语气咄咄逼人，“你又没功劳，别烦我。”

她重重地踏着高跟鞋扬长而去，咔嗒声渐渐远去。

詹金斯太太看着女儿的背影，嘴唇不住地颤抖着，她举起手在脸上抹了一把。杰克往后一闪，想躲到暗处。没想到身后有个东西掉下来咣当一声砸在人行道上——是个易拉罐。

詹金斯太太一转身瞧见了草丛里的杰克。

他倒抽一口冷气，真希望自己有隐形药水或者地上有条裂缝钻进去，但情急之中只能拔腿就跑，逃之夭夭。

第三十五章

“你的房间太可爱了！我早应该来的！”

帕蒂进入艾米莉的卧室后，用带着颤音的尖细嗓门儿嚷嚷着。她一把抓住艾米莉，脸上乐开了花。

她用胳膊环抱着艾米莉，咯咯笑着把她拉过来：“见到你太好了！”

“见到你我也很高兴。”艾米莉说道，不由得笑了。

妮塔笑眯眯地跟她们紧紧拥抱在一起。“久别重逢，”她说道，“必须发一张合照！”说着她举起手机伸长胳膊，三个人就像以前那样笑容可掬地面对镜头。

妮塔嘻嘻哈哈地给她们仨抓拍了几张，精心挑选了几种滤镜让艾米莉和帕蒂选择，最后由帕蒂拍板。

和帕蒂、妮塔她们在一起真开心，艾米莉被这种久违的

温馨所感染。帕蒂层出不穷的点子，妮塔别出心裁的俏皮话，总是能把一个无聊的下午变得充满激动和喜悦。她们是最铁的朋友，即使有过猜忌不安也只是小插曲而已。

她们仨还跟以前一样，但不同的是这次是在艾米莉家。

帕蒂和妮塔对这座破旧的公寓大楼倒是没嫌弃什么。

两个女孩坐在艾米莉的印花床单上，四处打量她的房间。虽然几个人经常结伴出去玩，可她俩还是头一次来家里做客。艾米莉紧张得手脚都没地方搁，房间里的每个摆设尽收眼底：悬在床上的仙女灯，乱糟糟的衣橱，一桌子的宝丽来相片和大大咧咧地蹲在那儿的相机。

猛然间艾米莉想起来，在这堆以夏天大自然和建筑物为主题的照片里，还有一堆对杰克和汤克的抓拍：汤克戴着一顶他们偶然发现的怪异帽子，杰克在背后狂笑；杰克举着拖把跳舞；汤克拿着一束几个人散步时摘的雏菊，他笑眯眯地指着那些花儿；大家都戴着杰克拿来的面罩，藏在面罩后面的是他们亮闪闪的眼睛和灿烂的笑容。

艾米莉一想起离开时杰克颤抖的嘴唇，深深的愧疚就啃噬着内心，她看着这些照片时变得更加难过。有时候跟他们在一起是有点儿烦，总是对利维坦白费力气也让自己很抓狂，但跟男孩子们相处，在《我的世界》里并肩作战……不用伪装真实的内心，确实很舒服。

她将照片全都放进拉开的抽屉里，不动声色地藏到看不见的角落。曾经的美好已经过去，现在必须回到现实，怎么

说都是最好的结果。一想到这儿，艾米莉的心就好像被狠狠地撕碎成了无数片，但长痛不如短痛。

又回到帕蒂和妮塔的圈子里，用不了多长时间，她们就会发现这个秘密，人前一套背后一套的日子太难熬了。

“不好意思，家里太乱了。”艾米莉说道。

“瞧你说的，我可喜欢你这么布置了！”妮塔叽叽喳喳地说道。

帕蒂也附和地点头：“光线正好，搭配窗帘的背景，真的很漂亮，咱们应该拍个照。”刚刚问艾米莉是不是搬家了，她避而不答，帕蒂瞟了她一眼然后低头滑动手机，一言不发。

帕蒂一定是在试探自己。艾米莉谎报家庭住址的事瞒不住了，然而帕蒂依旧不动声色。

艾米莉耸耸肩：“什么呀，你家房子才气派呢，用来拍视频最好不过了。”她漫不经心地说道，“装饰简约大方，怎么拍都好看，哪像我家这么乱。”

帕蒂乐不可支，兴奋地说个不停：“正好，咱们可以拍另外一种风格的视频！艾米莉，咱们要把以前错过的都补上！还有，我帮你的视频想了好多点子！”

听了这话艾米莉的心突然一沉，帕蒂和妮塔你一言我一语地讨论以后在视频网站上怎么发视频。艾米莉对帕蒂说的内容一点儿都不感兴趣，每次打扮得漂漂亮亮出去玩还行，违心地把精力都浪费在制作视频上太难受了。

“哎哟，这个太可爱了！你妹妹画的吗？”妮塔翻看着

床头柜上的一本图画书问道。

艾米莉瞥了一眼妮塔递过来的东西——原来是它。书上画的是美人鱼，是以前社区中心的某个孩子的杰作。双胞胎妹妹说不定喜欢看，所以她就随手带了回来。妈妈经常交代她多带些画册回来给她俩作读物，但自己总是忘在脑后。

“社区中心还在的时候，里边的孩子画的。”艾米莉说道，“我觉得很可爱……”她的声音越来越小，手指摩挲着书页。

书上用绿色和黑色的蜡笔清晰地描绘出了利维坦的形象。艾米莉把故事又读了一遍，忽然间心脏怦怦直跳。

“对不起，我忘了还有件事没做。”艾米莉说道，“我们下次再出去玩好吗？”

第三十六章

“你知道吗？伊莎贝拉是詹金斯太太的女儿？”吃晚饭时，杰克问爸爸。

在草丛里偷看被发现后，杰克飞快地逃回了家，他总感觉身后跟着詹金斯太太那像鹰一样犀利的目光。在她眼皮子底下不可能回社区中心了，况且他们的活儿都干完了。

“什么？哦，对，对。这是整个工程里最麻烦的地方，因为她不想跟妈妈有任何瓜葛。”爸爸说道。

“为什么呢？”

爸爸叹了口气没有抬头：“是詹金斯太太的责任，伊莎贝拉小时候妈妈很少在身边。”

杰克用叉子扎进意大利面里不停地转，一直到卷不动为止。“那社区中心和这些公寓呢——伊莎贝拉是在这儿长大

的？为什么她想拆了重建？”

爸爸耸耸肩：“我猜是以前那些经历不堪回首吧。她想将这里改头换面，升级翻新。”

杰克想起照片上那个小女孩抬头望着父母的样子，谁知道后来发生了什么事。

“你知道社区中心以前的活动和设施吗？我们打扫的时候发现好多老照片和剪报文章，”杰克说道，“好像有海滩清洁活动和野营之旅，反正那里整天都挤满了孩子。”

爸爸点点头：“知道，在最鼎盛的时期，它声名远扬。在西雅图伊莎贝拉刚请我当这座大厦的项目经理时，我们讨论过设计稿。她向我征求意见时，我头一个就提出类似社区中心的设计，但伊莎贝拉矢口否决。可能是勾起了她不愉快的回忆，以前她的妈妈光顾着跟其他孩子相处却冷落了自己的女儿，可具体怎么回事我也不清楚。”他忧伤地盯着眼前的肉酱意大利面，“所以，我正在尽力照顾两边的情绪，知道吗？”

“爸爸，我懂。”杰克低头望着盘子。

“记得吗？夏初咱们计划了许多要一起做的事，以前我太忙了所以答应你去看道奇队比赛或者去海滩玩都一拖再拖。不是故意找借口，我说的话都是真的。自从你妈妈去世后，我……我一蹶不振。”爸爸说着哽咽了，嘴唇不停地颤抖着，“我只想逃避，你懂吗？害怕看到以前那种生活情景。”

杰克心目中爸爸的形象高大伟岸，可能是因为他周围都

是一帮硬汉，他们齐心协力造出的杰作总是令人叫绝。爸爸一直是老大，他说东别人不敢往西，不论碰上什么难题他都能轻松化解。

可现在他全身瑟缩佝偻着背，看起来身形瘦小，爸爸神色凄惶地抬头望着杰克。

“我懂了。”杰克说道，“可能我也一样，面对新学校的陌生人，我总是主动想交个朋友，但知道迟早要搬家所以又放弃了。我不想跟别人产生感情，也没给别人机会。”

“你尽心尽力地完成了社区服务工作，我真为你感到自豪。”爸爸说道，“而且你还交到了艾米莉和汤克这样的朋友——他俩都是好孩子，你也是好孩子。”

杰克觉得自己算不上好孩子，简直坏透了。与艾米莉、汤克闹翻都是自己的错，伙伴们不喜欢作战计划，就不应该把他们逼得太紧。现在马上就要拆除社区中心，游戏任务这辈子都完不成了。

杰克的视线开始模糊，肯定是眼泪闹的。他在盘子里叉了一大口面条塞进嘴里，黏糊糊的面条粘到了上颚真难受。他不禁想起爸爸以前总是叫外卖或者留钱让他解决一日三餐，可今晚爸爸看了好多视频学习怎么做酱汁，还跟杰克一起做了面条。爸爸跟以前截然不同的表现很滑稽，杰克有点儿不习惯。以后他俩就在这里安定下来了，但杰克却毁了和朋友的珍贵友谊，毁了一切。

他又塞了满满一嘴面条，一边嚼一边点头，这样就不用

说话了。

“想聊的话随时来找我，好吗？一点儿不碍事。我虽不是无所不知，但试试无妨。”

杰克把嘴里的东西囫囵咽下：“爸爸，我把事情搞砸了。”接着他从头到尾连同细枝末节一起和盘托出：怎么发现服务器，跟艾米莉和汤克一起玩，大家变成了好朋友——反正杰克把他们当成了好朋友——后来那天早上起了冲突。说着说着，杰克的声音哽咽了。

“你把我关禁闭吧。社区服务项目本来是为了惩戒的，但我们却趁机玩起了游戏。”

爸爸一听乐了：“别那么自卑——其实你和朋友们完成了清扫整理工作，帮了詹金斯太太一个大忙，又凑巧发现了一个特别好玩儿的游戏。”

“也对，”杰克叹了口气，“可现在有什么用呢，大家都讨厌我，社区中心被拆除前也没法儿去拯救人鱼王国了。”

“人们的话常常会言不由衷。”爸爸回答道，“相信你的朋友能理解你，去跟他们诚心诚意地道歉吧，把你跟我说的话原原本本地告诉他俩。”

没那么简单吧，能行得通吗？

杰克敲了敲汤克家的房门，心脏紧张得扑通扑通直跳。他在门口踱来踱去，道歉的话哽在喉头。

门开了，薇薇安好奇的目光仰望着他。杰克低头看着地面，

两只脚不知道该往哪儿放：“你好，那个……汤克在家吗？”

薇薇安摇了摇头：“可能是跟沙克出去了吧。”

“噢。”

“要我转告他你来过吗？”

“我发信息给他吧，我想——”杰克不知如何是好，他不愿意发短信道歉，“过一会儿我再来吧。”

离开西塔楼后，他抄近路穿过公园来到北塔楼，跳上楼梯间，顺着走廊朝艾米莉家走去。敲了几下门后，他在原地等待，不知道她是否也跟朋友出去玩了。瞧吧，朋友们宁愿和其他人在一起也不想找自己，他郁闷极了。

门开了，艾米莉的姐姐卡门懒洋洋地低头瞟了他一眼。“谁呀？原来是你，”她说道，“艾米莉不在家。”

“知道她几点回来吗？”杰克忐忑不安地问道。他也可以发短信，但觉得这么重要的事还是当面说比较好。

“不知道，回见。”她翻了个白眼关上了门，把杰克孤零零地留在门外。

在往楼梯间走去时，他一眼就发现社区中心亮着一盏灯。

杰克冲下楼一溜烟跑过公园，越过铁链围栏，从警戒线下面钻过去，心脏咚咚地跳着。接着他一把推开了电脑房的门。

屋里空荡荡的，但有一台电脑开着。杰克皱了皱眉，四下里打量着：“有人吗？谁在这儿？艾米莉？汤克？”

他坐了下来，《我的世界》打开了一个窗口，好像刚刚有人玩过。

加载屏幕上跳出一个消息说，有个玩家已经登录了这个世界，杰克急忙进入游戏。难道是艾米莉和汤克不想就此罢手吗？他们回到这里一定是为了这个目的吧？

杰克在城堡下面山洞里的沙滩地带生成。望着另外两张床，心里不禁一阵感伤，他更加想念朋友们了。为了解开谜题他们一起经历过多少风雨。山洞里空无一人，说不定他俩在别处。最近的对话框里除了上次他们仨一起退出的信息外，什么都没有……突然间新蹦出来一行字让杰克的心又狂跳起来。

波峰巫师 进入游戏。

杰克向四周看了看，巫师自从一开始攻击他们后就没再冒头，但伙伴们跟着巫师给的线索一路过关。为什么现在又出现了？

〈探险家杰克〉你好，是巫师吗？

〈探险家杰克〉我们正在对抗利维坦，有什么办法打败它吗？

〈波峰巫师〉当然有。

〈探险家杰克〉我们是漏掉哪个谜题了吗？该怎么做？

无人回答。

杰克一头扎进海里顺着那条路往神殿游去。他必须再去会会利维坦，看看是否落下了什么线索。既然巫师在这儿，肯定会帮他。

〈探险家杰克〉是你开辟了一条贯穿下界的近路，以前也帮过我们，所以现在又来了是吗？

道路尽头的门推开后，门外沙滩前站着的正是那位巫师，他正一动不动地盯着面前的人鱼王国。

〈探险家杰克〉是你！要跟我们一起玩吗？我去叫我的朋友吧！

〈波峰巫师〉没必要。多年前我设计了这款游戏，可已经忘了该怎么打败这个亲手造出来的怪物了。

〈探险家杰克〉你做了记录之类的没有？

〈波峰巫师〉我已经卸下了许多能勾起回忆的负担，对不起。

杰克不禁仔细打量着对方的化身，不过是一堆像素罢了，可巫师看样子陷入了沉思，目光茫然地投向了远方。

〈探险家杰克〉你以前帮过我们呀！

〈波峰巫师〉你想看看大结局吗？我带你去好不好？

直接被传送到王国去？一点儿成就感都没有。杰克多想真正融入故事里，从大怪物的魔掌中拯救人鱼啊！

〈探险家杰克〉我才不要呢！这可不是玩游戏的初衷。

〈探险家杰克〉我还是觉得漏掉了哪一步！

〈波峰巫师〉一点儿印象都没有，也找不到了。可以去查代码但要花很长时间。明天就开始装修了，他们马上要拆除座机线路。来不及了。

巫师向前走去，接下来发生的事跟杰克目睹过无数次的一模一样：脚下裂开一条缝，利维坦蹦了出来，怪兽的嘴里发出一股巨大的冲击波扑向巫师，还没等他反击，巫师就一命呜呼了。

波峰巫师　被利维坦杀死。

杰克目瞪口呆，他不知道结局是什么，但这个下场也太难堪了吧，巫师打算自暴自弃了吗？

波峰巫师进入了游戏。

〈波峰巫师〉感谢你来到这个冒险的世界。

波峰巫师退出了游戏。

利维坦双眼发出血红的光转身向他扑来。没等它得逞，杰克就断开了连接，垂头丧气地瘫倒在椅子里。

《我的世界》屏幕不断地变换着，等着他做出选择，悦耳动听的音乐声仿佛在嘲笑他。

门咣当一声开了。

“你在这儿！”艾米莉瞪大眼睛喘着粗气说道，手里攥着一个笔记本。“你怎么不在家！”

“你去我家了？我刚才去你家找你了！”杰克委屈地看着她，“你姐姐说你出门了。”

艾米莉跑过来，眼睛里闪烁着激动的光芒，她把手里的笔记本高高扬起。“我找到了——我——”她结结巴巴地说道，犹犹豫豫地站在几步远的地方。

他们对视了好一会儿。杰克整理了一下纷乱的思绪，爸爸的话萦绕在耳边。他不想要这样的遗憾，他不愿意错过真正的友谊。

“对不起。”杰克开口道。

“对不起！”艾米莉几乎同时脱口而出。

他俩笑了起来，不约而同地做手势请对方先说，这又让两人忍俊不禁。虽然有点儿别扭，但看到艾米莉的笑容，杰克心里乐开了花。

“我真不是那个意思。”杰克说道，“艾米莉，你的风格很棒。虽然跟我的方式截然不同，但我喜欢你的风格。”

“你的风格也很酷。”艾米莉说道。她忐忑地低头看了看地面，然后抬头看着杰克，“我真的很喜欢跟你和汤克一起玩，可是帕蒂突然冒出来，跟利维坦对抗屡战屡败，游戏眼看就要结束，所以我……”

杰克点点头：“明白了。我确实碌碌无为……要是在学校里不想跟我来往，你也别勉强。”

艾米莉像拨浪鼓一样摇着头：“你知道吗？我想通了，就像你说的，要广交朋友，对吧？”

“没错。”杰克回答道。“朋友来一个？”说着艾米莉伸出手，两人碰了碰拳，艾米莉不禁乐了。

杰克嘻嘻笑着，想起三个人第一次见面的场景。他们像精密的钟表齿轮似的咬合在一起解开谜题，每个人都贡献出了自己的力量。艾米莉的作战技巧，汤克抽丝剥茧般解开难题的能力和——

“我得找汤克谈谈，”杰克说道，“他一定恨死我了。”

“咱们一起去。”艾米莉说道，“我觉得集思广益一定能解开谜题。”说着翻开了手里的笔记本——就是刚才她们发现的那本美人鱼故事的蜡笔画册。“看着眼熟吗？”艾米莉翻到有利维坦的那一页。一条美人鱼和大怪物对峙着，手里举着一把金光闪闪的三叉戟。

杰克屏住了呼吸。

“就是它！秘密武器！”杰克激动得手足无措，心中升起了一股希望，浑身充满了力量，柳暗花明又一村。

第三十七章

整整一个星期，汤克一想到星期五就头疼，然而这一天真正到来时他反而松了口气。汤克出现在小巷子的垃圾箱旁边时，沙克已经到了。他像热锅上的蚂蚁转来转去，脚下踢着一个易拉罐，铝罐飞到北塔楼墙上，铛一声落在汤克脚下。

“来了。”汤克说道，算是打了个招呼。

沙克嘻嘻笑了，嘴里的金属牙套在昏黄的光线下闪着异样的光。“我给你个好东西。”

“什么东西？”汤克双手抱在胸前，没指望有什么惊喜。上次沙克送自己的礼物是发胶，因为他命令所有同伙必须跟他梳一样的大背头。

“还记得你一直想要的运动鞋吗？告诉你吧，我能帮你用很便宜的价格拿下来。”

“我还没凑齐钱呢。”汤克说道。他已经在慢慢攒钱了，可是自从米沙拉先生雇了爸爸在店里当修理工，他就没再打零工了。那双鞋好像一个遥远的梦。确实，鞋子很酷，但他现在不需要了。加上爸爸终于不把注意力放在家里了，真好。早上，爸爸还跟他说了一些很奇怪的话，到现在汤克还没反应过来。

打他记事起，爸爸就一直毫无头绪地瞎忙，并且还自鸣得意。汤克没完没了地帮他收拾烂摊子，简直烦透了。可今天早晨，爸爸破天荒地做了早饭，坐在汤克对面递给他一个信封，里面有钱。“汤克，你不用辛苦工作了。”爸爸说道，“你还是个小孩子，不用承担大人的工作，那是我的事。”

“啊？”汤克蒙了。

“我给薇薇安买了几本她喜欢的编程书。你不用——放学后，你不用去打零工了，知道吗？我和你妈妈会照顾你们的。汤克，你是好孩子。你这么负责任我很欣慰。但你还是快乐地当个小孩子吧。”

汤克还在反复回味爸爸的话，想着一个小孩子要什么。也许是一双运动鞋，可现在不需要了，不着急。

沙克嘿嘿笑着摇了摇头：“好消息。是这样的，我哥想请你搭把手。”沙克笑得嘴都咧到了耳朵根，“帮他一起去购物，肯定能帮你带一双鞋。十一码是吗？”

汤克疑惑地瞧了瞧对方：“‘购物’是什么意思？我以为你哥在恩莫鞋业工作，你说过可以用他的员工折扣。”

“不是，他被炒鱿鱼了，所以今晚要去那儿搬个精光。”沙克朝路边停的一辆车偏了偏脑袋，一个长着和沙克一模一样的宽额头的家伙从车窗里探出头来，朝沙克和汤克微微摆了摆手。“他想要个大块头给他撑场子。”

“AJ 和格斯呢？”

“那俩家伙都是㞞包。伙计，我看好你。”沙克说着一把抓住汤克的胳膊假装要把他的二头肌露出来，“你的块头大得吓人，不论是谁看见咱俩在一起都会让咱们三分。”

汤克把胳膊从沙克脏兮兮的手中抽回来。他最恨的就是通过自己的体形引起大家注意。原来这就是为什么当时沙克跟他做朋友的缘由。

沙克什么时候考虑过汤克的需求呢？他不喜欢梳大背头，不喜欢为了球票去恐吓城堡公园里的孩子，更不喜欢别人看见自己就害怕的感觉。

汤克想起了很多事：米沙拉先生一辈子总是在辛勤工作，而自己要工作多久才能赚到买生活必需品和付房租的钱，爸妈必须多么努力才能保证家庭开销，自己多长时间才能建起一座错综复杂的迷宫，还有必须如何地全身心投入才能得到完成一项设计工程的满足感。

汤克以前盲目地跟从沙克他们。

但现在他醒悟了。

“不干。”汤克站稳了脚跟说道。脚下的水泥地硬邦邦的，感觉安稳，舒心，牢靠。

“就是把几个箱子从店里搬到克里斯的车上，易如反掌。”

汤克纹丝不动：“没门儿，我不会帮他偷东西的。”

沙克目露凶光：“你说真的？我可一向待你不薄。”

“你没给过我什么好处。”

“知道以前学校里大家叫你什么吗？弗兰肯斯坦怪物！没错，你像个怪物。就因为你七年级穿的那件难看的毛衣。”沙克双手抱在胸前，傲慢地仰望着汤克，“你就是那副德行，我呢？趁这个机会把你的名字给改了。”

“机会”这个字深深地刺进汤克的心。这就是沙克为什么总是缠着和他一起出去玩——汤克身形魁梧高大，沙克狐假虎威。他才不关心汤克呢。

“我不想去。”汤克直截了当地说道。

“觉得我们配不上你了，是吗？汤克，你这个无名小卒，彻头彻尾的失败者。你迟早会后悔的，我会让你知道拒绝我的下场。”沙克冲车里的克里斯挥挥手，带着狞笑逼过来，“没想到吧，那个弗兰肯斯坦怪物的外号——开始是我起的，我能让它怎么消失还能让它怎么回来！”

汤克不由得往后退了一步。其实大家都不知道，他从来没打过架。看着沙克的哥哥下了车朝他一步步逼近，汤克有点儿发怵。他背对着垃圾箱，沙克堵住了他去院子和马路的唯一出口。

他不想伤害别人，也不想白白挨揍。

沙克狞笑着一拳砸在掌心上：“这就对了。”

汤克一直退到垃圾箱，举起双手。没错，他完蛋了。如果沙克和哥哥把他揍一顿，从此以后他在学校里就再也抬不起头了。

响亮的警笛声突然响彻云霄，刺耳的声音直穿小巷。

“怎么回事——”沙克踉踉跄跄地往后退。

一个刺啦刺啦的声音响起，好像是从扩音器里传来的。“小心可疑人物，我们正在搜查恩莫鞋业一名前雇员，褐色头发——”

克里斯一把抓住沙克的肩膀：“我们赶快走！”

汤克看着他们冲向汽车，在夜色中狼狈逃窜了。可不论怎么找，他都没有找到警车。

“快过来！”

杰克和艾米莉从敞开的楼梯露台向这边张望，朝他不住地挥手。

“没想到吧，变声器太神奇了。”艾米莉自豪地说道，“你还好吧？”

“没事。”汤克一脸诧异地回答道。

顶层楼梯间的门咣当一声关上了，没一会儿杰克和艾米莉从侧门来到小巷。

“是这样，”杰克说道，“我想向你道歉，那天早晨我不是那个意思。你是个很棒的玩家，那些很酷的装饰和花儿漂亮极了。你的农场物产丰富，让人佩服至极。”他说着加重语气，“汤克，我很喜欢跟你一起玩。”

“我也是，”艾米莉接茬说道，“对不起，在社区中心我那么说不是要断交。这个夏天跟你们一起浪费时间我很开心，嗯，其实这是我最开心的一段日子。当时碰上了学校里的朋友，可你们俩也是我朋友。能原谅我吗？”

“真的？我们还是朋友？”汤克微笑着问道。他的目光投向远方，胸中洋溢着喜悦之情。朋友回来找他，是因为真心爱护自己。

“那当然！”杰克回答道。

艾米莉点头如鸡啄米。

“以后我再也不和沙克那帮人出去鬼混了！”汤克斩钉截铁地说道，“他心里压根儿就不喜欢我，只是因为有我这个看起来不好对付的人在他身边，显得他很威风罢了。”

艾米莉笑了：“汤克，来吧，谁都知道你才是最威风的。”

汤克莞尔一笑，三个人曾一起冒险，一起在社区中心嬉笑打闹，一起散步，一起玩耍，跟他俩在一起的感觉真棒，看来大家的感受是一样的。

“对了，我说过咱们可以半途中断这个游戏，不是要跟你们闹掰的意思。”汤克解释道，“我意思是咱们不一定非得打败利维坦，重新开辟一个世界也可以继续探险。咱们可以共同建造好玩儿的东西，什么都行。”

艾米莉递过一个笔记本：“要是我们能打败利维坦呢？”

第三十八章

“国王和王后赐予她一个魔咒，这样一来，她就可以去上面的世界寻找天下无双的利器，杀死怪兽，拯救王国。”杰克大声朗读着。有些语句的笔记整洁流畅，有些则像顽皮孩子的涂鸦。这个故事写满了半个本子，每一页字数不多，占幅最大的是稚拙的蜡笔插图——美人鱼生活在宁静的王国，还有利维坦，后来美人鱼公主变成人形在《我的世界》里冒险，最后带着三叉戟回到了王国。

“我再看看。”汤克说道。他皱起眉头，眉心拧成一个“川”字，“差点儿忘了咱们手头有这个本子。好是好，可没有告诉我们该怎么打败利维坦。”他抬头望着窗外，“明天装修工程就要开始，来不及了。”

杰克又翻了一遍：“有道理，这本书只能证明巫师是根

据这个故事编的，可还有许多我们不知道的，比方说已经解开的谜题，这儿全都没有。”

艾米莉叹了口气：“好歹是个解决思路，只要找到这把神奇的三叉戟就行。我们要做的是，即使没有巫师开辟的捷径，咱们也要把游戏通关——”

“怕来不及了。”汤克说道。

杰克理了一下思绪：“其实开口也没那么难，伊莎贝拉·雷耶丝是新大厦的主人吧？就是负责整个翻修工程的设计师。还记得咱们发现的那些社区中心老照片吗？当时多气派啊。要是我们把照片给她看，让她明白社区中心的地位不可动摇，说不定还有挽回的余地呢？”杰克一边说一边努力回想爸爸推销项目的样子，“我们还可以根据自身经历向她说明这里对我们有多重要，有了这个地方能交到好多朋友。”

艾米莉和汤克对望了一眼：“我认为成功的希望不大。”

“不试试怎么知道呢。”杰克坚持己见。

汤克点点头：“那就试试吧。去哪儿找她？”

“嘘！”杰克向艾米莉和汤克低声说，示意两人走进他家大门。杰克蹑手蹑脚地走在前面。突然，耳边响起扑通一声，他回头一看是汤克绊倒了凳子。

对不起，汤克悄悄地用口型说道。

爸爸办公室的门开着，敲击键盘的咔嗒声停了，杰克听到他站起了身：“杰克，是你吗？”

“爸爸，是我！”杰克大声回答。

“干什么去了，这么晚回来？”

“这个嘛，我去汤克家了！”

“挺好，儿子。顺利吗？和艾米莉解释清楚了吧？”杰克窘得满脸通红。当着他们的面说道歉的事真让人难为情。

他匆忙领着汤克和艾米莉钻进身旁开着门的浴室。“我去引开他，你们去找名片或者伊莎贝拉办公室的信息，在桌上或者日程表里肯定有！日程表就是那个紫色的本子！”说着他走出浴室，希望他俩能心领神会。

爸爸用眼角瞄了他一眼：“刚才是你在客厅玩吗？”

“啊，是的，我在等你！”杰克兴高采烈地说道，“记得吧，你告诉过我怎么让那个棒球手套变软（译者按：皮制棒球手套必须经过处理才能符合使用者的手感），我不知道自己弄得对不对。”

浴室传来一声闷响，爸爸抬头看向声音传来的方向。

“哎呀，别进去。”杰克做了个鬼脸。

爸爸笑了：“每次你上厕所的时候，都忘记开换风扇。”

“说手套呢！哈哈！”杰克指着自己的房间，他已经按照爸爸说的方法把手套塞进了床垫下面。

门吱一声开了，杰克慌忙咳嗽起来以掩盖声响。他瞥见艾米莉和汤克蹑手蹑脚地走过自己的房间，小心翼翼地往爸爸的办公室而去。

“我说伙计，你不能就这么往床底下一塞啊，得用橡皮

筋加剃须膏好好保养一下，这是我的绝招儿。”爸爸拿起手套时啧啧地咂着嘴。

汤克停下脚步，在客厅里到处张望。

杰克急忙示意朋友们赶快离开，就在爸爸去浴室时两人溜进办公室并带上了门，他这才如释重负。

爸爸拿着剃须膏出来朝杰克晃了晃：“好啦，给你看看正确做法。”

“太好了，爸爸。”杰克一边说，一边瞥见办公室门又吱一声打开了。

艾米莉笑嘻嘻地指着手里的卡片，汤克竖起了大拇指，然后两人赶紧溜出了他家。

为了分散爸爸的注意力，杰克喋喋不休地问了许多问题：为什么必须用剃须膏，能不能用其他油膏代替什么的。爸爸听到鲜奶油时捧腹大笑。这时公寓门关了，杰克的一颗心才放进了肚子里。

叮咚，手机收到条短信。

> 艾米莉 下午 7:32
> 到手了！她上午八点上班。
> 好像没有公交车能到。
> 我让姐姐开车带咱们去！

杰克马上飞速回复她“好”，然后对爸爸说：“明天早

晨我要和艾米莉、汤克出去玩，厉害吧？”

爸爸脸上洋溢着笑容：“那当然，太棒了！真高兴你们仨又和好了。”

“谢谢爸爸，”杰克说道，“你的忠告太有价值了。”

爸爸莞尔一笑：“嗯，千万不要放弃那些值得为之奋斗的一切。”

“说得太对了。”

“这也太奇怪了吧。”卡门说道。她一边把车从停车场倒出来，一边从后视镜里审视着杰克和汤克。

“你才奇怪呢。”艾米莉反驳道。

“这是个什么地址？好像，都快到市中心了。”

“我们这次的行动属于社区服务项目里的一部分，”艾米莉说道，“给詹金斯太太一个惊喜。”

卡门叹了口气：“随便你们吧。咱们可说好了，这个月你的生活费必须分我一点儿，我还想多买点儿眼线笔呢。”

一大早高速路上的车就络绎不绝，杰克看着窗外的景物倏地掠过，沿街的购物中心和居民住宅区渐渐变成了工业大厦和仓库。远远地，市中心已经若隐若现。车子开进一座大厦的停车场，大厦的外立面五颜六色，上面的牌子写着“雷耶斯建筑与设计”。

“在这儿等我们，哪儿也别去！”艾米莉交代道。

“可是要等多久？”卡门一字一顿地问道。

“很快。”杰克说道，然后跟着汤克和艾米莉步入大厦。他们打了个时间差：根据爸爸的日程表，中午才开始正式拆除，伊莎贝拉根本不用在场，所以杰克希望能把她堵在办公室里。

亮眼的阳光透过玻璃门热情地拥满大堂的所有角落，满墙都是浅蓝色的装饰图案。有一位衣着考究的女士坐在前台噼里啪啦地打着字，里面有几间挂着名字的办公室。

杰克做了个手势，他们几个猫着腰从前台桌子下边溜过，朝挂着“伊莎贝拉·雷耶斯”牌子的办公室挪了过去。

艾米莉伸手打开了门。

伊莎贝拉坐在办公桌后面，正在仔细翻阅着一套设计蓝图。听到声音抬头一看，眼前突然出现的三个孩子吓得她眉毛一跳。

“呃，你们是……”她一脸惊奇地看着他们仨。

“杰茜，今天预约了参观学校吗？”她用大嗓门儿朝外头喊道。

前台的女士一个箭步冲了进来，一脸疑惑地望着三个人。“没有，除了太平洋波峰社区开工以外，没安排别的事。”杰茜说道，“我这就把他们仨请出去。”

“先等等，拜托了！”汤克恳求道，走上前和杰克、艾米莉并肩站立。

“我们来这儿就是为了太平洋波峰社区，”杰克往前迈了一步说道，“请不要拆掉社区中心，好吗？”

伊莎贝拉歪了歪脑袋，“你叫杰克，是奈杰尔的儿子，

对吗？”她问道，“你爸爸说什么了？”

杰克摇了摇头：“我之所以这么做，是因为我认为社区中心对孩子们来说是一片乐土，它一定能回到以前的样子！”

伊莎贝拉瞅了他一眼，朝杰茜摆摆手：“我跟孩子们聊几分钟。”

杰茜向杰克投去一个疑惑的眼神，接着退出办公室关上了门。

杰克梳理了一下头绪。

伊莎贝拉身子前倾，两只手叠在一起，说道：“好吧，社区中心是怎么回事？上次我听说那个非营利组织已经十八年没举办活动了。”

“你在波峰社区长大的，是吗？”杰克问道。

伊莎贝拉微微一笑：“是啊，你爸爸告诉你的？”

汤克把他们精心保存的新闻报道文件夹轻轻放在桌子上，最上面是一张照片，照片中伊莎贝拉与双亲自豪地站在社区中心前面。

伊莎贝拉小心翼翼地拿起照片：“嗯，我很佩服你们几个孩子为了自己的信念这么执着，确实很了不起。不过洛杉矶有数不清的儿童非营利组织和俱乐部可以参加。如果紧挨着大厦就有餐厅和商店，多棒啊？”

艾米莉摇了摇头：“可是，我们附近不缺购物中心和这些设施，不需要增添商店和餐厅。况且这地方一直空着——”

“所以，特别碍眼，浪费空间。”伊莎贝拉很赞同。

杰克把照片和剪报摊开来，“可对许多人来说，这个地方很重要。”他说道。

“要不是社区中心，我也不会与杰克、艾米莉他们相识。”汤克说道，“我们不可能结识其他人，然后变成朋友。”

艾米莉连忙点头：“如果那里不建新设施呢？重建社区中心，修缮一下就能跟以前一样漂亮。做什么都可以，譬如孩子们可以在那儿玩耍，做游戏，或者学习编程！”

伊莎贝拉笑了，“确实，那时候我妈妈对经营这个非营利组织雄心勃勃。她整天都在组织活动，忙得焦头烂额。”说着她摇了摇头，“我为什么要提这个？都是些陈芝麻烂谷子的事。我上大学以后，她就对社区中心没什么兴趣了。”她手里把玩着桌子上的一个镇纸，脸上的表情局促不安。杰克发现伊莎贝拉跟詹金斯太太简直是一个模子刻出来的，眉、眼、鼻子和淡淡的忧伤表情都跟妈妈如此相似。

她拿起桌上的那沓文件整理好放进抽屉，往椅子背上一靠，目光挨个儿扫过大家，最后停在杰克身上。杰克万万没想到计划这么快就落空了。

他急切地往前迈了一步，脑海里拼命回忆自己打好的腹稿。本来他已经料定伊莎贝拉会说出很多反对意见，也做好了反驳。然而她现在的样子只是疲惫不堪，好似刚熬夜工作了一晚，还有许多事在等着她。

“真的，现在开口还不晚，”杰克说道，“我知道她也很挂念你。要不然为什么每当你在大厦的时候她都特别想和

你说话？”

伊莎贝拉叹了口气：“太晚了。”

“求求你，多给我们点儿时间好吗？”艾米莉的眼睛里泪光闪动，苦苦哀求道，“我知道你有自己做生意的方式，但社区中心对我们来说真的太重要了。夏天我们在那儿干活儿的时候发现了一个游戏。”

汤克赶紧点点头：“游戏在社区中心的局域网上，我们还没解开谜题，眼看就要通关了。”

伊莎贝拉双眉一挑，手指不耐烦地敲打着桌面。“你们千辛万苦赶到办公室不容易，我钦佩你们的勇气，但政府已经批准了这个计划。我和其他千千万万人的辛苦努力不能因为你们的一个电子游戏而耽误了——”

“这不是一个普通的电子游戏！”艾米莉脱口而出，“有人在游戏中出了些谜题，这和社区中心服务器有千丝万缕的联系。如果你把它拆掉，谜题就会永远消失，我们这辈子都找不到答案了！”

“求求你了！它对我，对我们所有人来说非常重要。确实，它只是个游戏，但它和其他《我的世界》服务器截然不同，我真的不能——”杰克说着哽咽了。

艾米莉将手搭在他的肩膀上，轻轻按了按。

站在另一边的汤克动情地点着头：“女士，它确实是一个好游戏。”

伊莎贝拉没说话，来回打量着他们仨：“是吗，这个服

务器特别在哪儿？”

汤克在手机里找出一张人鱼王国的图片给她看，在一片璀璨辉煌之中，美人鱼游弋在海底神殿和高塔间。

“你有没有过把一款游戏打到通关？”杰克问道。

伊莎贝拉耸耸肩：“例如去末地打败末影龙是吗？当然有了。”

汤克翻到下一张图片，上面是被熔岩重重包围的城堡和岌岌可危的桥梁：“看来你很熟悉《我的世界》！可这是全新的，激动人心不说，还一直不停地变化。”

艾米莉跟着点点头：“巫师不断地往里面添加东西，提升难度。眼看我们就要通关，整个水下王国正处在生死攸关的危急时刻。我们的目标就一个，解开谜题，拯救危殆的城市。”

“服务器建在社区中心的局域网，你们拆掉那里，一切就都烟消云散了。”

伊莎贝拉目不转睛地盯着汤克手机上的图片，猛地站了起来，抻了抻外套。“好吧，我考虑一下，不过也就考虑考虑而已。仅仅是因为碰巧我也喜欢《我的世界》，而且今天没有会议。我可没法答应你们什么事。”

第三十九章

艾米莉对伊莎贝拉并不了解，第一印象是她的衣服很漂亮，气场强大，走到哪里都会引人注目。办公室墙上挂满了各种奖章和证书，证明主人是个屡获殊荣的建筑师，她应该设计了不少气派宏伟的大厦。还有一点，伊莎贝拉挑鞋子很有品位，帕蒂和妮塔肯定会对她膜拜有加。

杰克在后座失声大叫起来："没想到我们竟然说动了她！"

"你怎么知道提起游戏能起作用的？"汤克问道。

"我也没想到，"艾米莉干脆地说道，"就是直觉。"

伊莎贝拉的办公室里有一些线索表明她也是个游戏迷：墙上挂着的像素剑，桌子上的小玩偶，还有那个硕大的有二十面骰子的镇纸装饰。

卡门刚把车开进停车场，伊莎贝拉已经在太平洋波峰公

寓的门口等着他们，一边还不耐烦地跺着鞋后跟。

“你们几个还挺臭味相投！”卡门说着翻了个白眼。“谢谢夸奖，”艾米莉哈哈大笑起来，“回家见。”

伊莎贝拉抬起警戒线大步走进围栏里的工地，颇有老板的派头。这里早晚是她的，但现在还不是。

杰克帮她拉出一把椅子坐在中间那台电脑前。这台电脑是汤克用的；艾米莉的是右边那台，紧挨着插座方便给手机充电；左边那台是杰克的，就在过道旁边，他就喜欢时不时站起来去喷泉那儿溜达一下。不知何时开始，艾米莉已经把这里当作他们自己的地方，现在来了个外人，她的心中油然而生一种想保护地盘的冲动。

伊莎贝拉拘谨地坐在电脑前，抚摸着显示器上的贴纸。以前艾米莉很好奇这些贴纸是哪个孩子贴的，詹金斯太太会不会把这些贴纸跟大厦里的其他东西一起扔掉。可现在她怀疑这些贝壳贴纸和电脑都属于伊莎贝拉。

“喏，这就是我们已经解开的谜题。”汤克说着打开保存着截屏的文件夹。里面还有艾米莉存着的其他一些抓拍，伊莎贝拉看到一大堆眼花缭乱的图片。他们一开始本打算在这个文件夹里保存谜题和线索，现在才发现里面的内容远不止此。里面有一座壮丽的山峰，像一只活生生的狼，映照着美丽的夕阳，很气派；有汤克精心种植的农场；有杰克建造的设施完善的图书馆和整整齐齐的箱子，前面自豪地站着他的化身；当然少不了的还有艾米莉收集的各种剑；被困在树

梢的杰克和汤克的化身；他们在绵羊围栏抓住了一个僵尸；艾米莉造的自动库存分类装置；更别提他们在这里欢聚时说不完的笑话和美好的时光。

这些截屏图片远不止这些，还有披挂着钻石盔甲的艾米莉的化身。那是她头一次得到了全套钻石装备，在基地里兴奋地上蹿下跳。当时杰克还笑她来着，竟然被他保存了下来。还有些是她一头冲进满是蜘蛛的山洞的刹那，汤克紧跟在后面。

“看样子你们仨在游戏里玩得很开心。”伊莎贝拉慢悠悠地说道。

“东西不全是我们造的。”艾米莉指着图片说道，“瞧，红石就是这样，虽然我也不差，但这可是高级电脑编程！”

“你们几个孩子喜欢这个游戏，真好啊。不骗你们，以前我也玩《我的世界》，跟你们一模一样。所以我理解你们不想丢失已经通过的关卡——”

“你和妈妈一起玩吗？”杰克问道。

“是的，有时候吧。她工作实在太忙了。”伊莎贝拉说着叹了口气，“我不应该来这儿，不应该想起这些……”

她缄默不语，紧紧盯着屏幕。

汤克打开一张沉船图片，慢慢放大船舷部分。

艾米莉最喜欢汤克抓拍的图片，他恰好能捕捉到最戏剧性和最美的一幕。

汤克突然停下来，指着屏幕。船舷处有几个字母，放大后变得模模糊糊，但一眼就能看见。

贝拉。

之前艾米莉根本没注意这艘船竟然已经命名了。

伊莎贝拉呆住了。“服务器在这儿放了多长时间？”沉默了好一会儿后，她开口问道。

杰克耸耸肩：“其实我也不知道。从这么多版本和里面投入的巨大精力看，说不定好多好多年了。”

“给我看看。”伊莎贝拉说着从手提包里掏出一副金属框架的眼镜戴上。她把头发扎在脑后，看着杰克打开多人游戏画面时问道，“这些只放在局域网上吗？”

“是的。所以我们没法儿跟其他电脑连起来，如果你拆了社区中心，我们就再也找不回来了。”

伊莎贝拉浏览了一遍服务器上的名字，嘴唇紧紧抿成一条直线。接着回头瞧了瞧汤克的电脑，看图片时她脸上是一副令人捉摸不透的表情。美人鱼游弋在沉船周围，海底神殿在深渊若隐若现，石头小径向水下王国蜿蜒而去，怪兽利维坦从海底现身。

“你想玩一下吗？”艾米莉冷不丁地问了一句，她从伊莎贝拉颤抖的手指和浏览图片的神情上仿佛看出了什么。

“正有此意。”伊莎贝拉说道，声音突然低了下去。艾米莉似乎看到了那个往电脑上贴贝壳贴纸的小女孩。

艾米莉帮她登录了账号，神奇的世界徐徐在眼前展开，它满载承诺，熠熠生光。

第四十章

“给你看看我们在哪儿。”汤克说道。登录后，他立刻出现在艾米莉的化身旁边。眼前光秃秃的海滩上是三张被火把围绕的床，每次战败后他们都回这里喘息休整。上一次来这儿还是几个人因为吵架一时冲动退出了游戏，后来再没来过。

汤克伸出手碰了碰杰克的肩膀，杰克回头给了他一个温暖的笑容。另外一台电脑上，艾米莉做了一个傻乎乎的波浪形手势，汤克不禁笑了。这是他教的水母式握手，艾米莉记得清清楚楚。

他们一起经历过大风大浪，曾在巫师创造的世界里自由驰骋，解开了巫师出的各种谜题，然而面前的难题却绊住了他们的脚步。

“快来。”汤克说道。他跳进水里后上下沉浮着。海底

神殿依然矗立，所有的守卫者都被消灭了。

在长长的海晶石走廊尽头伊莎贝拉打开那扇门，王国就在不远处发出耀眼的光芒，她的声音止不住地开始颤抖。“真不敢相信。”伊莎贝拉说道，语气里满是惊叹。

“很酷，对吧？”艾米莉兴奋地问道。

汤克朝杰克和艾米莉微微一笑。伊莎贝拉入迷地观赏着人鱼筑城墙，卫兵们带着希冀游来游去的情景。

“在穿越王国的时候，怪物利维坦便苏醒了。”杰克说道。他朝汤克点点头，汤克的化身往前迈了一步。大地震颤着发出轰隆声，巨大的怪兽突然出现，捣毁了城墙，发射出强大的能量冲击波，一下子就把他们几个干掉了。

接着伙伴们在沙滩上重生。

艾米莉把那本故事书放在桌子上，“我们发现巫师是根据这个故事设计的游戏。”她说道。

伊莎贝拉伸手拿起书，她的手指轻轻摩挲着蜡笔画的美人鱼王国和海怪利维坦。“这是我画的。”她低声说道，“没想到她还留着。”

“就在社区中心里，”杰克说道，“在詹金斯太太舍不得丢掉的那堆东西里发现的。”

伊莎贝拉摇着头：“真没想到。这些不起眼儿的小东西……我还以为她一直都不在乎我和我画的故事呢，就只有这些了吗？”她把书紧紧抱在怀里，眼里噙着泪水。“是她用我的故事创造出了这个世界。”

“原来你妈妈就是巫师？”汤克震惊地张大了嘴。他们不禁回想起詹金斯太太每次来查看的情形，一切都证实了。詹金斯太太在电脑房里碰上他们后，巫师才注意到游戏里的几个人。

伊莎贝拉点点头：“她是个程序员。我小时候她整天忙于工作，不是在社区中心就是在公司，她总说要好好陪我，但从没兑现过诺言。父亲去世后，她沉溺于工作不能自拔，我恨她。在我比你们大一点儿的年纪时，和妈妈爆发了一场激烈的争吵，之后就出走并且再也没回来。”

她缓慢地翻看故事书，然后又看看游戏：“我以为她根本不关心我。”

“是她的风格，”汤克说道，“爱你在心口难开。”

伊莎贝拉抹去眼角的泪水，“那个王国，美人鱼，还有三叉戟任务……都是我编的故事，一直在延续。我和爸妈，以前我们仨经常在泳池玩，我就用玩具演绎故事。”说着她笑了起来，“我有个旧恐龙就是利维坦，其他那些动物在泳池边的王国里玩耍。那条通道是一条把深水池和浅水池隔开的过道。”伊莎贝拉微笑着转过身望着他们仨，“时间太久了，我都快忘记那款游戏了。”

“故事的结局是什么？”杰克问道，“你是怎么找到三叉戟打败利维坦的？”

“我们每样东西都试过了：弓，剑，附魔武器。现在就像是要打败末影龙却没有一件趁手的武器。”艾米莉说道。

伊莎贝拉翻到其中一页时停下了："我相信三叉戟藏在王国附近的一座水下神殿里。我觉得特别有趣，于是想出一个故事，公主在世界上历尽各种冒险，即将回归时才发现她最后的任务是将所有的谜题都解开后才能回家。"

"是那座神殿！我就知道咱们漏了。"杰克说道。

伊莎贝拉在前面领路，艾米莉的化身一个猛子向神殿游去。汤克和杰克带着伊莎贝拉逛遍每一层，给她看不同的房间，还有宝藏室里能打开通道机关的雕像。伊莎贝拉停下脚步，游进那个满是音符盒的房间。

"我还以为这里只是为了制造气氛，增加神秘感而已。"艾米莉说道。

房间很宽阔，地板上都是音符盒，每个音符盒都会奏响一曲。音乐声在水中回响，发出低沉的共鸣声。

伊莎贝拉碰了碰一块石头，一个高音在空中激荡。她试着点击所有音符，全都按个遍。"没反应。"她说道。

"怎么了？"

"有一首歌我天天哼唱，就是这支我编的听起来傻乎乎的曲子。"伊莎贝拉说道，她按了三个音符，耳边响起一阵熟悉的旋律——汤克听出这首曲子是服务器上独有的，明快的节奏伴随着他们走过整个游戏。

随着一个响亮的音符，这首歌戛然而止，并发出一阵叮叮当当声，接着活塞打开，海晶石墙上露出一个隐藏的密室。密室里面漂浮着一把金色的三叉戟，艾米莉将其一把抓在手里。

伊莎贝拉把椅子往后一推站了起来："我真没想到——简直难以置信。这样吧，你们可以继续玩。"

"真的吗？"杰克问道。

伊莎贝拉点点头，双手抱在胸前。"我想看看结局是什么样的，你们尽管接着玩。"

跟以前重复过无数次的场景一样，汤克、艾米莉和杰克顺着石头小径来到人鱼王国。然而这一次他们能感受到，专心致志看着这一幕的伊莎贝拉身上散发出了强大的力量。

利维坦准时出现了。

人鱼们四散奔逃。

艾米莉举起三叉戟，从上面射出一道金色的强光，正中利维坦要害。

剧痛之下怪兽咆哮起来，汤克幸灾乐祸起来，他明白这次给利维坦造成的伤害是致命的。

"它想炸死我们，你看它在做鬼脸！"杰克大喊起来，"采取躲避动作，赶快！"

汤克还牢牢记得作战计划——他往左边跑，艾米莉向右躲避，杰克潜入附近的珊瑚丛。然而他们还是被冲击波打了个正着。汤克的生命值急速下降，但还活着。他喝了一瓶瞬间治疗药水，看见艾米莉飞身冲向城墙根，手里的三叉戟严阵以待，利维坦眼看要继续向她发射冲击波。

汤克发现，怪兽看见谁就攻击谁。

于是汤克抄起弓箭向利维坦射去，想转移它的注意力。

怪兽咆哮着转过身，正要开火时挨了杰克一箭。汤克和杰克轮流发射，艾米莉也趁机给利维坦来了一下子。照以前箭镞在水下缓慢的速度，根本没法儿给怪兽造成实质性的伤害，充其量只能吸引怪兽的注意罢了，结局一样被它杀死。但这次不同，杰克和汤克转移了焦点是为了艾米莉有足够时间进攻，他们等待这一天很久了。

“投掷！”伊莎贝拉说道，“这样才能把三叉戟的威力发挥出来！”

艾米莉手中的三叉戟飞了出去，在空中一闪，划出一道弧线，刺向利维坦的眼睛。怪兽发出震耳欲聋的咆哮声，并向她直扑过来。

一刹那间好像万籁俱静，紧接着怪兽身上的伤口射出金色光芒，整个身体瞬间碎裂成无数小片，纷纷扬扬地落到了海底。汤克游近后才看清，碎片都是些海带海草之类的东西。

杰克长长地松了一口气：“我们成功了？”

墙头的人鱼们爆发出一阵阵欢呼声，它们聚集在三个人周围，兴奋地喊叫着。“成功了，”汤克说道，“咱们去逛逛人鱼王国吧。”几个小伙伴翻过这道再也用不上的城墙进了人鱼王国的地界。他们漫步在雅致的金绿相间的塔楼和宫殿之间，海晶灯闪烁着光芒。四周响起庆祝凯旋的激昂乐曲，人鱼们组成欢乐的人潮旋转着游过他们身边。

他们仨经历过许多次王国危在旦夕的紧急关头。现在游过海晶石拱门时，汤克终于能好好看看这重重叠叠的建筑物，

以及在海底绵延不绝的高大柱子。海水中的旗帜和海晶灯随波飘扬，四周环绕着精美绝伦的彩色玻璃塔楼。海绵星罗棋布，五彩斑斓的珊瑚丛随处怒放。瞧，远处静静地矗立着一座金碧辉煌的宫殿。

以前，汤克从没有耐心去设下长期目标，因为他不知道自己能不能坚持到底。但经历过这次奋斗旅程，他有信心了。

第四十一章

艾米莉长舒一口气，冲杰克和汤克嘿嘿笑了，他俩对眼前的一切还有些蒙。她转过身刚好迎着伊莎贝拉的目光和满脸笑容。“谢谢你。”她说道。没有伊莎贝拉的帮助，他们几个不可能取得胜利——因为最后的谜底与她的童年经历以及小时候唱的歌息息相关。

“这个游戏你们玩了好几个星期是吗？”伊莎贝拉问道。

艾米莉点点头。

伊莎贝拉长长舒了一口气：“我想跟妈妈好好谈谈。幸好你们给我看了这个。”

她冲三个人笑了笑，离开的时候悄悄抹去了脸上的泪水。门关上了，电脑房只剩下他们仨。

“下一步怎么办？”汤克问道，“游戏已经通关了。”

村子里随处逛荡的人鱼让杰克沉迷其中不能自拔。“这地方看起来太酷了。这么说吧，我敢打赌每个人鱼村民都有自己的职业或者扮演的角色！我们能否跟它们做买卖呢？”

“可我们已经解开谜题了。”艾米莉说道，“这段时间大家一直百思不得其解的是：为什么这儿有个游戏？谁建了这一切？现在真相大白：是詹金斯太太。这是她长期以来为了和女儿沟通做出的努力。”

杰克斜靠在椅子上摇摇晃晃：“没错，这也太酷了，简直匪夷所思。”

“你们认为社区中心以后会怎样？”汤克问道。

“我觉得这要取决于伊莎贝拉。”艾米莉说道，“但不论结果如何，对我们的影响都微乎其微，毕竟我们随时随地可以开辟一个崭新的世界。”

杰克眼睛一亮，“太棒了！”他结结巴巴地说道，手指紧张地敲打着键盘，“你们——你们还愿意跟我一起玩吗？”

汤克点点头：“那还用说。”他瞄了艾米莉一眼，有点儿不自信。

“还要我啰唆几次！”艾米莉接茬道，“我当时说咱们不是朋友，其实真不是那个意思，我就是害怕丢了老朋友而已。”

“你和那些朋友在一起真的开心吗？”汤克问道，“我和沙克那帮人一起混的时候，他们总是对我的爱好冷嘲热讽。”

“知道吗？我就喜欢跟你们在一起。”杰克说道，“一起打扫卫生，一起随意开玩笑的时光太美好了。”

“我也一样。”艾米莉说道，“对不喜欢的东西，我做不到假装喜欢，不能违背自己的真心。”说着她戏谑地用胳膊肘捅了一下汤克，“就像你喜欢建造美丽的事物，再正常不过。”

汤克的精神为之一振，脸上绽放出灿烂的笑容，这些话让他意气风发。对这个身高和体重几乎是自己两倍的男孩，艾米莉油然而生一种保护欲。他心地善良，关心别人，但人们总是第一眼被他的身形吓一跳，“谢谢你，对我来说这是最高嘉奖，真的。能跟你们一起在这儿打扫卫生太幸运了。”

杰克乐不可支，“好啦，我们已经大功告成，可以出去玩了！接着玩《我的世界》也行，买玉米饼也行，自由啦！”说着伸出手跟伙伴们击掌。

艾米莉拍了一下杰克张开的手，摇了摇头。以前总觉得杰克的那种较真很烦人，又有点儿幼稚，但艾米莉很欣赏他积极的态度，不论对什么事都满腔热情。在他的影响下，自己也变得更加积极主动了。

“你们喜欢玩点儿激烈的活动吗？”汤克问道，“就是——”他皱起眉头努力回想那个名字，“城堡公园的卡丁车？”

艾米莉笑了：“好像很好玩儿。开学后如果你俩愿意，咱们还时不时地中午聚餐好吗？”

“我很乐意。”汤克说道。

艾米莉断开连接，关上电脑。将其他两台电脑的电源也

关闭了后，三个人从空旷的大厅鱼贯而出。她知道不论以后这里变成什么样都无所谓。艾米莉与杰克、汤克手挽手、肩并肩一起走进公园里。

窗外，伊莎贝拉在社区中心旁边那扇门前徘徊着。她看见了三个孩子，不由得停下了脚步。

艾米莉冲她竖起了大拇指。

伊莎贝拉扑哧笑了，又梳理了一下头发，举手敲了敲门。

她犹豫着低头看了看脚面，鞋后跟局促不安地点着地，这时门开了。

艾米莉把柜子里的衣服试了一多半，才找出一套合适的。她要去见帕蒂。不知道这次碰面什么结局，但她胸有成竹而且目标坚定，如同披挂着坚不可摧的铠甲。

帕蒂得知自己真正的住址会作何反应？她该如何面对帕蒂满含笑意的温暖目光？她们一起度过的时光多么美好，帕蒂熟知艾米莉喜欢哪种口味的冰激凌，还经常给艾米莉发最新的视频拍摄技巧和她可能喜欢的图片。

帕蒂站在侧门外，脸上笑容可掬。安德森太太把车停在马路对面，朝她俩挥了挥手，看着帕蒂进了门才放心离开。

要是帕蒂知道即将发生的事，她肯定会让妈妈在外面等，因为没一会儿她就巴不得赶快逃走。艾米莉的短信内容很模糊，只是简单的一句话："出来玩吗？"

"很抱歉到处都是乱糟糟的，这里一直都是大工地。"

艾米莉说道，“他们正在全力以赴地翻修前面这座大厦。”

“啊，没关系。”帕蒂毫不在意地说道。她停下脚步仔细欣赏起投影里的新大厦模型，还有打印出来的海报，上面的内容是即将开始的翻修工程。

“来，这边。”艾米莉领着帕蒂沿人行道进入公园。

帕蒂跟着她兴高采烈地走进公园，裙裾飘扬好似蝴蝶翩翩起舞。

今天帕蒂穿了一件无袖印花背心裙，搭配长筒靴和夸张的珠宝首饰。艾米莉一眼就看出裙子是她去年夏天买的，为了新造型选的项链和裙子搭配起来并不合适，靴子更适合秋装，整套搭配在造型上过于累赘了。换成艾米莉会搭配系带凉鞋和简约的项链。帕蒂的整体造型有点儿马虎，而且她的唇彩也蹭掉了。她看起来很冷，在傍晚的寒风中瑟瑟发抖。

放在几个月前，艾米莉会在脑海里反复考虑找个最佳的方式夸赞帕蒂，同时不露痕迹地指出对方的瑕疵。她俩之间相处的模式就是没完没了地互相吹捧，艾米莉以为这就是友谊的全部。因为在艾米莉心中，那种猜忌，那种不安，永远贯穿在她们的友谊中。

她真的厌倦了，厌倦了总是怀疑朋友们是否喜欢自己，她想认真地聊聊这件事。不论结局如何，也不论从此是否会被帕蒂踢出她的小圈子。

艾米莉转过身，正犹豫着是不是直截了当地开口时，迎面而来的是帕蒂的拥抱。

帕蒂咯咯笑着，将艾米莉一把拉过来。“见到你太好了！你今天有空出来玩真开心！我一直很想你！”

帕蒂握着她的双手蹦跶着，这种兴奋激动感染了她，艾米莉不禁笑了。

“我也很想你，”艾米莉说道，“上次的事真不好意思，没想到你会找到我家。我不是故意隐瞒，就是有点儿尴尬。”艾米莉的鞋后跟局促地踢着地上的瓷砖，目光越过帕蒂，避开对方的视线。

帕蒂扬起精心修过的眉毛，身子往后一仰，双手仍然牢牢地搭在艾米莉肩上。“你真的以为我很在意你住哪儿吗？”

一直深受困扰的艾米莉听到帕蒂这番话大吃一惊。她总是反复揣摩帕蒂的每一次交流、每个举动、每个评论以及它们背后隐含的意思。可现在回想起来，艾米莉对背后含义的过度解读，几乎变成了强迫症。也许帕蒂心里想什么就说什么，她一直是艾米莉的好朋友。

艾米莉眼睛里泪光闪闪。

“真的？”艾米莉长久以来最害怕的事情就是——帕蒂光临她的公寓大楼，暴露自己真正的住址，因为这里到处是褪色的油漆，断裂的铁链栏杆。这是她俩第一次认真地谈起这个话题，结果却出乎意料。帕蒂望着她耸耸肩，丝毫不在意。

“我更关心的是你还得走到其他地方再上车，别这样，你会把鞋子弄坏的。说真的，在这儿接你更方便。”帕蒂嗔怪道，“平时你想干什么呢，如果单单为了打发时间，我们

可以来这儿或者出去看电影都行。直接说就好，妈妈可以开车送我们过去，然后我让她自己先回家。”

“我——”艾米莉一时语塞，完全不知所措。本来预想帕蒂会跟她绝交，自己还会解释一大堆，可现在轻轻松松就解决了，避开了让人尴尬的所有问题。而且……帕蒂算是发出了邀请吗？她还想跟自己一起玩？

头一次，帕蒂微笑的时候，艾米莉不需要用放大镜寻找玫瑰花下暗藏的刺，寻找笑容背后隐含的意思与带着嘲讽的恭维。这个微笑如此真诚，眼里都是快乐。帕蒂不需要艾米莉证明什么，来这里她是真的开心。

“附楼有家电影院，电影四点开场。咱们现在出发的话，还有时间去你喜欢的地方吃冰激凌。”

“嗯，这个——”

帕蒂停下脚步，回头望着她。

“其实，以前咱们一起出去玩的时候，我总是很紧张，担心自己做得不够好，没想到吧？帮你打理账户很有趣，但我真的不想自己也弄一个账户。”

帕蒂意味深长地望着她，艾米莉的手心都出汗了，阵阵紧张袭来，一时间语无伦次。“我不是不喜欢拍视频、搭配各种服饰，我只是——只是没你那么喜欢而已。我喜欢跟你出去逛商场，也喜欢找漂亮的衣服，但没你那么狂热。说真的，我也不想当网络红人。”

帕蒂的手蓦地停在半空中，艾米莉觉得一切都完了。帕

蒂肯定会对她嗤之以鼻，然后干脆利落地与她断交。艾米莉努力平静下来告诉自己没关系，已经尽力了，这句话终于说出了口——随心所欲过自己的生活，比帕蒂对她的看法重要多了。

“是吗，太棒了！真高兴你想明白了。你知道吗？连着浏览了三个和我的风格不同的账号，我才恍然大悟自己真正喜欢的是什么。”

艾米莉摇了摇头，浑身上下都洋溢着轻松愉快。

“真的吗？你害怕因为不喜欢我爱的东西，我们就不一起玩了？”

直截了当地说出口有点儿唐突，但艾米莉还是点了点头。

“其实，朋友不一定非得喜欢对方的一切。别傻了，我根本看不上《终极要塞》的任何一部片子，但妮塔就是喜欢。你知道吗？没有你的日子我真不习惯。”

艾米莉伸手搂住帕蒂的肩膀以表安慰，心里如同卸下一大块沉重的石头。以前总以为只能二选一——要么当帕蒂和妮塔的朋友，跟她们一起分享漂亮的服饰和化妆品，然后打扮成美丽的小公主；要么只能在《我的世界》里冲锋陷阵，去搜寻所有埋藏的珍宝。

“明白了，我们走吧。”

“除了社区服务的工作，你还做了什么事？我敢打包票没和我们在一起的时候，你肯定烦死了。”

“没错，没错。其实玩了好久《我的世界》。”

“那个全都是格子堆起来的游戏吗？”

“真的很有趣，你能在游戏里盖房子，还能去冒险……有空想试试吗？”

帕蒂笑了：“当然好啊。玩得不好别笑话我就行。”

“啊，绝对不会的。没有计分系统之类的，根本就不是比赛。说实话我跟一些新朋友一起玩——他们名叫杰克和汤克。他俩太厉害了，要是你跟我们一起就知道多有趣了。”

“听着不错。”帕蒂嘻嘻笑着，迈步往外走，“咱们走吧，妈妈等着呢。你要打给妮塔吗？”

艾米莉兴高采烈地跟着朋友开启了一段新的冒险之旅。本来还以为自己只能跟某一类朋友来往，事实证明，朋友越多越好。

第四十二章

杰克一边抱怨，一边从地上捡起球扔回给爸爸："你往哪儿投球呢？是在瞄准我的脚吗？"

"你得灵活点儿！"爸爸放声大笑，"你没法儿判断球的走向时，才会全力以赴去接球。"

接下来的投球在空中划出一道弧线，杰克必须后退才能接住。他跟着球不断退、退、退，跳过一道灌木丛后一把接住，球差点儿飞进一扇窗子里。

"接得漂亮。"敞开的窗子后站着的是詹金斯太太，她喝了一口茶。这里刚好是她家。

"谢谢夸奖。"杰克说道，"差点儿忘了，爸爸问你今晚想不想一起吃饭？"

"非常乐意。伊莎贝拉也过来，加把椅子行吗？"她问道。

然后她慢慢挪到门口，开门走出来，遥望着远处市区方向缓缓下坠的夕阳。

“人越多越热闹！我要回家去准备食物了。”爸爸说着摸了摸杰克的脑袋，“等会儿见！”

“你还好吗？”杰克问道。自从他们几个解开谜题后，已经一星期没见詹金斯太太了。工地一直没开工，爸爸对此也没说什么。

“很好。”詹金斯太太说道，手里紧紧地端着杯茶。她冲杰克莞尔一笑，眼神里充满了活力。“其实，在你们第一次发现服务器时，我才发现自己创造的世界竟然放了这么长时间了。当时我很伤心，跟看到你们找的那些照片时的心情一样。我真的不想回忆自己的一生，太失败了。”

杰克把球抛起来又接住，“你攻击我们，还偷走了所有装备。”他用戏谑的口气说道。

“后来又还回去了！”詹金斯太太笑着辩解，“我发现你们三个是认真的。确实，整个世界都是为贝拉打造的，但她对此一无所知。她上大学毕业时，我们吵了一架，之后好几年都没说过话。从那时起，她不想和我有一丁点儿关系。”

“那时你整天忙着社区中心的工作吗？”

“那一直是克里斯托弗的强项，他爱好这个。后来他得了癌症，把我们抛进了痛苦的深渊。我们一家三口——以前多快乐啊。”说着她叹了口气，“他去世后，我必须不停地工作，才能保证一切正常运转，没想到却迷失了自己。”

杰克伸出手轻轻拍了拍詹金斯太太的肩。长久以来，詹金斯太太给他的印象一直是尖酸刻薄的，其实是因为她内心想念女儿所以既悲伤又孤单。“我明白你的心情，我爸爸也……但我们从没好好坐下来聊过。”

“你们爷俩现在很开心。”詹金斯太太说道。

杰克耸耸肩。“我们正努力修补呢。以前他也总是沉迷于工作，现在也一个样，但我们能摊开来说了。”

“尽自己所能吧。”詹金斯太太说道，“感谢你们把游戏给她看。我可能没有这个勇气。本来我已经完全放弃了，但看到你们仨玩得这么投入，尤其是看到你们对解决谜题的无穷乐趣，团结一心地盖房子，让我想起了当初创造这个世界的初心。”

杰克张开双臂飞奔过去热烈地拥抱詹金斯太太。“谢谢你。”他说道，脸深深地埋进她的浴袍里。

杰克的举动让詹金斯太太吃了一惊，她身子僵住了，然后轻轻地拍了拍男孩的后背。“别客气，”她说道，“你们找到了服务器并开心地享受游戏的乐趣，让我觉得自己又年轻了一回。”说着她笑了，擦了擦眼角，“多谢你们的这场大冒险。”

杰克留给她一个微笑后转身往家走，路上碰到汤克和薇薇安冲他招手。

“杰克，我们做个科学实验吧。”汤克说道，“好了，放进去吧。”薇薇安在杰克的双脚旁放了一个装满液体的瓶子，

接着往瓶子里倒了些白色粉末，然后尖叫着跑开了。大量的泡泡冒出来，淹没了杰克的鞋面。杰克往后一跳，不停地甩着脚。

“伙计，对不起。它就是醋和苏打粉，它们混合在一起就容易溢出来，你的鞋还好吧？”

“嗯，没事。”杰克说道，然后又甩了好几下。他这才注意到汤克穿着一双崭新的时髦运动鞋，“这鞋真漂亮！”

汤克嘻嘻笑了，“谢谢你。这是爸爸给我买的返校礼物。”说着他瞥了一眼薇薇安，妹妹正在给那些瓶子和实验结果拍照片，“我说，明天咱们还继续吗？”

“那当然！对了，你以前建过信标吗？艾米莉很想在咱们新基地建一个。”

“没建过，但很想试试。”汤克说道，“明天见。”

“明天见！”杰克大声喊道。

家里飘着烤面包的香味，客厅里摆着个陌生的东西，盖着塑料布。“杰克，赶紧看看！刚才快递送来的，我想等你到家后再拆开。”

杰克走近这个庞然大物，爸爸站在另一头，他俩共同掀起塑料包装。是一套软面沙发，还带有大大的蓬松靠枕。它给人一种别样的感觉，蓝绿色条纹不同寻常，让杰克想起波光粼粼的水面。

“我专门挑了你喜欢的颜色，”爸爸说道，“感觉怎么样？”

“太棒了！”

爸爸一屁股坐进沙发里：“下周就要开学了，你觉得紧张吗？”

杰克摇摇头笑了，“小意思。”说着他坐在爸爸身边，脑海里浮现出和朋友即将面对的大冒险场景。

“一切尽在掌握中。”杰克说道。

这才有家的感觉。

作者简介

C.B.李是一位青年科幻小说和幻想作家，同时也是兰布达文学研究员。她的作品包括广受好评的《跟班》系列、《Ben 10》漫画小说（轰隆！工作室）。她的作品还被提名兰布达文学奖，并发表于《青少年时尚》《连线》《Hypable》《Tor的最佳幻想和科幻小说》等多个杂志。